Jette Engels | Und wenn der Himmel es so will

Jette Engels

Und wenn der Himmel es so will

Roman

Die Bibliografische Information der Deutschen Bibliothek

Die Deutsche Bibliothek verzeichnet diese Publikation in der Deutschen Nationalbibliografie; detaillierte bibliografische Daten sind im Internet unter www.d-nb.de abrufbar.

Einbandabbildung: *Passage to the Sea* © Talaya, Fotolia
Herstellung und Verlag: BoD - Books on Demand, Norderstedt
© 2017 Jette Engels
ISBN 978-3-7431-7797-0

Für Moritz, ohne den ich mich nicht getraut hätte

Mann, war mir schlecht. Es war erst sechs Uhr in der Früh und schon sehr warm. Ich stand in meinem blau-weiß gestreiften Lieblingsnachthemd auf den Sandsteinfliesen der Dachterrasse und blickte über die Dächer der spanischen Stadt Colonia Sant Jordi auf das Meer. An diesem Morgen verwünschte ich die Sonne und das blaue Meer, verwünschte den Rotwein der letzten Nacht und, weil ich schon einmal dabei war, das ganze Leben. Wahrscheinlich wäre es besser gewesen, Robert zu verwünschen, aber dazu fehlte mir an diesem Morgen die Sicht auf das Wesentliche.

Normalerweise liebte ich die Sonne und mein neues Zuhause in Spanien. Erst vor zwei Jahren hatten wir uns diesen Traum erfüllt, das kleine Domizil günstig erworben und mit viel Liebe hergerichtet. Mein Mann Robert hingegen genoss seinen gut bezahlten Job bei der Bank – noch mehr allerdings, für Auslandsimmobilien in der ganzen Welt unterwegs zu sein.

Während Robert für sein Leben gern reiste, mochte ich mein bodenständiges Leben. Mein Lebenstraum bestand darin, nach der Kindererziehung ein Buch zu schreiben und vielleicht ein kleines Buch-Café zu eröffnen, in dem sich Menschen trafen und austauschten. Schon immer liebte ich Menschen, aber vor allem liebte ich ihre Geschichten über das Leben – ihre Erfahrungen, ihre heimlichen Gedanken und Wünsche.

Als die Kinder nacheinander das Haus verlassen hatten, um ihre eigenen Wege zu gehen, hatte ich bereits angefangen, Geschichten aus dem Leben unserer Kinder aufzuschreiben, zu dem später auch meine eigene Lebensgeschichte gehörte. Am Anfang benutzte ich dafür ein kleines buntes Tagebuch, das ich zur Hochzeit von meiner Mutter bekommen hatte.

In meinem Leben war ich nicht immer den leichtesten Weg gegangen. Mein Vater war früh verstorben und so wuchs ich als einzige Tochter bei meiner Mutter auf, die immer versuchte, für mich da zu sein, obwohl sie berufstätig, selbstständig und alleinerziehend war und wenig von diesem kostbaren Gut besaß: Zeit. Während mein Vater als Architekt imposante Bürogebäude für die Stadt Hannover plante, unterhielt meine Mutter ihren eigenen kleinen Buchladen, der bekannt war für gute Beratung und jede Menge schöne, mit Bedacht ausgewählter Bücher. Unzählige Bildbände aus der ganzen Welt, aber auch angesagte Krimis oder Liebesgeschichten von Dora Heldt waren hier über den Tresen von anno dazumal gegangen. Alte, historische Bücher standen in edlen Regalen an den vertäfelten Wänden. An der Wendeltreppe, die zur Wohnung meiner Mutter hinaufführte, stand ein bequemer Lehnstuhl mit Leselampe. So manche Lese-, Kauf- und Reiselust wurde hier geweckt. Ein Buchladen, wie Leser ihn liebten. Nach dem Tod meines Vaters zog meine Oma bei uns ein und nahm meiner Mutter einiges an Arbeit ab, damit sie sich ganz ihrem Buchladen widmen konnte. Er war der einzige Ort, an dem sie sich wohlfühlte.

Mein Leben war ganz anders verlaufen, immer öfter fragte ich mich: Das kann doch noch nicht alles gewesen sein. Da muss doch noch was kommen!

An manchen Tagen wusste ich nicht mehr, wo der Mann geblieben war, der früher einmal gesagt hatte: »Wo ich bin, brauchst du vor nichts mehr Angst zu haben.«

Jetzt hatte ich Angst und machte unliebsame Bekanntschaften mit Menschen, die auch nicht vor Mord und skrupellosen Geschäften zurückschreckten. Mein Leben veränderte sich schlagartig. Es wurde bereichert von Erfahrungen, die niemand wirklich brauchte. Ich reiste nach Brasilien, um den Mann zu suchen, der mir nahestand, und traf Menschen, deren Bekanntschaft ich besser nie gemacht hätte, aber auch Freunde, die ich nie vergessen werde.

Meine Ehe zerbröselte wie ein alter Keks, und ich wurde das Gefühl nicht los, dass der Lebensabschnitt für manche Herren der Schöpfung wie eine dritte Pubertät war, die erste mal nicht mitgerechnet. Und ich lernte nach fast dreißig Ehejahren, dass man immer auf alles gefasst sein muss.

Kapitel 1

Während meiner Ausbildung als Buchhändlerin traf ich Robert wieder, der eine Banklehre bei der städtischen Sparkasse in Hannover ausübte. Ich besuchte das gleiche Englischseminar für Fortgeschrittene und war total berührt, als wir uns im Kurs begegneten. Schon seit der Schulzeit eilte Robert der Ruf voraus, ein Herzensbrecher zu sein, er wusste um seine Wirkung bei den Frauen und ließ sich keinen Flirt entgehen. An die große Liebe dachte er dabei nie.

Robert war sehr groß und schlank, hatte dunkelbraunes, dicht gewachsenes Haar und sein Körper wirkte gut durchtrainiert. Es waren nicht nur sein umwerfend gutes Aussehen und seine sportliche Erscheinung, die ihn zu einem Frauenmagneten machten, sondern auch sein Charme und seine Zielstrebigkeit. Auch ich hatte damals heimlich für ihn geschwärmt.

Robert hatte schon früh gewusst, wo er hinwollte und wie man am schnellsten dort hinkam. Aber es hatte auch noch Alex gegeben. Alex war kein Draufgänger, Alex Thiel war meine Sandkastenliebe. Wir besuchten gemeinsam die erste Klasse, und für unsere Eltern waren wir schon seit dem Kindergarten füreinander bestimmt.

Alex war ein richtiges Wunderkind oder vielleicht frühreif, seine Eltern trugen diesen Stolz gerne nach außen, vor allem bei Schulveranstaltungen stand er immer im Mittelpunkt.

Er konnte im Alter von fünf Jahren schon einfache Texte lesen und schreiben, was sicher daran lag, dass seine Eltern einen Buchverlag besaßen und Bücher in bester handwerklicher Qualität herstellten. Alex konnte geschickt Buchstaben zu einem Wort zusammensetzen und war in der Schule bei den Lehrern sehr beliebt. Mir half er später bei den Hausaufgaben und nach der Schule war er ein gern gesehener Gast bei meiner Mutter, die ihn mit seinen Lieblingsgerichten bekochte. Für sie war er der Sohn, den sie nicht hatte.

Unsere Freundschaft hielt bis zum Abitur, dann änderte sich die Situation schlagartig.

Während Alex schon an die große Liebe dachte und seine Gefühle unter Kontrolle hatte, war ich noch nicht so weit und brachte das auch ziemlich deutlich zum Ausdruck.

»Wir sind noch viel zu jung für die Liebe«, hatte ich zu ihm gesagt, als er eine Woche vor dem Abiball eine echte Beziehung mit mir eingehen wollte. Außerdem wollte ich nicht, dass die Mitschüler Bescheid wussten.

»Aber alt genug für Gefühle«, war seine Antwort.

Alex war damals so tief enttäuscht und derart verletzt, dass er mir seit diesem Tag aus dem Weg gegangen war. Robert dagegen flirtete auf Teufel komm raus mit allem, was ihm über den Weg lief. Und das machte ihn irgendwie anziehend.

Beim Abiball allerdings hatten seine plumpen Annäherungsversuche bei mir zu leichten Irritationen geführt, woraufhin ich ihn arrogant am langen Arm verhungern ließ. Meine Ausreden waren immer originell und trieben ihn in den Wahnsinn, während ich meinen Spaß daran hatte, ihm auf diese Art zu zeigen, dass ich nicht eine seiner Blüten war, die er bestäubt, bevor er zur nächsten fliegt. Für mich war er »Robert, der Schmetterling«.

Dieses Katz-und-Maus-Spiel hatte einige Monate angehalten, bis er überraschend in die Buchhandlung kam, in der ich arbeitete, und das Buch kaufte: *Darum liebe ich dich.*

Nachdem Robert bezahlt hatte, fragte er:

»Kannst du mir das Buch bitte als Geschenk einpacken? Es ist für eine gute Freundin.«

Zum Glück hatte ich mich mit meinen vorlauten Bemerkungen zurückgehalten, wählte ein exklusives Design, durchgefärbtes Seidenpapier in Rosé mit aufwendiger Strukturoberfläche und Glanzeffekt. Dazu lila Schleifenband und eine Seidenblüte, die ich in der Mitte platzierte. Es entstand ein richtiges kleines Kunstwerk. Robert nahm das Geschenk, bedankte sich mit einem verschmitzten Lächeln und verließ die Buchhandlung.

Schon wieder ein neues Opfer, dachte ich, dieses Mal lässt er sich das ja richtig was kosten. Zum Glück hatten wir ein weiteres Exemplar in der Auslage, denn der Buchtitel und vor allem der Klappentext hatten eine gewisse Neugierde in mir erregt.

Du hast so viele schöne Seiten, ich kann sie gar nicht alle aufzählen. Aber jetzt will ich wenigstens mal einen Anfang machen. So begann dieses wunderschön gestaltete Büchlein. *Und es hilft einem, die Gefühle auszudrücken für den Menschen, der einem der liebste ist. Wie ein bunter, dicker Liebesbrief. Darum liebe ich dich.*

Ein Anflug von Eifersucht überkam mich, betroffen schaute ich ihm mit offenem Mund hinterher. Fünf Minuten später hatte sich erneut die Ladentür geöffnet und Robert trat ein. Er legte mein Kunstwerk auf die Theke, schaute mich an und sagte:

»Es ist für dich. Christin, dich liebe ich, mit dir möchte ich zusammen sein – und jetzt bitte keine neuen Ausreden mehr! Du kannst dir etwas vormachen, aber mir nicht, ich weiß, dass du mich auch magst.«

Er hatte mich durchschaut, meine Tarnung war aufgeflogen. Gerührt fiel ich ihm um den Hals, bei so einer Liebeserklärung konnte auch ich der Versuchung nicht mehr widerstehen.

Wir verabredeten uns für den nächsten Abend. Es wurde ein Rendezvous der Extraklasse. Ein wunderschöner warmer Sommerabend mit unbestimmtem Ausgang. Der Himmel war noch leuchtend blau, als ich Robert schon von Weitem sah, wie er grüßend die Hand hob und über die Brücke eilte. Er sah aus wie ein britischer Botschafter, der in den Buckingham Palace eingeladen war. Dunkelblaues Sakko, helle Anzughose und dazu ein weißes Hemd mit gestreifter Krawatte. Ich musste so herzhaft lachen, dass er sich gleich mit den Worten entschuldigte, er habe bei der Wahl der Garderobe ein wenig die Nerven verloren.

»Schön, dich zu sehen«, lachte er und küsste mich auf die Wangen. »Ich habe viel an dich gedacht.«

»Danke gleichfalls«, sagte ich und spürte, wie ich leicht rot wurde.

Robert bot mir seinen Arm, und voller Stolz ging ich neben ihm. Er sah unheimlich gut aus und war größer, als ich es in Erinnerung hatte.

Wohin er mich wohl ausführen wird?, überlegte ich, aber eigentlich spielte es keine Rolle, Hauptsache, wir waren zusammen.

Wir fuhren zum teuersten Italiener der Stadt, und Robert redete die ganze Fahrt über ununterbrochen, bis er mich irgendwann fragte, was mich an Büchern eigentlich so fasziniere.

»Vielleicht weil sie nicht andauernd reden?«, erwiderte ich lachend.

»Ich kann auch schweigen«, versicherte er gleich und redete tatsächlich bis zum Restaurant kein einziges Wort mehr. Wir verbrachten einen romantischen Abend und waren sehr verliebt. Von Robert lernte ich eine ganz andere Seite kennen, die mir wesentlich besser gefiel. Seine überhebliche Art war wie ausgelöscht.

Seit diesem Abend waren wir ein Paar, woraus wir kein Geheimnis machten. Jeder sollte sehen, wie glücklich wir waren.

Jeden Tag nach Ladenschluss holte mich Robert von der Buchhandlung ab. Während er noch bei seinen Eltern wohnte, besaß ich bereits eine eigene Zweizimmer-Wohnung am Ende der Stadt.

Nach ein paar Wochen verweilte sogar sein Kulturbeutel bei mir im Bad, aber Robert versicherte mir, es sei nur ein Kulturbeutel, kein Ehering. Das beruhigte mich natürlich ungemein.

Zwei Jahre später heirateten wir. Meine Ausbildung als Buchhändlerin war abgeschlossen und ich verdiente bereits mein eigenes Geld.

Unsere Hochzeit war kein riesiges Fest, dafür aber eine harmonische Zeremonie in der Wülferoder Kapelle, die schon über zweihundertfünfzig Jahre alt war und in der schon meine Eltern geheiratet hatten.

Meine Mutter schluchzte ununterbrochen, als mich

mein Trauzeuge Felix (der Mann meiner Freundin Petra) zum Altar führte. Bis zum Schluss hatte sie noch gehofft, dass Alex doch noch das Rennen machen würde, aber der war leider immer noch verletzt und sprach kein einziges Wort mit mir. Selbst an meinem Polterabend hatte er sich nicht blicken lassen.

Ich trug ein cremefarbenes, kurzes, schlichtes Kleid. Für einen Traum in Weiß war es im sechsten Monat reichlich spät, und festliche Umstandsmode war nur schwer zu bekommen. Nach der kirchlichen Trauung gab es ein schönes Fest bei unserem Lieblingsitaliener. Meine Oma sagte später, ich hätte sehr elegant ausgesehen und ziemlich verliebt.

In Abständen von drei Jahren brachte ich Paul, Thomas und Peter zur Welt. Es folgten turbulente, aber erfüllte Jahre mit Robert und drei wunderbaren Jungs. Wir wurden zu einer richtigen Großfamilie, die mittlerweile, dank Robert, in einem schönen, großen Haus am Stadtrand von Hannover wohnte.

Während Robert als Makler für Auslandsimmobilien bei der Bank Karriere machte, kümmerte ich mich hauptsächlich um die Kindererziehung. Ihm blieb nur wenig Zeit für die Familie, was er sehr bedauerte. Aber daran hatte ich mich schnell gewöhnt. So engagierte ich mich in Sportvereinen, übernahm Ehrenämter in der Schule und backte Kuchen für den Weihnachtsmarkt.

In der Buchhandlung meiner Mutter half ich morgens aus, wenn die Kinder in der Schule waren. So sicherte ich mir meinen eigenen Lebensunterhalt, um nicht abhängig zu sein wie die meisten Frauen in meinem Freundeskreis. Wie oft predigte mir meine Mutter diesen Satz ein: »Es gibt noch ein Leben *nach* der Kindererziehung.« Vorsorge war gefragt und daran hielt ich mich.

Robert wurde erfolgreicher denn je. Mit Leidenschaft und Engagement begutachtete er Häuser und fand immer eine Gelegenheit, für die Bank ein gutes Geschäft zu machen, bei dem eine angemessene Provision für ihn abfiel. Er war einfach die perfekte Symbiose aus mathematischem Genie und architektonischem Visionär.

Als das verwahrloste Haus in Spanien mit dem Dornröschen-Garten zum Verkauf stand, überlegte Robert nicht lange und kaufte es für uns. Es gehörte einem armen, alten Fischer, der es nicht mehr unterhalten konnte. Das Fischerleben an der Küste war härter geworden, seit die EU Fangquoten für ihre Mitgliedsstaaten eingeführt hatte. Davon profitierten hauptsächlich die großen Fabrikschiffe. Seit Jahrzehnten gingen die Fänge aufgrund der Überfischung zurück.

Die Region Sant Jordi war am stärksten betroffen, und für Juan wurde es wirtschaftlich sinnlos, aufs Meer hinauszufahren. Sein marodes Fischerboot, die *Angelique*, war mit einem kleinen Galgen ausgestattet, sodass er nur vor den Küsten seine Fischgründe fand. Hochseefischerei war ausschließlich den Fabrikschiffen vorbehalten. Seine Fänge wurden immer kleiner, sodass er manchmal mit nur dreißig Kilo Fisch im Hafen anlandete.

Sein Lebensunterhalt war auf diese Weise längst nicht mehr zu verdienen. Netze, Garne, Treibstoff wurden zum unbezahlbaren Luxus. Juan war seit vier Jahren nicht mehr hinausgefahren. Seine Ausrüstung verrottete, die Bootsplanken faulten – die *Angelique* war nicht mehr zu gebrauchen. Juans Freund Antonios kaufte ihm sein Boot ab, oder das, was noch davon übrig war. Den Motor konnte er noch als Ersatzteil verwenden. Sonst war der Kahn weitgehend schrottreif. Was blieb, waren nur noch die Erinnerungen. Juans Rente, die weniger als fünfhundert Euro im Monat betrug, war zum Leben zu wenig und zum Sterben zu viel.

Die örtliche *Banco de España* hatte Juan stets begleitet. Aber nachdem die Umsätze und Erlöse aus den Fischverkäufen zurückgegangen waren, konnte er seinen Kredit nicht mehr bedienen. Die Bank kündigte ihm die Geschäftsbeziehung – drei Monate hatte er um Aufschub gebeten, um für sein geliebtes Haus einen Käufer zu finden. Informationen über den mallorquinischen Mittelstand wurden natürlich auch nationalen Instituten zur Verfügung gestellt. Vermutlich liefen hier die Fäden ineinander, die erklären würden, woher Robert diesen Tipp erhalten hatte.

Mit fadenscheinigen Argumenten und wenig Einfühlungsvermögen hatte er dem Fischer erklärt, wie marode sein Haus sei – hatte ihm Stellen gezeigt, an denen es durchregnete und verfaulte Dachbalken sichtbar an der Statik nagten. Wenn nicht umgehend mit der Renovierung begonnen würde, könnte man die Hütte nur noch abreißen. Den nächsten Winter würde dieses Gemäuer nicht überleben.

Juan war sprachlos – und zu sehr verarmt, um weiterzuverhandeln. Die Hoffnung, doch noch einen guten Preis für sein Kleinod zu bekommen, löste sich in Luft auf.

Robert hatte ein kleines Paradies zum Spottpreis ergattert. Wie immer hatte er einen Riecher für gute Geschäfte und verstand es, Menschen, denen das Wasser schon bis zum Hals stand, weiter in die Knie zu zwingen.

»Außerdem kommt so eine Gelegenheit so schnell nicht wieder«, lobte er sich selbst. Die Immobilien-Abschlüsse in den letzten Jahren waren trotz Finanzkrise mehr als gut ausgefallen; sie ließen es zu, bei diesem Objekt an uns zu denken.

Unser Leben war in all den Jahren problemlos und sorgenfrei verlaufen, obwohl mir Roberts Machenschaften manchmal einfach zu weit gegangen waren. Die Kinder waren inzwischen aus dem Haus und über hundert Seiten meiner Lebensgeschichte waren bereits geschrieben. Nun hielt uns nichts mehr davon ab, den Traum, den wir seit Jahren hegten, nach Spanien auszuwandern, zu erfüllen. Nicht einmal unsere Freunde und Bekannten, die uns mit ihren belehrenden Sprüchen diesen Neuanfang auszureden versuchten.

Die Einzige, die sich mit uns freute, war meine Freundin Petra. Wir kannten uns seit der Schulzeit, sie hatte Architektur studiert und arbeitete trotz ihrer Scheidung noch immer mit ihrem Exmann im eigenen Planungsbüro zusammen. (Mein Trauzeuge!)

Unsere Söhne hatten nicht schlecht gestaunt, als wir ihnen diese Botschaft so ganz nebenbei bei einem gemeinsamen Abendessen übermittelt hatten – was auch daran lag, dass wir mit ziemlicher Sicherheit wussten, was nun kommen würde. Paul, der Ältere, war begeistert, er bewunderte seinen Vater, der sein Homeoffice nach Sant Jordi verlegen konnte. Nicht ganz uneigennützig sah er dieser Veränderung sehr positiv entgegen. Thomas, der Mittlere, fand, es sei eine Schnapsidee. »Auswandern, was für eine absurde Idee. Du kannst kein Wort Spanisch, dein Englisch ist auch nicht gut und von der schlechten medizinischen Versorgung will ich gar nicht erst reden.«

Peter, der Jüngste, fand es supercool.

»Endlich mal Eltern, die sich was trauen«, ergriff er Partei für uns.

Er freute sich aufrichtig, noch mehr natürlich darüber, dass er mit seinen Studienkollegen kostenlos Urlaub machen konnte. Peter liebte es zu verreisen, wie sein Vater, der ihn gelegentlich bei Auslandsbesichtigungen mitnahm.

Durch Roberts Kontakte hatten wir rasch einen Käufer für unser Anwesen in Hannover gefunden. Der neue Geschäftsführer von Toyota Deutschland war begeistert, für ihn war es genau die richtige Immobilie, wie geschaffen für seine große Familie.

Für Robert und mich wurde es ernst.

Sant Jordi, wir kommen!

Schon bei der ersten Besichtigung des alten Fischerhauses wusste ich, wie dieses Haus einzurichten war. Es dauerte fast ein halbes Jahr, bis es in neuem Glanz erstrahlte und in eine spanische Finca verwandelt worden war. Petra hatte ganze Arbeit geleistet, es war ihre Herausforderung gewesen. Sie verbrachte gemeinsam mit Robert sehr viel Zeit an der spanischen Baustelle, während ich in Hannover alle Formalitäten für den Umzug in Angriff nahm.

Nach dem Umbau bestand die Finca durchgehend aus Glasfronten, Holz und Naturstein. Das Bad wurde zur Wellness-Oase umgebaut, die großzügige Küche ein Traum in Weiß, mit einer Profikochinsel in der Mitte, alles modern und stilvoll, und dazu der faszinierende Blick auf die idyllische Ursprünglichkeit der Natur, wie sie ein Maler mit Farbe und Pinsel nicht schöner hätte zaubern können.

Am Ende war es das Haus unserer Träume geworden.

Petra hatte noch ein paar Leute mehr angestellt, um den Termin, den Robert vorgegeben hatte, einzuhalten. Am Tag des Einzugs zog sie einen neuen Hausschlüssel aus ihren Jeans, der glänzte wie alles, was vor uns lag.

»Dann schaut euch mal an, wofür ihr mich bezahlt habt«, strahlte sie und trat einen Schritt zurück, nachdem sie die Tür geöffnet hatte.

Robert trat als Erster über die Schwelle und war schier geblendet von der Helligkeit. Die Sonne strahlte jeden Winkel aus, es roch nach Wind und Meer, das nur wenige Meter entfernt war.

»Wir werden eine Menge Jalousien brauchen«, sagte ich und blinzelte unter meiner Hand hinweg, mit der ich meine Augen beschattete.

Dann standen wir mitten im Wohnzimmer, ein Raum, der sich über gut fünfzig Quadratmeter erstreckte. Lichte, offene Räume, die ineinander übergingen, dazu zwei in sich abgeschlossene Trakte. Einer mit zwei Schlafzimmern für die Hausherren und der andere für Gäste und die Kinder, jeder mit herrlichem Meerblick. Es war ein traumhafter Garten entstanden, den der Gärtner zur Meeresseite hin liebevoll mit Blumeninseln, Lorbeersträuchern und Zypressen gestaltet hatte.

Unter dem Schatten einiger Olivenbäume keimte ein Kräutergarten, der stufig angelegt worden war. Im Vorgarten hatte Pedro Hand angelegt und ein Blumenmeer aus weißen Rosen und Lavendel gepflanzt, dazu ausgesuchte

Skulpturen moderner Kunst aufgestellt, wie es die kulturelle Tradition vorgab. Pedro war mein neuer Nachbar. Wir mochten uns auf Anhieb. Er liebte die Gartenarbeit und ich wusste schnell diese zauberhafte Geste an ihm zu schätzen. Pedro war ein früh pensionierter Mittfünfziger, groß, schlank, schwarzhaarig und gutaussehend. Er war schwul und noch dazu sehr einsam, nachdem ihn seine große Liebe, Ludwig aus Garmisch, mit dem er zehn Jahre seines Lebens glücklich gewesen war, wegen eines Jüngeren verlassen hatte. So kam es ihm sehr gelegen, dass neue Nachbarn im direkten Umfeld einzogen, die ihm auf Anhieb auch noch sympathisch waren.

Pedro verbrachte die meiste Zeit mit seinem Garten, sprach mit den Pflanzen und war sich sicher, dass sie so besser gedeihen würden. In seinem Garten blühte sogar ein Enzian, ein Geschenk von Ludwig. Er hatte dieses Gewächs gehegt und gepflegt, wie seine Beziehung, die es nun nicht mehr gab. Pedro verglich die Charaktere seiner Mitmenschen gerne mit Blumen. Eines Tages fragte ich ihn, mit welcher Pflanze er mich vergleichen würde, fügte aber noch schnell hinzu: »Bitte jetzt kein Männertreu!« Worauf er charmant antwortete:

»Du bist eine Strelitzie, auch Papageienblume genannt, kräftige warme Farben, eine Spur provokant, ein bisschen kantig, aber schön.« Ich fühlte mich geschmeichelt. Pedro war immer für eine Überraschung gut. Seine Finca stand direkt unter unserem Haus, wir benutzten eine gemeinsame Auffahrt und bei jedem Kommen und Gehen winkten wir uns freundschaftlich zu. Er begrüßte es, dass das baufällige Fischerhaus nicht länger ein Schandfleck war, auf den er jeden Tag blicken musste.

Bereits in der Renovierungsphase hatten wir uns besser kennen gelernt. Gemeinsam rissen wir alte Tapeten von den Wänden, spachtelten Fußböden und redeten dabei über Gott und die Welt. Pedro befreite die Zimmer im oberen Stockwerk von Müll und längst ausgedienten Möbelstücken, während ich alte, verkalkte Armaturen ausbaute und uralte Fliesen von den Wänden schlug. Mit ihm machten sogar die Abbrucharbeiten Spaß, gegenseitig klopften wir uns den Schmutz von den Arbeitssachen und husteten uns den Staub aus den Lungen. Zwischendurch tranken wir ein Glas Wein und stießen auf das neue Leben an. Die Arbeit erledigte sich fast von allein. Wer hätte gedacht, wie schnell das Leben manchmal neue Türen öffnen kann! Aber mit guten Freunden, Mut und einem gesunden Menschenverstand wurde das, was früher unmöglich schien, plötzlich Wirklichkeit.

Mit der Zeit stellten wir viele gemeinsame Interessen fest. Pedro liebte kulturelle Einrichtungen so wie ich, ausgefallene Architektur, Politik und Bilder jüngerer Künstler. So stand einer harmonischen Nachbarschaft nichts im Weg.

Nach unserem Umzug genoss ich den ewigen Frühling unter Palmen. Die kleine Stadt faszinierte mich. Sie war überschaubar und bot genügend Möglichkeiten, den großen Massen an Touristen zu entfliehen. Im Ortskern fand man eine Mischung aus privaten Wohnhäusern, Ferienbungalows und größeren Hotelanlagen. Alles war zwar ein wenig verbaut, aber es gab durchaus schöne Ecken, an denen man einen erholsamen Urlaub verbringen konnte.

Anstatt einer Promenade gab es gut ausgebaute Stege

und Wege entlang der Meerseite, die zum Hafen führten. Besonders an den Wochenenden war der Hafenbereich mit seinen zahlreichen Restaurants ein beliebter Treffpunkt mallorquinischer Familien. Hier konnte man noch mehr mediterrane Lebensart erleben. Ich hatte mich schnell in diese traumhafte Landschaft verliebt, vor allem in das warme Klima, das für Spanien sprach. Hier konnte ich nach Lust und Laune leben. Dort, wo andere Menschen Urlaub machten, war nun mein neues Zuhause.

Bevor Spanien sehr hart von der Wirtschaftskrise getroffen worden war, waren die guten Aussichten am Arbeitsmarkt ein weiteres Plus. Aber das war einmal. Auch neun Jahre nach Ausbruch der Krise war es schwer, in Spanien Arbeit zu finden, und auch mich verließ langsam der Mut, weil nur Absagen ins Haus flatterten.

Robert war nach wie vor viel unterwegs, und mein Nachbar Pedro wurde zu meinem persönlichen Begleiter. Gemeinsam klapperten wir einige Buchhandlungen ab, in denen ich mich spontan vorstellte, aber leider blieb auch dort der erhoffte Erfolg aus. Zwischendurch luden sich immer wieder aufgestaute Emotionen in einer Flut von Tränen ab.

»Du hast doch noch Zeit und kannst es dir leisten, nicht zu arbeiten. Du *musst* nicht arbeiten, um über die Runden zu kommen«, sagte Pedro. »Mach dir keinen Kopf, mir fällt schon irgendwas ein.«

Er ließ den Rauch seiner Zigarette langsam aus dem halb geöffneten Mund entweichen, und ich sah, wie es in seinen Augen aufblitzte. In seinem Kiefer begann hartnäckig ein Muskel zu zucken. Er schnippte die Asche von seiner Zigarette und deutete auf ein Café, das auf der anderen Straßenseite lag. Pedro wusste immer mehr als die anderen, das war mir bekannt, aber trotzdem verstand ich seine Körpersprache nicht und wusste nicht, was er meinte.

»Siehst du das große Schild?«, fragte er. »Zu verpachten!«

»Was meinst du?«

Pedro gab ein seltsames Geräusch von sich, ein Mittelding aus Lachen und Räuspern.

Jetzt hatte auch ich begriffen, und meine Tränen wichen einem Lächeln, als wir vor dem Ladenlokal standen. Die Schaufensterscheiben des ehemaligen Lokals waren mit Zeitungspapier verklebt. Einige Seiten waren zerrissen, hier und da konnten wir einen Blick ins Innere werfen. Pedro schätzte die Fläche auf achtzig, neunzig Quadratmeter. Für ein kleines Café genau die richtige Größe.

»Was meinst du, was soll ich tun?«, fragte ich.

»Ich kenne den Eigentümer«, sagte er ganz nebenbei.

»Warum wundert mich das nicht?«, lachte ich.

»Wir sollten uns wenigstens anhören, wie hoch die Miete ist. Absagen können wir immer noch. Soll ich ihn anrufen?«

»Du meinst wirklich, das ist eine gute Idee?«

Pedro nickte eifrig.

»Also gut«, sagte ich, »rede mit ihm.«

Ich hatte kaum den letzten Satz ausgesprochen, da verhandelte Pedro schon mit dem Eigentümer, als wenn er in seinem Leben nie etwas anderes getan hätte.

Das Verhandlungsgespräch entsprach der Mentalität eines Spaniers, mal laut, mal gesittet, und dann hörte es sich wieder an wie ein heftiger Streit. Ab und zu klang es, als würde Pedro über die Wörter stolpern. Wir hatten zwar eine halbe Flasche Sekt getrunken, aber normalerweise steckte er wesentlich mehr weg. Am Ende stand ein grinsender Macho vor mir – das sah nach einem guten Vertragsabschluss aus.

»Der Vorbesitzer hat nämlich wahnsinnige Geldprobleme«, sagte er, »und kennt sich überhaupt nicht mit Verträgen aus. Genauso wenig damit, wie man aus diesem Lokal eine Goldgrube macht – es liegt superzentral, ist fußläufig gut erreichbar, und wenn nötig gibt es Parkplätze sogar hinter dem Haus.«

Pedro strotzte vor Stolz und suchte nach Anerkennung. Es machte keinen Sinn, ihm zu widersprechen. Voll des Lobes klopfte ich ihm auf die Schulter. Was würde Robert sagen?

Ich konnte es kaum erwarten, ihm am Abend davon zu berichten. Immerhin wusste er, wie gern ich mir diesen Traum erfüllen würde.

Mit so viel Verständnis hatte ich allerdings nicht gerechnet. Robert fand die Idee großartig, nachdem er sich von der perfekten Lage selbst überzeugt hatte. Der Strand war fußläufig erreichbar und das maritime Gebäude aus Glas und Holz von nebenan gab dem Umfeld ein besonderes Flair. Hinzu kam der lange Pier, der nicht weit entfernt war, mit viel Platz, um große Boote daran festzumachen. Segler und Bootsbesitzer könnten hier zu dem Publikum zählen, das von der Sonnenterrasse die perfekte Aussicht auf den Strand genießen würde.

Robert führte noch am Abend ein Telefongespräch nach dem anderen. Am nächsten Tag hatte er mir einen Business-Plan erstellt, der alle Kosten enthielt. Der Unterhalt lag im Rahmen des Möglichen, und von der heimischen Bank bekam ich einen kleinen Kredit, den wir uns leisten konnten.

Mit Petras guten Ideen verwandelten wir das heruntergekommene Gebäude in ein modernes, schickes Café. Die Außenansicht wurde dem maritimen Gebäude angepasst. Innen schuf sie eine gemütliche Atmosphäre aus runden Marmortischen, kombiniert mit alten Holzstühlen. Die kleine Terrasse wurde zum Schmuckstück, die die Mallorquiner sehr begrüßen würden. Wir nannten das Café *Die kleine Auszeit*.

Dank Pedros und Roberts guten Kontakten war mein Traum eher in Erfüllung gegangen als erwartet, jetzt begann meine Zeit und ich hatte mich nie besser gefühlt. Das Gefühl, dazuzugehören, teilzuhaben am Leben, an der Geschichte der Stadt und ihrer Menschen, machte mich stolz und glücklich. Es dauerte auch nicht lange, bis sich die neue Adresse herumgesprochen hatte. Mein Lokal war meist gut gefüllt und nicht nur Segler und Bootsbesitzer waren unter den Besuchern. Wer sich auf den Stühlen meines Cafés niederließ, war umgeben von Menschen jeglicher Couleur, die aus den verschiedensten Gesellschaftsschichten kamen. Aber genau das machte es aus, es hatte Charme und sorgte für jede Menge zahlender Gäste, die mit Trinkgeldern nicht geizten.

Jedes Jahr, immer am ersten Samstag und Sonntag im August, fand das traditionelle Sommerfest in Colonia statt. Robert und ich erlebten dieses Fest zum zweiten Mal, und in diesem Jahr gehörten wir bereits zu den Einheimischen des Dorfes. Was auch daran lag, dass wir ihre Sprache erlernten und die mallorquinischen Regeln befolgten; so wurden wir schnell in die Gemeinschaft integriert.

Den Rest erledigte Pedro. Er war nicht nur mein netter Nachbar, der meinen Vorgarten in einen Park der Sinne verwandelt hatte, nein, Pedro führte uns auch in die gehobene Gesellschaft von Colonia ein, indem er uns wohlhabenden Geschäftsleuten vorstellte, für die sich vorwiegend Robert interessierte. Am Abend, als das Fest seinen Höhepunkt erreicht hatte, stellte er mir Dr. Clemens Lutz vor, den Leiter der Hauptniederlassung von *Barcleys* auf Mallorca, der Bank, die mir mein Lokal finanziert hatte. Aber da es Robert war, der alle Kreditgeschäfte erledigte, hatte ich die Menschen, die dort arbeiteten, nie zu Gesicht bekommen. Und da sich beide mit dem Vornamen ansprachen, konnte ich davon ausgehen, dass sie sich schon eine Weile kannten. Clemens Lutz sah sehr gut aus, groß gewachsen, braungebrannt; seine athletische Figur steckte in weißen Jeans und einem grauen Poloshirt, dazu trug er passende blaue Segelschuhe. Er hielt sich den restlichen Abend verdächtig in Roberts Nähe auf. Banker unter sich?, fragte ich mich.

Von den anderen Gästen erfuhr ich Näheres über den geheimnisvollen Mann, der aus dem oberen Management kam. Ein Großteil der Gäste ließ allerdings kein gutes Haar an ihm. Dr. Clemens Lutz war ihnen zufolge nicht nur machtgierig, sondern zeigte auch kein Interesse für verarmte Bürger, Mitarbeiter oder alleinerziehende Mütter; er ruinierte Existenzen und beutete andere Menschen aus, worauf er auch noch stolz war. Ich konnte kaum glauben, was ich da hörte. Doch hinter der noch so strahlenden Fassade eines Bankers verbarg sich sicherlich auch ein

Schatten, der nicht nur dem schnöden Mammon frönte.

Nach dem dritten Glas Wein hatte ich mir nicht nur genügend Mut angetrunken, sondern auch reichlich Informationen gesammelt, um Clemens Lutz mit einer Heuschrecke zu vergleichen, und mahnte Robert, nicht weiter Kontakt mit ihm zu halten. Aber Robert versicherte mir, dass Heuschrecken nur im Schwarm gefährlich seien und ich mir keine Sorgen machen müsse.

Sehr vertraut verabschiedeten sie sich am Ende des Sommerfestes mit einem herzlichen Schulterklopfen.

Ich traute meinen Augen nicht, als ich am nächsten Morgen ein Bild von Robert und diesem Dr. Lutz, das sie in freundschaftlicher Pose zeigte, in der Klatschspalte der *Colonia-Nachrichten* sah. Das ließ für mich nur einen logischen Schluss zu, und eine längere Diskussion mit Robert stand an.

Es war nicht nur die lange Nacht mit Musik der 70er Jahre, auch nicht der spanische Rotwein, was meinen Kopf am darauffolgenden Morgen zum Platzen brachte, sondern die Nachricht, dass Robert von seiner Bank die Kündigung erhalten hatte.

Warum musste sich immer alles ändern? Warum konnte es nicht einfach bleiben, wie es war? Es war doch alles gut. Mit einem Grummeln im Bauch saß ich auf der Terrasse und hielt trotz der Hitze eine leicht warme Wärmeflasche vor meinem Bauch. Meine Zunge fühlte sich pelzig an, und der Geschmack in meinem Mund hatte etwas von verdorbenem Fisch.

Im Kopf ließ ich meine Gedanken kreisen, bevor ein leises Geräusch meine Fantasien beendete. Robert hatte die Terrassentür aufgeschoben; frisch geduscht, sein graues Haar noch feucht, gekleidet mit kurzen Shorts und Poloshirt, sah er mich an. Ich erwiderte seinen Blick, drehte ihm aber gleich wieder den Rücken zu.

»Ich wollte es dir schon früher sagen«, quälte ihn sein schlechtes Gewissen. »Aber ehrlich gesagt wusste ich nicht, wie.«

Ich versuchte zu lächeln, merkte aber, dass der Fisch vom gestrigen Abend zurück ins Meer wollte. Hinzu kam der Duft von Roberts Rasierwasser, der in meine Nase wehte. Ich rannte auf die Toilette und übergab mich mehrmals. Als ich zurückkam, saß Robert an dem kleinen Terrassentisch und trank Kaffee. Ich setzte mich dazu und schenkte mir ein Glas Wasser ein, in der Hoffnung, dass meine Übelkeit langsam verging.

»Soll ich dir einen Tee machen?«, fragte er fürsorglich.

»Hast du was verbockt? Hast du einen Fehler in der Bank gemacht?«

Ich hörte selbst, dass meine Stimme grell wurde.

»Robert, du bist dreiundfünfzig! Wie soll es denn jetzt weitergehen?«

»Daran musst du mich nicht erinnern!«, gab er verärgert zurück.

»Oder willst du schon in den Ruhestand? Die Politik spricht von Rente mit siebenundsechzig. Oder dreiundsechzig? Bis dahin hast du noch mindestens zehn Jahre!«

Ich versuchte mich zu beruhigen, spürte aber, dass eine Panikattacke in mir aufstieg. Der Blick aufs Meer war eindeutig der bessere als der in Roberts Gesicht.

»Ist die Bank dahintergekommen, dass du den armen Fischer über den Tisch gezogen hast? Oder hat das was mit diesem Dr. Lutz zu tun? Das Bild in der Klatschpresse sprach jedenfalls Bände. Der Mann ist korrupt und unberechenbar. Ich möchte nicht, dass du ihn so oft triffst. Die Einheimischen lassen kein gutes Haar an ihm.«

Robert sagte erst nichts, aber sein Brustkorb hob und senkte sich merklich, woran ich merkte, dass er nicht so entspannt war, wie er tat.

»Aber Christin, wer erzählt denn so einen Mist«, beruhigte er mich dann, »bei so einem Fest, Banker unter sich, lacht jedes Journalistenherz. Morgen ist es schon wieder Altpapier ...«

Ich schüttelte den Kopf und sein Wortschwall verebbte mit einem fragenden Blick.

»Du kannst dir deinen Sarkasmus ruhig sparen«, platzte es aus mir heraus.

Robert saß mit ausgestreckten Beinen am Gartentisch und rührte unentwegt den Zucker in der Kaffeetasse um.

»Kann es wahr sein, dass du grinst?«, fragte ich ihn. »Sie haben dich entlassen, und du grinst?«

»Ich habe allen Grund dazu«, sagte er seelenruhig und schien mit dieser Situation absolut im Reinen zu sein. Ich stand auf und schlang meine Arme um seinen Hals.

»Robert«, sagte ich leise. »Was ist los?«

»Nichts ist los! Christin, überleg doch mal, was wir jetzt alles zusammen machen können! Kein Stress mehr, nur du und ich, wir hätten Zeit, Zeit für uns!«

»Du und ich« wiederholte ich und spürte selbst, wie langweilig sich das anhörte. »Du und ich, da gab es ja auch noch die Frage des Geldes.«

»Stell dir vor, ich kann mir für ein Jahr eine Auszeit nehmen, in deinem Café helfen, und danach lege ich noch einmal richtig los.«

Mir wurde bewusst, was es heißen würde, Robert den ganzen Tag um mich rum zu haben. Er würde mir mein Leben nehmen, weil er kein eigenes mehr hatte. Nicht einmal eigene Freunde. Außerdem war er kein Mann, der vom Hamsterrad in die Hängematte wechselte. Für ihn war weniger nicht mehr und er konnte auch nicht immer so weitermachen, als wäre nichts geschehen.

»Loslegen? Mit Mitte fünfzig? Wer will dich denn dann noch? Es kommt alles so überraschend, ich muss mich erst ...«, ich wich seinem Blick aus, »... daran gewöhnen.«

He!, dachte ich, ich bin zweiundfünfzig und fühle mich jung und fit, ich fahre noch lange nicht auf der Standspur und jetzt habe ich einen Frührentner als Mann?

Jetzt grinste Robert wirklich. Ob er meine Gedanken lesen konnte?

»Es ist doch nicht für die Ewigkeit, ein Jahr Pause, dafür werde ich auch noch bezahlt. Wettbewerbssperre! Christin, freust du dich denn nicht?«

Nein, ich freute mich ganz und gar nicht und sagte nichts mehr. Mein Schweigen behagte Robert nicht, verlegen warf er einen schnellen Blick auf seine Armbanduhr, stand auf, ging in die Küche, stellte seine leere Kaffeetasse ab und nahm seinen Koffer, der schon gepackt im Flur stand.

Offensichtlich hatte ich so einiges nicht mitbekommen.

»Wo willst du hin?«, fragte ich.

»Ich muss jetzt los, mein Flug geht in zwei Stunden, es gibt noch vieles, das geregelt werden muss.« Er warf eine leichte Sommerjacke über den Rollkoffer, stellte seine

Aktentasche obendrauf und kam gut gelaunt auf mich zu.

»Gespräche über meine Abfindung führen zum Beispiel.« Robert drückte mich mit einer leichten Umarmung an sich und verließ die Terrasse.

»Was jetzt?«, rief ich ihm entsetzt hinterher. »Aber …«
An der Haustür drehte er sich noch einmal um.

»Übrigens war der Hund schon wieder im Wohnzimmer, du weißt, dass ich das nicht gutheiße!«

Jetzt war sein Ton schärfer. Ich hatte eine klare Vorstellung davon, was in ihm vorging, wenn sich seine Augenbrauen zusammenzogen. Hunde- oder Katzenhaare auf dem Sofa waren etwas, was er hasste.

Nach Roberts plötzlichem Aufbruch ging ich in die Küche und versuchte mich an meinem ersten Kaffee für diesen Tag, dazu aß ich ein trockenes Brötchen vom Vortag. Ich konnte einfach keinen vernünftigen Gedanken fassen. Robert wollte hoch hinaus, ganz an die Spitze – und jetzt wurde er einfach abgesägt. Keine Sekretärin mehr, die alles für ihn erledigte und, wenn es sein musste, auch noch das Geburtstagsgeschenk für die Gattin besorgte. Alles vorbei.

Robert hatte viel für die Bank getan, seit über zwanzig Jahren war er der erfolgreichste Makler in der Abteilung, und jetzt flog er nach Deutschland, um seine Abfindung zu klären. Ich konnte es nicht fassen. Hoffentlich war der Bank sein Abgang einiges wert. Ich beruhigte mich, denn in Verhandlungssachen war er schon immer unschlagbar gewesen.

Mit der Kaffeetasse in der Hand stand ich am Fenster und schaute ausdruckslos auf das Meer und in die ungewisse Zukunft, die nun vor uns lag. Ich befand mich in einem seltsamen Zustand. Ein Zustand, in dem ich etwas wusste und es gleichzeitig nicht wusste. Natürlich konnten aus einer positiven Einstellung viele gute Dinge entstehen, aber pures Wunschdenken eignete sich nicht als Basis zur Bewältigung von Katastrophen.

In meinem bisherigen Leben war ich immer eine realistisch denkende Person gewesen. Aber diese Kündigung war eine Herausforderung, die mich überforderte.

Mein kleiner Beziehungsratgeber aus dem Kloster Maulbronn lag immer in greifbarer Nähe. Mal war er auf dem Nachttisch zu finden, wenn ich nicht einschlafen konnte, mal in der Küche, wenn ich schnell einen Ratschlag benötigte. Schon früher fand ich in diesem kleinen Buch einen hilfreichen Tipp, der mir weiterhalf. So suchte ich nach der passenden Rubrik, wie man Katastrophen am besten übersteht wie die, dass der Ehemann plötzlich zum Rentner wird, fand aber keine. Am Ende des Buches steckte ein Umschlag mit einem Brief, den ich seit Jahren in diesem kleinen Ratgeber aufbewahrte.

Es war der letzte Brief meiner Mutter an mich, bevor sie wenige Wochen später im Krankenhaus an einem Herzinfarkt gestorben war. Niemand hatte damit gerechnet, dass sie nach einer harmlosen Blindarmoperation plötzlich von uns gehen würde. Sie war eine hochgewachsene, elegante Frau gewesen und Buchhändlerin mit Leib und Seele – sie liebte Geschichten über das Leben und liebte Menschen. So wie ich es tat. Sie war eine Dichterin, und unter allem, was sie im Laufe ihres Lebens zu Papier gebracht hatte, gab es diesen Text, den ich mir zu eigen gemacht hatte.

Sie schrieb:

Liebe Christin,

Wir alle haben uns irgendwann dafür entschieden, wie unser Leben aussehen soll. Was wir wollen und was nicht. Seitdem feilen wir an unserem Glück, schmieden Pläne, setzen uns Ziele. Und diese Ziele verfolgen wir, verfolgen, verfolgen und verfolgen sie, bis wir irgendwann vergessen haben, warum wir tun, was wir tun. Wir hören auf, uns zu fragen, ob wir überhaupt glücklich sind. Wir leben einfach so vor uns hin, nach Plan – und das geht ewig so weiter, bis wir irgendwann sterben. Manchmal braucht es eine Katastrophe, damit wir unser Leben überprüfen, aber manchmal braucht es mehr als eine Katastrophe. Irgendwann im Leben kommt der Punkt, an dem man der Wahrheit ins Auge sehen muss – entweder man rettet sich, oder man geht mit seinen Lebenslügen unter. Dein Vater und ich hatten auch Höhen und Tiefen in unserer Ehe, nur haben wir sie als Herausforderung gesehen und letztlich mit Bravur gemeistert.

Pass auf Dich auf, mein Kind.
In Liebe, Deine Mutter.

Wie elektrisiert stand ich eine ganze Weile da und ließ die Worte meiner Mutter auf mich wirken. Nachdenklich steckte ich den Brief in den Umschlag, dann zurück ins Buch.

War Robert die Katastrophe oder seine Kündigung? Mein Leben nahm auf einmal eine andere Richtung und obwohl ich nie einen Drang zur Dramatik hatte, machte mir die Situation Angst. Natürlich wollte ich mit Robert alt werden und auch in guten wie in schlechten Zeiten für ihn da sein – aber nicht mit einem Frührentner.

Unser Haus war noch nicht bezahlt, und mein Café

warf noch nicht so viel ab, um davon leben zu können, es reichte gerade mal für Miete und Nebenkosten.

Beim Personal könnte ich einiges einsparen, dachte ich, den Kuchen würde ich nicht mehr zukaufen, sondern selber backen, das war doch schon mal ein Anfang, und anstelle der Aushilfe würde ich Pedro fragen, ob er mir ein wenig zur Hand gehen konnte. Er verbrachte sowieso zu viel Zeit in seinem Garten, seine Olivenbäume kämen auch mal zwei Tage ohne ihn aus. Im Café hätte er mit Menschen zu tun und vielleicht träfe er dort sogar eine neue Liebe.

Meine Magenverstimmung löste sich nur langsam auf. Ich machte mich auf den Weg zurück ins Bett. Der Weg ins Schlafzimmer war aufgrund der Größe unseres Wohnzimmers ziemlich weit. Kurz blieb ich vor dem grauen Sofa mit den bunten Kissen stehen und entdeckte nur wenige Hundehaare. Robert hatte mal wieder maßlos übertrieben.

Trotz meiner Übelkeit nahm ich den Handsauger aus der Ladestation und saugte die Hundehaare auf, um Robert keinen Anlass für eine weitere Verstimmung zu geben. In meinem Schlafzimmer, das einst als Gästezimmer gedient hatte, bis Roberts Schnarchattacken mich dazu veranlasst hatten, aus dem gemeinsamen Schlafzimmer auszuziehen, waren die Vorhänge immer noch zugezogen. Sie tauchten das Zimmer in ein angenehmes, weiches Licht. Es war ein schöner Raum, ich hatte ihn selbst entworfen und eingerichtet. Jetzt war es mein liebster Raum geworden, meine Robert-freie Zone. Hier schrieb ich jeden Abend die Ereignisse des Tages in mein neues Tagebuch, in das heute die Kündigung von Robert gehörte. Dann ließ ich mich aufs Bett fallen, ignorierte das zusammengeknüllte Bettzeug am Fußende und streckte mich lang aus. Schon besser! Mit einem tiefen Seufzer schaute ich zur Wand, an der mein Lieblingsbild hing, groß und bunt und beruhigend. Es gab kein gegenständliches Motiv auf diesem Gemälde, es war einfach nur abstrakt, mit vielen Farben, die gewürfelt ineinander verschmolzen. Ich hatte es einer jungen Malerin abgekauft, die auf dem Marktplatz über die Kunstakademie Düsseldorf ihre Bilder ausgestellt hatte. Wie viele andere unentdeckte Maler war auch sie nicht auf Rosen gebettet. Obwohl das Bild Robert viel zu bunt war, nahm ich mir vor, im kommenden Jahr ein weiteres Portrait bei der Akademie zu kaufen. Schönheit liegt ja bekanntlich im Auge des Betrachters.

Als ich zwei Stunden später wieder erwachte, ging es mir schon viel besser. Im Bad ließ ich mir das heiße Wasser über den Körper laufen und konnte unter dem Strahl der Dusche förmlich spüren, wie sich mein Nacken Muskel für Muskel entspannte. Langsam fühlte ich mich wieder wie ein Mensch. Der Blick in den Spiegel war allerdings ein Fehler.

Mein Gesicht sah alles andere als frisch aus. Dicke Augenränder und rote Flecken von geplatzten Äderchen an den Wangen spiegelten die letzte Nacht wider. Keine zweiundfünfzig Jahre, sondern eher zweiundsechzig. Wie gut, dass die Kosmetikindustrie für alle Probleme eine Lösung hatte. Ein Tropfen aus der Wunderflasche in jedes Auge, ein paarmal blinzeln, und schon waren meine Augen deutlich klarer und weißer. Mein langes Haar knotete ich zu einem Dutt zusammen, legte ein wenig Make-up auf, dazu ein bisschen Rouge, und schon war die Welt wieder in Ordnung. Wieder zweiundfünfzig, vielleicht sogar wie achtundvierzigeinhalb.

Nachdem ich mit meinem Aussehen zufrieden war, warf ich mir mein buntes Trägerkleid über, das meine Sonnenbräune schön zur Geltung brachte. Danach ging ich gut gelaunt in die Küche und bereitete mir ein zweites Frühstück mit Toast, Marmelade und Kaffee. Ich nahm das Tablett mit auf die Terrasse, wo Max den Schatten unter den Zwergpalmen genoss.

Max war mein Hund. Ich hatte ihn von Petra bekommen, als er ein Jahr alt war, und seitdem war er mein bester Freund und Roberts liebster Feind. Max bestand jeden Morgen auf seiner Gassirunde, fordernd legte er mir nach dem Aufstehen die Leine vor die Füße und los ging's. Für Robert war der Morgenspaziergang mit Max eher eine Folter und führte ständig zu sinnlosen Diskussionen. Irgendwie war immer ich an allem schuld und Robert im Recht, wenn es um diesen Hund ging.

Nachdem ich Max ausgeführt hatte, las ich in aller Ruhe meine eingegangenen Mails und freute mich über eine Nachricht von Petra, woraufhin ich sie gleich anrief. Unser Gespräch dauerte fast eine Stunde – am Ende sagte sie:

»Na, dann pass mal schön auf, nicht dass dein Robert noch eine Geliebte hat! Überhaupt, Robert als Hausmann, völlig undenkbar!« Und legte auf.

Petras Aussage, Robert könne eine Geliebte haben, stimmte mich einen Moment nachdenklich. Die ständigen Sitzungen und Konferenzen, in welcher Bank wurde so lange gearbeitet?

In den letzten Monaten hatte er tatsächlich mehr Zeit in Hannover verbracht als in Sant Jordi, stellte ich fest.

Aber damit war ja jetzt Schluss, die Bank hatte ihn gefeuert. Schnell verwarf ich diesen Gedanken – Robert und eine Geliebte? Junge Frauen hatten ihn noch nie aus dem Gleichgewicht gebracht, lieber verbrachte er seine freie Zeit mit Golfspielen oder in guten Restaurants.

Die Vorstellung, dass Robert auf einmal sehr viel mehr Zeit im Haus verbringen würde, hatte mich eher bedrückt.

Dann doch lieber eine Geliebte!

So gut gelaunt hatte ich Robert seit Tagen nicht mehr erlebt. Seit Wochen schien er aus der guten Laune überhaupt nicht mehr herauszukommen. Sein Abgang war der Bank einiges wert gewesen, er hatte gut gepokert, und die Einjahresklausel bedeutete Freizeit bei voller Bezahlung. Und dass er zu seinem monatlichen Gehalt auch noch eine Abfindung bekommen hatte, war perfekt – und meine Angst um die Zukunft erst einmal aus der Welt.

Im Gegensatz zu Robert hielt ich mich mit Zukunftsplänen zurück, Robert hingegen schmiedete einen Plan nach dem anderen. Abwechselnd sprach er über eine Reise nach Kanada, eine Expedition durch die Wüste, Segeln über den Atlantik oder mit dem Orientexpress durch die Pampa.

Manchmal fragte ich mich, ob er wirklich glücklich war oder nur so tat. Er legte ein dermaßen schnelles Tempo an den Tag, dass ich kaum noch mitkam. Zudem kramte er seine alte Gitarre hervor, die seit Jahren verstaubt im Keller stand und die er längst vergessen hatte, wie ich dachte. Robert wollte alles hinter sich lassen, noch einmal leben, aufbrechen in die zweite Hälfte seines Lebens.

Nur tauchte ich in seinen Plänen nicht mehr auf. Irgendwie traute ich dem Ganzen nicht – hoffte aber, dass sich dieser Wahnsinn bald wieder legen würde. Auch wäre ich nie auf die Idee gekommen, dass Robert nach einer Kündigung so einen kompletten Persönlichkeitswandel durchmachen und dermaßen emotionslos damit umgehen würde.

Mein Café lief hervorragend, ich hatte gut zu tun, und der Umsatz zauberte mir ein zufriedenes Lächeln ins Gesicht. Immer neue Gäste besuchten meine Kaffeebar und genossen die herrliche Aussicht auf der Sonnenterrasse.

Pedro entpuppte sich als große Hilfe. Er hatte ohne Einwände zugesagt, als ich ihn bat, mich zu unterstützen. Mit Freude und einem ständigen Grinsen bediente er die Gäste, ab und zu schäkerte er sogar mit dem einen oder anderen männlichen Gast. Ich hatte den Eindruck, dass er ein ganz neuer Mensch geworden war, ein Mensch, der noch rechtzeitig den Absprung aus der Einsamkeit geschafft hatte. Als Kellner, umgeben von netten fröhlichen Urlaubern, blühte er regelrecht auf, selbst die Pflege der Mandel- und Olivenbäume in seinem Garten hatten an Wichtigkeit verloren.

Durch Pedros großzügige Bereitschaft verschaffte ich mir ein wenig freie Zeit für mich selbst, Raum, den ich unbedingt brauchte. Einmal wieder verschnaufen können, um den normalen Dingen des Lebens nachzugehen, darauf hatte ich schon viel zu lange verzichtet. Viel zu sehr war ich mit Organisieren beschäftigt gewesen, hatte ständig für ein schönes Zuhause gesorgt, Roberts Geschäftsfreunde bewirtet oder mich in der gehobenen Gesellschaft des Lions-Clubs engagiert.

Seit Robert Rentner auf Probe war, bekam ich ihn kaum

noch zu Gesicht. Dauernd gab es irgendwo eine Party, ein Golfturnier oder einen Kartenabend. Auf den Partys stand er meist mit Clemens Lutz zusammen – ich kam in seinem Leben nicht mehr vor, und wenn er sich doch noch leise an mich erinnern konnte, dann wurde er verletzend.

Seit er in der Bank nicht mehr mitbestimmen konnte, bestimmte er über mich, aber in einer Form, die mir ganz und gar nicht gefiel. Sein Benehmen überraschte mich, und gleichzeitig war ich geschockt, dass es mich überraschte, hatte ich doch geglaubt, in solchen Dingen recht belesen zu sein. Schon vor dieser Lebensprüfung hatte ich mich in vielen Ratgebern informiert, wie man sich fühlt, wenn ein Mann sich plötzlich verändert, und was dahinterstecken könnte.

Einige Tage grübelte ich über des Rätsels Lösung. Abwechslung fand ich nur in meinem Café. Abends schrieb ich die neuen Situationen in mein Tagebuch, das mittlerweile schon mehr als hundert Seiten umfasste.

Unsere Ehe war nicht mehr das, was man unter einer guten Ehe verstand. Ein gemeinsames Schlafzimmer gab es schon lange nicht mehr, aber das hatte bekanntlich einen anderen Grund. Irgendwie war es für ihn einfacher zu schweigen, als zu reden. Das Reden hatte er mit der Zeit wohl verlernt. Wir gingen uns aus dem Weg und die Zeit der Auseinandersetzungen schien vorbei zu sein. Oder vielleicht hatte Robert einfach nur Angst vor zu viel Nähe und ich musste ihm Zeit geben, mit der neuen Situation fertig zu werden.

Seit Wochen war Robert nur auf Achse. Wenn wir uns morgens zufällig am Frühstückstisch trafen, ging er an einen der großen Hocker vor dem Tresen, der Küche und

Wohnraum trennte. Ich saß mit Kaffeetasse und Marmeladenbrötchen auf der Terrasse und wartete auf ein Wort von ihm. Wir wurden zu Menschen, die sich ein Haus teilten, aber in verschiedenen Ebenen arbeiteten und sich nur gelegentlich trafen. Wir sprachen nicht miteinander, wir tauschten nur Informationen aus.

Und das sollte nun noch zwanzig Jahre so weitergehen? Meine Freundin Petra nannte unsere Ehe eine *Farce unter der spanischen Sonne*.

»Wie lange wollt ihr noch wie lautlose Mutanten nebeneinander leben?«, fragte sie mich, nachdem ich ihr von Roberts Lebenskrise, wie ich sie nannte, berichtet hatte.

»Du musst ihn ganz spontan überraschen«, riet sie mir, »mit einem sexy Kleid, einer neuen Frisur. Männer mögen so was. Verführe ihn, Sex geht immer, selbst wenn man dermaßen langen keinen hatte wie du«, lachte sie. Und Petra wusste, wovon sie sprach.

»Das *dermaßen* hättest du dir sparen können, nicht jeder hat zwei Mal in der Woche Sex«, gab ich erbost zurück.

Schließlich redete ich mehr mit Max, er war, anders als Robert, ein wunderbarer Zuhörer. Mit Robert redete ich nur noch das Nötigste. Und ich streichelte ihm auch nicht den Bauch.

An meinem ersten freien Tag seit Wochen hatte ich einen Termin bei Alberto, meinem Friseur. Mein Haar war schwer geworden, fiel glatt und langweilig über die Schultern, der Ansatz war herausgewachsen und ein neuer Schnitt war längst überfällig. Das bedeutete eine längere Sitzung bei Alberto.

Pedro und die Aushilfe übernahmen meinen Dienst im Café, so hatte ich genügend Zeit, bei einem Verwöhn-Programm zu entspannen. Albertos Salon war klimatisiert, seine Kundschaft, die hauptsächlich aus Frauen bestand, erhielt bei ihm eine typgerechte Beratung, um die perfekte Frisur zu finden. Ob modern oder klassisch, ein neuer Schnitt, eine trendige Farbe oder einfach nur schlichte Eleganz, Alberto machte alles möglich.

Nach zwei Stunden war ich perfekt gestylt, obwohl ich schon im Salon das Gefühl hatte, dass die Tönung etwas zu rötlich ausgefallen war.

»Eine Glanztönung«, hatte Albertos Angestellte gesagt, »passend zu Ihren grünen Augen. Und wäscht sich ganz leicht wieder raus.«

»Du siehst fantastisch aus«, sagte Alberto im Vorbeigehen. »Und das Rot steht dir hervorragend!«

Die Bestätigung meines guten Aussehens ließ auch nicht lange auf sich warten, denn als ich den Hafenbereich erreicht hatte, an dem Urlauber und Mallorquiner die Sonnenterrassen der zahlreichen Restaurants bevölkerten, zog ich etliche Männerblicke auf mich, die ich mit einem strahlenden Lächeln aufsog.

An Ritas Boutique, die sich am Ende der kleinen Einkaufsstraße befand, blieb ich unwillkürlich stehen, um die Auslagen im Schaufenster zu betrachten. Vielleicht half tatsächlich ein neues Kleid, um Roberts wochenlangen schlechten Gemütszustand zu ändern, und Petras Vorschlag wurde mir immer sympathischer. Sie musste es wissen. Sie hatte schließlich schon einigen Männern den Kopf verdreht.

Rita hatte ihr Geschäft über Mittag geöffnet und meine innere Stimme befahl mir einzutreten. Was gab es Schöneres, als Frust abzubauen? Und dazu gehörten nun mal

Klamotten, Schuhe und Schmuck.

Rita war vor fünf Jahren von Köln nach Spanien ausgewandert und einem Urlaubsflirt gefolgt, der sich nach ihrer Ankunft in Sant Jordi in Luft aufgelöst hatte. Rita war naiv und blauäugig und hatte tatsächlich geglaubt, dieser Macho meine es ernst. Er hatte den perfekten Partner gespielt, bis er alle seine Ziele unter Dach und Fach hatte. Danach hatte er sich verändert, es folgten keine Anrufe mehr, SMS blieben unbeantwortet, und bei jedem morgendlichen Aufwachen wurde ihr Zustand zur Gefühlsachterbahn.

Rita hatte immer mal wieder einen Mann angeschleppt und sich jedes Mal eingebildet, der großen Liebe begegnet zu sein, aber ebenso schnell waren die Liaisons dann auch wieder vorbei gewesen. Ich hatte Rita auf dem Sommerfest in Sant Jordi zum ersten Mal gesehen, und zwar in Begleitung von Dr. Clemens Lutz. Alle nannten sie die Frohnatur aus dem Rheinland, geschwätzig, leichtgläubig und blond, was auch mir aufgefallen war. Vor allem aber ihr extravaganter Kleiderstil. Mit ihrer fröhlichen Art steckte sie alle an, sie war sympathisch und beliebt, bei Frauen und Männern gleichermaßen; die Gäste mochten sie.

Wochen später hatte ich sogar in ihrer Boutique ausgeholfen. Für Rita ein Notfall, für mich ein Glücksfall, ich lernte in dieser Zeit mehr Menschen der Stadt kennen als in der Zeit nach meinem Umzug. Wohlhabende Frauen aus der oberen Gesellschaft kauften bei Rita ein. Frauen, die gerne Smalltalk hielten, gern den Neuigkeiten lauschten und sie noch lieber als Erste verkündeten.

Ritas Mutter hatte einen Schlaganfall erlitten und Rita hatte dringend nach Köln gemusst. Sie hatte geweint und den Streit so sehr bedauert, der dazu geführt hatte, dass sie seit fünf Jahren keinen Kontakt mehr pflegten. Rita wollte diesen Streit unbedingt aus der Welt schaffen, für den Fall, dass ihre Mutter den Schlaganfall nicht überleben würde. Ich wusste, wie man sich fühlte, wenn man unverhofft ein Elternteil verloren hatte.

Ritas Mutter hatte ihr übel genommen, dass sie wegen eines Kerls, den sie nicht einmal richtig kannte, Deutschland Hals über Kopf verlassen hatte und für diesen Mann nach Spanien ausgewandert war. Ritas Mutter hatte Glück, sie überlebte den Schlaganfall und nach einem längeren Kuraufenthalt erholte sie sich sogar mit ihrem Mann einige Zeit bei der Tochter in Sant Jordi.

Rita war eine Überlebenskünstlerin, sie nahm damals jeden Job, den man ihr anbot. Ob als Putzfee oder Marktfrau am Gemüsestand, sie machte das Beste aus ihrer desolaten Situation. Später bot sich die Möglichkeit, in einem Restaurant zu arbeiten, das die Mitglieder des Lions-Clubs häufig nutzten.

Im Porto Negro, dem vornehmsten Restaurant der Stadt, wurde sie von Clemens Lutz entdeckt – er war, wie viele andere Männer, von ihrem Anblick fasziniert und betrachtete sie als Bereicherung in seinem Trophäenschank. Mein Haus, mein Boot, meine Zweitfrau.

Ritas Jugend half ihm über sein Alter hinweg, mit dem Clemens große Probleme hatte. Er bezahlte sie großzügig für diverse Dienste. Ab und zu begleitete sie ihn als Hostess sogar auf öffentliche Veranstaltungen, im Gegenzug war er bei der Finanzierung ihrer Boutique behilflich. Sie brauchten sich gegenseitig und für Ritas Verhältnisse hielt diese Errungenschaft schon erstaunlich lange.

Als ich den Laden betrat, stand Rita vor der Umkleidekabine und diskutierte angeregt mit einer Kundin. Sicher ging es um die Passform der neuen Kleiderkollektion, denn sie begutachtete die junge Frau von allen Seiten vor dem großen Spiegel. Ihr dicker, blonder Zopf baumelte über einer gelben Lederjacke, dazu trug sie Jeans und hochhackige Stiefeletten. Natürlich hatte sie wieder leuchtend rot geschminkte Lippen, ihr Markenzeichen, und eine Figur, für die sie von der Frauenwelt glühend beneidet wurde. Rita war wirklich ein Hingucker.

»Hey, Christin«, rief sie aus der Ecke der Umkleidekabine und stöckelte mit schnellen Schritten auf mich zu. Sie begrüßte mich mit einer kurzen, freundlichen Umarmung.

»Du warst ja lange nicht hier, ich hätte dich fast nicht erkannt, steht dir gut, das Rot«, fand sie und war auch schon wieder auf dem Weg zu ihrer Kundin.

»Ich habe gleich Zeit für dich«, rief sie aus der Ecke, »schau dich schon mal um. Suchst du was Bestimmtes?«

Sie zeigte auf den Kleiderständer, der links neben der Eingangstür stand.

»Das ist die neue Kollektion, erst heute Morgen eingetroffen – ist noch nicht ausgezeichnet, aber ich mach dir einen guten Preis.«

Ich stöberte den vollen Kleiderständer durch und schob Bügel für Bügel zur Seite. Schöne Modelle waren dabei. Wenig später entdeckte ich ein schwarzes, schlichtes Satinkleid mit kleinen rosa Blüten. Gleich schaute ich nach der passenden Größe und suchte mir eine freie Kabine. Dort probierte ich das kleine Schwarze an, das sich mühelos überstreifen ließ. Zufrieden trat ich vor den großen

Spiegel und lächelte. Das Kleid schmiegte sich perfekt an meinen Körper.

»Das sieht für zweiundfünfzig doch verdammt gut aus«, lobte ich mich selbst.

»Du siehst toll aus, Christin«, schwärmte Rita, »das Kleid ist wie für dich gemacht!«

Im Vorbeigehen legte sie mir ein elegantes Strenessetuch über meine gebräunte Schulter, das die Farben des Kleides noch unterstrich. Ich warf alle Prinzipien über Bord und kaufte noch die passenden Riemchensandalen mit Korkabsatz und eine leichte Strickweste für den kühlen Abend. Heute wurde nicht gespart.

Mit bunten Einkaufstüten in der Hand verließ ich zufrieden Ritas Boutique. Auf dem Weg zur Finca fielen mir die passenden Dessous ein, die ich am Abend dazu tragen würde, viel zu lange hatten sie unbenutzt in der Kommode gelegen. Sie waren nicht zu aufdringlich, aber doch sexy.

Ich hatte die Wäsche, ein rotes Spitzenhöschen mit passendem rotem Spitzen-BH, der meine Rundungen gut zur Geltung brachte, vor einigen Monaten als Überraschung für Robert gekauft. Aber schon damals hatte ich den Verdacht gehegt, dass ihm das noch nicht genug war. Deshalb hatte ich noch rote halterlose Strümpfe nachgekauft, sie bislang aber nicht gebraucht und für besondere Gelegenheiten in der Schublade aufbewahrt.

Mit erotischen Gedanken im Kopf schlenderte ich den schmalen Steg zum Hauseingang hinauf und schwang fröhlich die Einkaufstüten hin und her.

In meiner Fantasie stellte ich mir vor, wie ich Robert am Abend verführen würde, so wie früher, als wir noch unbeschwert in die Zukunft blickten und auf keine besonderen Gelegenheiten warten mussten. Vielleicht würden das neue Kleid, die fesche Frisur und die roten Dessous Robert aus seiner Sinnkrise befreien. Heute war diese besondere Gelegenheit. Und wenn Robert mich doch wegen einer Anderen verlassen sollte, hatte er wenigstens noch eine außergewöhnliche Erinnerung an eine außergewöhnliche Nacht. Ich war bereit und schmunzelte in mich hinein.

Vor meinem Haus blieb ich kurz stehen und betrachtete das wunderbare Panorama der Blütenpracht, das wir Pedro zu verdanken hatten. Der Lavendel, dazu die weißen Rosen, alles war einfach schön platziert; die Farben der Blüten flossen ineinander über und gaben ein herrliches Bild ab.

In der Küche stellte ich die Einkaufstüten ab. Bevor ich im Schlafzimmer das neue Satinkleid auf einen Bügel hängte, hielt ich es mir noch einmal an und betrachtete mich im Spiegel. Die anderen Teile legte ich aufs Bett.

Jetzt oder nie, dachte ich, während ich mich wenig später im Badezimmer zurechtmachte, duschte, eincremte und zum Schluss mit meinem Lieblingsparfüm besprühte.

Eine Kaffeelänge später lag ich auf der Terrasse in meinem Liegestuhl, ließ den Vorboten des Gewitters, einen leicht warmen Wind aus Südwest, über meine feuchte Haut streichen. Am Himmel zogen Gewitterwolken auf und versprachen den lang ersehnten Regen.

Endlich ein Gewitter und das Gießen am Abend hatte ein Ende. Klare Worte hatten auch die Wirkung eines reinigenden Gewitters. Nicht nur die Luft wurde wieder klarer, sondern vielleicht auch Roberts Gedanken.

Es war immer noch schwül-heiß, und der Kaffee

brachte mich noch mehr ins Schwitzen, als ich Clemens' schwarzen Audi die Auffahrt hinaufbrausen hörte. Es war nicht nur das schicke Auto, das natürlich mit allen Extras der Oberklasse ausgestattet war, sondern auch sein Fahrstil, den ich mittlerweile ganz gut zuordnen konnte.

Wir waren nicht die besten Freunde geworden, aber wir arrangierten uns, soweit das möglich war. Irgendwie begegnete ich ihm immer mit Misstrauen und wusste seine anzüglichen Bemerkungen zu deuten. Clemens hatte diesen gewissen Dackelblick. Er wirkte wie ein Rassehund mit einem erstklassigen Stammbaum, aber in Wirklichkeit war er ein Streuner.

Die Tatsache, dass er mit Robert mittlerweile mehr Zeit verbrachte als mit mir, störte mich. Auch konnte ich nicht mit ihm über meine Eheprobleme reden, das wäre in etwa dasselbe gewesen, wie wenn ich einen zweimal Geschiedenen gefragt hätte, wie eine glückliche Ehe funktioniert, und außerdem war er der Grund, warum Robert und ich kaum noch ein Wort miteinander sprachen.

Clemens war fünfundfünfzig und hielt sich immer noch für einen Adonis, selbst wenn sein Rücken schmerzte. Aber man ist ja so alt, wie man sich fühlt. Er war Roberts neuer Wegbegleiter, der auch nach Bankschluss trotz unerträglicher Hitze in Anzug und handgenähten Lederschuhen »made in Italy« auftrat. Seine perfekt sitzenden Businesshemden ohne jegliche Knitterfalten ließen für mich nur den Schluss zu, dass hier eine professionelle Bügelfrau am Werk gewesen war.

Um Robert nicht komplett zu verlieren, musste ich Clemens akzeptieren, ob ich wollte oder nicht.

Clemens war zweimal geschieden, seine Tochter aus

erster Ehe, Elsa, studierte in Australien Jura und lebte dort in der Hauptstadt Canberra bei ihrer Mutter.

Seine Exfrau hatte in Australien Karriere gemacht, bevor sie Clemens bei der Scheidung mit gutem Verhandlungsgeschick um einen ordentlichen Versorgungsausgleich erleichtert hatte. Sein Vermögen wurde um einiges geschmälert. Sie führte erfolgreich ihre eigene Kanzlei für Wirtschaftsrecht im Stadtzentrum und hatte das, was man ein aktives gesellschaftliches Leben nannte.

Einmal im Jahr, jeweils zum Ende des Semesters, trafen sich Vater und Tochter und verbrachten einige Wochen Zeit miteinander, was auch daran lag, dass am anderen Ende der Welt gerade Winter herrschte und das verwöhnte Töchterchen die spanische Sonne zu dieser Jahreszeit immer gerne bei ihrem Vater genoss. Clemens Lutz ließ sich die Ausbildung seiner Tochter etwas kosten und unterstützte großzügig ihren Lebensunterhalt. Als Gegenleistung erwartete er, dass sie ihre Hochschulausbildung stramm durchzog und er über ihr Vorankommen stets unterrichtet wurde. So konnte er sichergehen, dass sein Geld gut angelegt war und nicht in den australischen Kanälen versickerte. Nach Clemens' privaten Pleiten und gescheiterten Beziehungen war sie das Einzige, was ihn mit Stolz erfüllte. Bei jedem öffentlichen Anlass ließ er keine Gelegenheit aus, über Elsa zu berichten, obwohl sie seit dem vierten Lebensjahr nicht mehr bei ihm wohnte und er auch sonst wenig an ihrer Erziehung mitwirkte, außer mit seiner großzügigen monatlichen Apanage.

Clemens Lutz war immer in Eile, diesmal sogar so in Eile, dass er den Motor seines Wagens laufen ließ, während er atemlos die Stufen zur Terrasse hochhetzte.

»Hi Christin, Mensch, du siehst ja umwerfend aus, hast du noch was vor, gehst du auf eine Party? Sorry, ich habe eigentlich keine Zeit, ich muss zum Flughafen, meine Tochter kommt heute, ich bin schon reichlich knapp dran. Ist Robert da?«

Wortlos schüttelte ich den Kopf.

»Nein? Na, macht nichts, ich wollte ihm nur kurz sagen, dass ich die Flüge für Brasilien bereits gebucht habe, sonst rutscht mir das heute noch durch bei der Hektik. Richtest du ihm das bitte aus?«

Ich hatte zwar keine Ahnung, wovon er da redete, sagte aber automatisch: »Ja, natürlich, ich richte es aus«, und mit einem »Fein, ich bin dann wieder weg« war er auch schon wieder verschwunden.

Welche Flüge? Verwirrt sah ich seinem Wagen nach. Ich wusste nichts von Flügen. Hatte Robert eine Überraschung für mich und Clemens hatte sich nur verplappert?

Er hatte es also nicht vergessen. Brasilien.

Zum ersten Mal hatten wir bei einem gemeinsamen Urlaub in Schweden von der Möglichkeit gehört, in einem Kloster zu meditieren – Alltagsballast einfach abzuwerfen und die Aufmerksamkeit für einige Tage auf das Wesentliche zu richten. Ohne Handy, ohne Laptop und ohne Fernseher. Robert war begeistert, es gab seit dieser Erkenntnis kein anderes Thema mehr für ihn und der Wunsch stand ganz oben auf seiner Liste. Einmal für einige Wochen aussteigen, die Welt hinter sich lassen und nicht erreichbar sein!

Er wollte sich beweisen, dass er ohne diese Dinge auskam, die das Leben angenehmer machen. Leider hatten wir bisher nie den richtigen Zeitpunkt gefunden, diesen

Wunsch in die Tat umzusetzen. Erst waren die Kinder noch zu klein, um sie für längere Zeit bei den Großeltern unterzubringen. Hinzu kam, dass es bei Roberts Eltern keinen Fernseher gab. Während Peter noch mit »Sandmännchen« zufrieden war, verpassten Thomas und Peter keine ihrer Abendserien. So blieb der Besuch des Klosters genauso ein unerfüllter Wunsch wie unsere Hochzeitsreise nach Brasilien, die wir bis nach der Kindererziehung aufgeschoben hatten. In den Jahren hatte ich einiges an Informationsmaterial über Klöster und Meditation gesammelt. Robert hatte sich gefreut, dass wir ein gemeinsames Ziel verfolgten.

Ein Kloster in Südamerika – und jetzt ohne Thomas, Paul und Peter.

In zwei Tagen hatten wir unseren dreiunddreißigsten Hochzeitstag. Dass er daran gedacht hatte, würde sein Verhalten der letzten Monate sogar entschuldigen, und eine gemeinsame Reise als Überraschung – das wäre allerdings unglaublich.

Und ich hatte schon gedacht, dass dieser Wunsch bei ihm nicht mehr vorhanden war.

Noch eine Weile grübelte ich, versuchte mich dann aber mit der Zubereitung des Abendessens abzulenken, hackte Knoblauch, halbierte spanische Paprikawurst und kochte Kartoffeln in Salzwasser. Aber die ganze Zeit schwirrte die einzige Frage in meinem Kopf herum: Welche Flüge? Schließlich gab ich auf, ohne Robert würde ich sowieso keine Antwort auf diese Frage bekommen.

Als ich wenig später abwechselnd Kartoffelhälften und Paprikawurst auf die Holzspieße steckte, hörte ich Roberts Land Rover auf der geschotterten Auffahrt. Inzwischen lag der Geruch von Knoblauch und Olivenöl in der Luft, der sein Aroma bis auf die Terrasse verbreitete.

Die Gewitterwolken hatten sich quasi in Luft aufgelöst, nur ein leichter Wind wehte und machte den warmen Abend erträglich.

Robert hängte grußlos den Autoschlüssel an das Schlüsselbrett aus bunter, glasierter Keramik, eines der wenigen spanischen Accessoires im Haus, die wir zur Einweihung unserer Finca bekommen hatten. Er ging an die Bar, befeuchtete seinen Handrücken mit Zitrone, leckte ein wenig Salz und kippte den Tequila in einem Zug hinunter, bevor er zum Schluss in die Zitronenscheibe biss. Gestärkt stellte er das Glas zurück auf das Silbertablett und setzte sich mit einem fragenden Gesichtsausdruck an den Esstisch.

Als ich Robert die gegrillten Chorizospieße brachte und mich ihm gegenübergesetzt hatte, sah er erstaunt auf.

»Oh, was verschafft mir die Ehre? Wir essen heute zusammen?«

Fast wäre ich wieder aufgestanden, aber ich war viel zu neugierig.

»Clemens war heute hier«, sagte ich und wartete auf seine Reaktion. Robert räusperte sich und stand spontan auf.

»Und deshalb essen wir heute zu zweit? Clemens kommt doch öfter vorbei.«

Ich versuchte einen neuen Anlauf:

»Ich soll dir ausrichten, dass er die Flüge gebucht hat.«

Jetzt sah Robert irritiert aus und ein erneutes Räuspern passte zu seinem Gesichtsausdruck.

»Die Flüge? Ach so, ja, die Flüge, ich habe es dir noch

nicht gesagt, ich fliege übermorgen mit Clemens nach Brasilien.«

Mein Blutdruck war augenblicklich so hoch wie meine Laune im Keller. Das Pochen spürte ich bis an den Schläfen. Ich fühlte mich gedemütigt und tief getroffen und hatte keine Ahnung, was mein Gesicht in diesem Moment ausdrückte. Mein Mund war plötzlich ganz trocken, und meine Zunge klebte am Gaumen. Hastig nahm ich das gefüllte Wasserglas, das noch unberührt auf dem Tisch stand, und trank es in einem Zug leer.

»Sag das noch mal.«

Robert war wie ausgewechselt, ruhig und gelassen.

»Clemens will in Brasilien eventuell Land kaufen, außerdem sind die Börsengeschäfte dort sehr vielversprechend, da habe ich spontan zugesagt.«

Damit wandte er sich wieder seinen Chorizospießen zu und aß genüsslich weiter, ohne mich auch nur eines Blickes zu würdigen.

»Übrigens«, sagte er mit vollem Mund, »ich hatte in der letzten Zeit ein paar Fehlinvestitionen, du hast ja bestimmt in den Medien von den Schwierigkeiten an der Börse gehört.«

Wieder räusperte er sich und kaute den Bissen zu Ende.

»Wenn du dich mit deinen Ausgaben ein wenig zurückhalten könntest, bis wir wieder flüssig sind – ich sehe, du trägst ein neues Kleid, dazu teure Sandalen, zumindest sehen sie teuer aus. Wir müssen in der nächsten Zeit etwas kürzertreten und ich bitte dich zu sparen, wo es eben möglich ist.«

»Was redest du da für einen Unsinn? Stecken wir etwa in Schwierigkeiten?« Ich zitterte vor Wut.

»Robert«, hakte ich noch einmal nach, erkannte aber sofort den Ernst der Lage in seinem Gesicht.

»Und deshalb kaufst du Flugtickets nach Brasilien? Woher hast du das Geld?«

Ich konnte nicht glauben, was ich da hörte. Meine Hände zitterten so sehr, dass ich kaum das Wasserglas halten konnte.

»Robert« versuchte ich es noch einmal, »du fliegst übermorgen nach Brasilien und ich erfahre das erst jetzt, und noch dazu durch Dritte? Was ist passiert, was habe ich in den vergangenen Wochen nicht mitbekommen? Warst du deshalb immer mit Clemens unterwegs?«

Da war er wieder, der alte Robert, sein Gesichtsausdruck wechselte von gelassen zu unwillig.

»Meine Güte, Christin, ich hätte es dir schon noch gesagt, jetzt reg dich bitte nicht so künstlich auf. Die Tickets hat Clemens bezahlt. Seine Tochter Elsa ist heute bei ihm eingetroffen, du weißt, sie verbringt einmal im Jahr ihre Semesterferien bei ihm, aber dieses Mal trifft sie sich mit alten Freunden und geht mit ihnen ein paar Wochen auf Trekkingtour – so können wir die Zeit nutzen, um in Brasilien Geschäfte zu machen.«

»*Wir?* Robert, wir müssen miteinander reden, über uns und unsere Ehe, und dir fällt nichts anderes ein, als nach Brasilien abzuhauen! Und weißt du was? Ich habe das Gefühl, dass du schon weg bist.«

»Ich werde mit Clemens eine gemeinsame Firma aufbauen, es gibt dort fantastische Möglichkeiten für jemanden wie mich, der sich im Immobiliengeschäft auskennt. Du wirst verstehen, dass ich dafür Kapital brauchte.«

Was für ein kluger Gedanke aus einem klugen Kopf.

Einen Moment lang war ich einfach nur sprachlos, dann schaffte ich es, noch zu fragen, wie lange er wegzubleiben gedenke. Dabei wippte ich so heftig mit dem Fuß, dass meine rote Sandalette im Blumenbeet landete. Gereizt wippte ich weiter. Robert dagegen entspannte sich wieder.

»Sechs Wochen, sonst lohnt sich der teure Flug ja nicht. Außerdem wollen wir nach erfolgreichen Geschäftsabschlüssen noch einen Segeltörn mit Clemens' Jacht unternehmen – sie liegt im *Marina da Gloria*-Jachthafen in Rio de Janeiro. So eine Gelegenheit bietet sich nicht alle Tage, da konnte ich doch nicht nein sagen, oder?«

Ich saß da wie erstarrt.

Brasilien. Ausgerechnet Brasilien.

Roberts Anwesenheit konnte ich keine Sekunde länger ertragen. Ich streife mir die zweite Sandale vom Fuß und schleuderte sie wütend ins Blumenbeet zwischen Rosen und Lavendelsträucher.

Brasilien. Mein Traum. Unsere lang ersehnte Hochzeitsreise.

Wie oft hatte ich mir eine Reise nach Südamerika gewünscht, wie oft hatte Robert gesagt, wir müssten noch ein wenig sparen, damit wir uns den Luxus an der Copacabana leisten könnten? Zehn Mal, hundert Mal? Zum ersten Mal, als es um unsere Hochzeitsreise gegangen war. Aufgrund meiner Schwangerschaft mit Paul waren wir nur nach Norderney gefahren.

Mein Mund wurde wieder trocken und als ich bemerkte, dass ich meine Tränenflut nicht aufhalten konnte, steuerte ich schnell in meine robertfreie Zone und wünschte ihm die brasilianische Pest an den Hals. Ich kann gar nicht sagen, was mich mehr verletzte – dass er überhaupt ohne mich nach Brasilien flog oder dass ich offenbar als Letzte von seinen Plänen und unseren Geldproblemen erfahren hatte.

Wenig später schreckte mich ein lautes Geräusch auf. Benommen sah ich auf die Uhr und stellte fest, dass ich eingeschlafen war. Es war Nacht, und noch immer trug ich mein schwarzes Satinkleid. Gewohnt tastete ich nach dem Lichtschalter am Kopfteil meines Bettes und stand auf. Wie schlaftrunken ging ich barfuß die Wendeltreppe hinunter und wollte ins Wohnzimmer, stolperte aber über zwei große, schwarze Koffer, die mitten in der Diele standen.

Er machte also wirklich Ernst und flog für sechs Wochen nach Brasilien. Mir war bei dem Gedanken, Robert noch einmal zu begegnen, ziemlich seltsam zumute. Seine letzten Worte waren mir noch allzu gegenwärtig.

Aber dieses Mal war er zu weit gegangen. Abgesehen davon ging mir dieser Clemens dermaßen auf die Nerven, dass ich ihn in den brasilianischen Urwald wünschte. Robert kannte keine Grenzen mehr, seit er mit ihm zusammen war. Er hatte sich verändert, *Clemens* hatte ihn verändert.

Als Robert plötzlich durch die Tür kam, stand ich wie angewurzelt am Kamin. Es war mein Lieblingsplatz, auch wenn kein Feuer brannte.

»Du siehst aus, als könntest du einen Kaffee brauchen«, sagte er. Ohne auf meine Zustimmung zu warten, ging er zur Espressomaschine und wählte zwei große Becher. Schweigsam stellte er die Tassen auf dem Glastisch ab und ließ sich in die weichen Sofakissen fallen.

Er trug, wie immer in seiner Freizeit, die hellblaue Jeans und ein weißes Poloshirt. Robert streckte seine langen Beine aus, räusperte sich ein paarmal, als wollte er eine Rede halten, dabei sah er mich einen Augenblick unsicher an. Ich ging wie von Fäden gezogen an den Sofas vorbei, setzte mich steif an den Rand des Sessels ihm gegenüber und wartete.

Meine Hände presste ich fest um die Tasse, als hinge mein Leben davon ab, diesen Kaffee festzuhalten.

»Tja, Christin, was soll ich lange drum herumreden? Ich habe einen Fehler gemacht, einen großen Fehler. Und eigentlich habe ich mir vorgenommen, so lange bei dir sitzen zu bleiben, bist du wieder lächelst und sagst, dass du mir vergeben kannst. Ich schwöre, das habe ich nicht gewollt, und ich würde es dir gerne beweisen.«

»Das ist leeres Gerede, Robert, und das weißt du, man spekuliert an der Börse, wenn man Geld *übrig* hat, das solltest du als Banker wissen. Aber du gibst Geld aus, das du gar nicht hast. Es waren Rücklagen. *Unsere* Rücklagen.«

Ich schaute ihn ungeduldig an.

»Wie soll es nun weitergehen? Bist du in irgendetwas hineingeraten? Robert, sprich mit mir!«

»Christin, wenn du es genau wissen willst, ich habe nicht nur unsere Rücklagen investiert, sondern auch eine Hypothek auf die Finca aufgenommen.«

Sichtlich erkennbar stellte sich ein Gefühl der Erleichterung bei ihm ein, dass alles endlich ausgesprochen war.

»Robert, sag, dass das nicht wahr ist. Robert, bitte!«

Sein Blick war so kalt, dass er Eiswürfel hätte produzieren können.

»Doch, Christin, und ich bin nicht gerade stolz darauf. Die letzten Monate habe ich an der Börse spekuliert und alles verloren. Wahrscheinlich werden wir unsere Finca verlieren, sie gehört jetzt der Bank.«

Roberts Körpersprache signalisierte mir, wie ernst die Lage war.

»Robert, was hast du dir nur dabei gedacht? Ich erkenne dich nicht wieder. Was ist nur in dir vorgegangen? Hast du einen Moment mal an mich dabei gedacht? Ich habe unsere Kinder großgezogen und meine persönlichen Interessen immer hinten angestellt. Und jetzt das.«

Ich hatte mich in Rage geredet, was Robert für einen Moment innehalten ließ.

»Christin, Clemens hat gute Verbindungen in Brasilien und deshalb wollen wir dort eine Immobilienfirma aufbauen.«

»Dein Clemens scheint ja ein absoluter Workaholic zu sein, weißt du eigentlich, was die Leute über ihn erzählen?«

Ungläubig schüttelte ich den Kopf und drehte mich von ihm weg.

»Du wirst sehen, alles wird gut, ich hole meine Fehlinvestition wieder rein, wir werden die Finca nicht verlieren, das verspreche ich dir. Wenn ich zurückkomme, fangen wir noch einmal ganz von vorne an. Bitte, glaube mir, das habe ich nicht gewollt. Ich möchte dich nicht auch noch verlieren, Christin, du bist die wunderbarste Frau, die ich kenne. Ich habe mich eine Zeitlang einsam gefühlt neben dir.«

»Du und einsam?« Tadelnd drehte ich mich um und schaute Robert an. »Du warst in den letzten Wochen nur noch unterwegs, von einer Party zur anderen, nach Einsamkeit hat das für mich nicht ausgesehen. Ist es das Alter, das massiv über dich hereinstürzt? Oder bist du nur unterfordert …« Ich wagte aber nicht, den Satz zu vollenden.

»Du bist erfolgreich mit deinem Café und ich … funktioniere und erhalte die Familie nach meiner Freistellung. Ich habe es nicht geschafft, mich mit dem, was noch da war, zu arrangieren.«

»Und das sagst du mir einfach so?«

»Weil ich genau davor Angst hatte, vor dieser Situation.«

»Robert, du bist mein Mann, wir lieben uns doch, und du konntest mir nicht sagen, dass du Mist gebaut hast?«

»Wenn ich gewusst hätte, wie ich es dir sagen soll.«

»Warum?«

»Weil ich dich schonen wollte, und weil ich mich schonen wollte.«

»Das trifft es wohl eher. Robert, du bist ein Verdrängungskünstler und erwartest jetzt in deiner Unfähigkeit, dass ich das alles so hinnehme. Du ziehst mir gerade den Boden unter den Füßen weg.«

»Ja, ich weiß. Du hast mit allem recht, was du sagst, aber ich kann es nicht mehr rückgängig machen.«

»Und ich hatte schon geglaubt, du hast eine Affäre.«

»Christin, du bist die einzige Frau, mit der ich verheiratet sein möchte, und das weißt du!«

»Woher soll ich das noch wissen, so, wie du dich in den letzten Monaten verhalten hast?«

»Auch wenn der Moment nicht gerade perfekt ist, kannst du dich noch an unseren Traum erinnern?«

»Natürlich, wie kann ich das vergessen.«

»In Brasilien gibt es ein Kloster, das möchte ich mir

anschauen. Es sollte eigentlich eine Überraschung werden. Ich glaube, jetzt ist der richtige Zeitpunkt. Du wirst es nicht für möglich halten, aber Clemens hat sogar Beziehungen nach ganz oben«, jetzt schmunzelte er sogar. »Wir fangen noch einmal ganz von vorne an.«

Auch wenn ich noch nicht genau wusste, wohin das Ganze führen würde, schaute ich ihn nachdenklich an – irgendwie tat er mir plötzlich leid. Es ging ihm schlecht.

Sehr schlecht sogar. So hatte ich Robert noch nicht gesehen. Sein Kummer war nicht gespielt.

In nur ein paar Augenblicken hatte sich alles verändert. Am Ende war es mir nicht gelungen, Robert zu einer anderen Entscheidung zu bewegen. Mein Leben war eine einzige Katastrophe und ich wusste nicht, wie es weitergehen sollte.

Mit seinen letzten Worten ließ er mich allein. Er ging einfach weg. Ich hörte nur noch, wie die Haustür zufiel, und wenig später vernahm ich das Motorengeräusch seines Wagens. Von Robert blieb nur die leere Kaffeetasse im Wohnzimmer.

Steif wie eine Porzellanpuppe saß ich da, während sich alles andere um mich zu bewegen schien. Ich fühlte mich wie im Rausch, die Wände kamen beängstigend auf mich zu, mir war, als hätte ich eine Droge oder so etwas eingenommen. Ich konnte nicht klar denken und irgendwie war es mir recht, nicht weiter denken zu müssen. Meine Welt lag in einem dichten Nebel.

Stunden später drangen Geräusche durch die Nebelschleier, in denen ich mich immer noch befand. Das Telefon klingelte ununterbrochen und jemand drückte permanent den Klingelknopf an der Haustür. Benommen versuchte ich das Ziffernblatt der alten Standuhr zu erkennen, die mir gegenüberstand.

Es klingelte wieder, diesmal länger. Beim dritten Mal stand ich schwerfällig auf. Alle Gelenke schmerzten. Ich nahm den Hörer der Gegensprechanlage in die Hand und räusperte mich.

»Ja, hallo, wer ist da?«

»Christin, ich bin es, Pedro, drück doch mal den Türöffner!«

Pedro hastete mit schnellen Schritten über den langen Flur ins Wohnzimmer.

»Da bist du ja, Christin! Oh Gott, du siehst ja schrecklich aus. Liebes, was ist passiert? Du bist ganz blass! Ich habe zigmal bei dir angerufen und geklingelt, ich habe mir solche Sorgen gemacht. Was ist los?«

»Pedro, ich bin so froh, dass du da bist«, sagte ich.

»Ich glaube, du brauchst jetzt einen starken Kaffee oder lieber etwas Stärkeres? Komm, setz dich, du zitterst ja.«

Mein Magen krampfte sich schmerzhaft zusammen. Wie eine Schlafwandlerin ging ich mit kleinen Schritten in die Küche und wählte Kräutertee statt Kaffee. Mir war noch immer, als wäre alles ein Traum, meine Gefühle lagen unter einer dicken Milchglasscheibe. Es konnte doch nicht sein, dass mein Leben auf einmal in Stücke zerfiel.

Pedro war inzwischen ein richtiger Freund geworden, ein wunderbarer, einfühlsamer Mensch, der zum richtigen Zeitpunkt für mich da war und mich auffing. Im Haus war es anders als noch vor einigen Stunden, obwohl Roberts Geruch von Sonnenöl und Rasierwasser noch immer in der Luft lag.

Es war eine eigenartige Stille in jedem Raum, seit er nach Brasilien aufgebrochen war. Eine Stille, die zum Nachdenken führte.

Pedro war eher ein unscheinbarer Typ mit seinen kurzen grauen Haaren, seinen Shorts und Turnschuhen und dem viel zu engen T-Shirt. Er hatte fein geschnittene Gesichtszüge, und wirkte seit der Trennung von Ludwig aus Garmisch immer ausgeglichen und zufrieden. Er war ein wunderbarer Zuhörer. Fürsorglich legte er seine Hand auf meinen Arm.

»Ach komm mal her«, sagte er und rückte näher. »Was ist passiert?«

Ich stellte mein Teeglas etwas zu heftig auf den Tisch, sodass es zerbrach. Müde ließ ich mich in die Sofakissen zurückfallen und erzählte in allen Einzelheiten, was sich am Abend zuvor ereignet hatte.

»Manchmal ist die Wahrheit einfach zu hart für die Realität«, sagte Pedro, »und heute war sie definitiv viel zu hart für dich.« Mitfühlend schaute er mich an.

Dann fügte er hinzu:

»Clemens ist bekannt für miese Geschäfte, er ist sehr vermögend, er kann es sich leisten, Geld in den Sand zu setzen. Dass er Robert überreden konnte, bei ihm einzusteigen, wundert mich allerdings.«

»Ist er wirklich so reich? Oder nur ein Angeber?«

»Clemens ist Mitinhaber der Bank, ihm gehören hier die meisten Immobilien an der Küste.«

»Wie kommt man an so viele Häuser? Ist er schon reich geboren worden?«

»Clemens hat das immer sehr geschickt eingefädelt. Erst hat er den Kunden den Kredit gewährt, den sie brauchten, und nach zwei, drei Jahren hat er das Darlehen vorzeitig fällig gestellt und mit fadenscheinigen Ausreden die komplette Summe zurückgefordert. Die Hausbesitzer waren nicht in der Lage, den Kredit auf einmal zurückzuzahlen. Es gab viele, die sich einen diskreten Anwalt genommen haben, aber außer einem ordentlichen Honorar ist nichts dabei rumgekommen. Die Eigentümer waren danach eher noch mehr verunsichert und fragte sich, ob diese Anwälte nicht auch in das Labyrinth der korrupten Machenschaften verwickelt waren und ihre Situation nur ausgenutzt hatten, weil sie selbst etwas vom Kuchen abhaben wollten. Gegen die Machtposition der Bank war ohnehin nur sehr schwer anzukommen. Und an faire Spielregeln glaubt hier keiner mehr.

Am Ende wurden die Häuser zwangsversteigert und Clemens hat sie preiswert erwerben können. So häufte sich sein Privatvermögen auf mehrere Millionen an. Und mit den Jahren ist da ganz schön was zusammengekommen. Es gibt immer noch Menschen, die behaupten, er sei in Geldwäsche aus Drogenhandel verwickelt. Aber man konnte ihm nie etwas nachweisen.«

»Was ist das nur für ein Mensch? Ich wusste gar nicht, dass so etwas möglich ist. Gab es keine Verträge mit Laufzeiten? Ein Haus ist doch eine Investition fürs Leben, das zahlt man doch nicht in fünf Jahren ab.«

»Die Kunden haben ihm blind vertraut. Es kümmerte ihn nicht mal, dass sich ein Hausbesitzer das Leben nahm. Der Mann hinterließ eine Frau und drei kleine Kinder. Rücksicht war für Clemens immer ein Fremdwort. Er gab den Hausbesitzern nicht den Hauch einer Chance. Irgendetwas in seinem Leben muss ihn hart getroffen und zu dem gemacht haben, was er heute ist. Nur ist Robert nicht der Typ, der leichtsinnig Geld investiert, der geht doch immer auf Nummer sicher. Zumindest habe ich ihn so kennengelernt. Triff jetzt keine vorschnellen Entscheidungen, Christin. Es wird sich alles aufklären, du wirst sehen. Wichtig ist, dass die Raten für das Haus pünktlich bei der Bank eingehen, und wenn alle Stricke reißen, bin ich ja auch noch da. Ich habe im letzten Jahr das Haus meiner Tante geerbt – ich könnte es verkaufen«, sagte Pedro und strich mir sanft über den Unterarm.

»Nur über meine Leiche, ich lasse nicht zu, dass sie uns die Finca nehmen«, versicherte ich.

Nur, wo war der Rettungsanker? Ich wusste es nicht. Noch nicht.

»Christin, was willst du jetzt tun?«

»Irgendetwas wird mir schon einfallen.«

»Liebes, selbst wenn alles den Bach runterginge, was ich nicht glaube, du bist bei mir jederzeit willkommen. Mein Gästezimmer steht dir immer zur Verfügung. Oder willst du wieder nach Deutschland zurück?«

»Nein.«

Meine Antwort kam spontan und aus tiefster Seele.

Obwohl mein entschlossenes »Nein« mich selbst überrascht hatte, wiederholte ich es noch einmal.

»Nein«, sagte ich und wusste in dieser Sekunde ganz klar, dass ich in Sant Jordi bleiben würde.

Nachdem Pedro sich überzeugt hatte, dass er mich wieder alleine lassen konnte, ging er zurück in seine Finca. Seine Terrassentüren ließ er offen, sodass ich ihn jederzeit erreichen konnte, wenn mich eine Panikattacke heimsuchen sollte.

Max war aus seiner Hundehütte zu mir ins Schlafzimmer umgezogen und hatte ungestört seine Haare im ganzen Haus verteilt. Nachts lag er am Fußende meines Bettes und genoss diesen Luxus. Würde ich ihn jemals wieder überzeugen können, dass sein Platz auf der Terrasse war? Wahrscheinlich nicht.

Noch lange saß ich an diesem Abend vor dem kalten Kamin und dachte nach. Die Aussicht auf eine gesicherte Zukunft war in weite Ferne gerückt. Meine Panikattacken waren es nicht. Sie wurden meine ständigen Begleiter und waren so intensiv wie nie zuvor. Ich begriff erst jetzt, wie ernst die Lage war, in die uns Robert gebracht hatte.

Plötzlich hörte ich eine Stimme flüstern: ›Schmeiß ihn raus, stell ihm die Koffer vor die Tür, wechsle die Schlösser aus und lass ihn in der brasilianischen Sonne stehen, bis er vertrocknet ist.‹

Es war eine kräftige Stimme, die Stimme von Petra. Sie hätte so reagiert, Petra, die jede neue Beziehung nach ihrer Scheidung beendet hatte, wenn sie ihr nicht mehr guttat.

Nach der Scheidung war Felix zu der Anderen gezogen und es hatte sich herausgestellt, dass er sich sogar verlobt hatte, noch bevor er von Petra geschieden war. Das hatte so weh getan, dass sie nach der Trennung alle egoistischen Männer zum Teufel gejagt hatte und seit der Zeit den bestimmenden Part übernommen hatte.

Als die zwanzig Jahre jüngere Frau alles erreicht hatte, hatte sie Felix einfach sitzen gelassen; von der Genugtuung zehrte Petra heute noch. Vielleicht war das der Grund, warum sie heute mit ihm gemeinsam das Architektenbüro führen konnte.

Petra besaß ein Selbstbewusstsein, von dem ich nur

träumen konnte. Sie hätte auch nie ihr Herz an ein Haus gehängt, es wäre ihr egal gewesen, ob sie ihr Dach über dem Kopf verloren hätte.

Petra kaufte lieber Schuhe, als in einer unglücklichen Beziehung zu bleiben. Ihr würde das im jetzigen Leben nicht mehr passieren. Der Zug war abgefahren. Zweiundfünfzig, geschieden, keine Kinder, keine Haustiere, beruflich erfolgreich und vor allem *frei*.

Ihr Bruder Norbert bezeichnete sie als Kontrollfreak, sie behielt gerne den Überblick und sie wusste, was sie nicht wollte. »Keine Überraschungen mehr.«

Vielleicht hatte sie sogar recht, und ich war einfach zu feige, etwas an meinem Leben zu ändern. Aber Petra hatte auch keine Ahnung, was es hieß, dreißig Jahre verheiratet zu sein. Kurz stellte ich mir vor, was passieren würde, wenn ich mich von Robert scheiden ließe. Vom meinem Café konnte ich nicht leben, geschweige denn ein Haus bezahlen.

Wo sollte ich wohnen? Zurück nach Deutschland wollte ich nicht! Was würden die Kinder sagen?

Die Alternativen waren schlimmer, davon war ich mittlerweile überzeugt. Ich würde bei ihm bleiben, weder meine Koffer packen, noch seine vor die Tür stellen. Ich war zwar wütend, aber gehen würde ich nicht.

Von meiner Mutter war ich zur Ehrlichkeit und Direktheit erzogen worden, ich wurde nicht grundlos dramatisch, wenn es um Probleme ging, brachte sie aber zur Sprache, wenn es wichtig war und die Beziehung verbesserte, und ich schätzte die Situation zwischen Robert und mir als sehr wichtig ein. Durch Roberts Fehlinvestition wurde mein Leben zum ersten Mal negativ beeinflusst. In all den Jahren hatte er die Familie nie in Schwierigkeiten gebracht. Seine Immobiliengeschäfte waren vielleicht nicht immer lupenrein, aber Roberts Gehalt ließ uns ein sorgenfreies Leben führen. Er hatte eine zweite Chance verdient.

Die Lösung fand ich in meinem kleinen Taschentherapeuten, mit dem ich in diesen Tagen abends im Bett Konferenz hielt. Ich hatte mich schon immer darüber gewundert, wie gut sich ein Mönch in Beziehungsproblemen auskannte und dass er auch noch ein Buch darüber geschrieben hatte.

Kommunikation war der erste Schlüssel, und zwischen Robert und mir fand sie eindeutig seit Monaten nicht mehr statt.

Der zweite: *Wut.*

Wut war eine Triebfeder. In der Tat, das war sie auch für mich, ich war wütend auf Robert, sogar sehr wütend, meine Wut trieb mich auf direktem Weg zu meinem Handy, um Robert eine Nachricht zu senden.

Kapitel 2

Die nächsten Tage überlegte ich, das schwarze Satinkleid samt Strickjacke und Sandalen zurückzugeben, aber bei näherem Betrachten erkannte ich, dass das keine gute Idee wäre. Auch das teuerste Kleid konnte die Strapazen einer Nacht nicht schadlos überstehen. Statt der Anzeichen einer romantischen Liebesnacht mit Robert waren überall Knitterfalten zu sehen und ein Fleck von Olivenöl, der eine chemische Reinigung nötig machte.

In meinem Café hatte ich mich seit einigen Tagen nicht mehr blicken lassen. Pedro übernahm alle meine Schichten, er kümmerte sich überhaupt um alles und hielt mir den Rücken frei.

Ich nutzte die Gelegenheit, über Robert und mich nachzudenken. Oft saß ich Stunden vor dem kalten Kamin oder auf der Terrasse und grübelte über meine Zukunft nach. Wäre meine Mutter noch am Leben, würde sie jetzt bei mir sein und die alten Geschichten meines Vaters erzählen, der kurz nach meiner Geburt durch einen Autounfall ums Leben gekommen war. Für sie gab es nicht immer nur *eine* Geschichte, sondern viele, je nachdem, wer sie erzählte, und abends klangen sie anders als morgens. Sie bekamen eine andere Bedeutung. Auch für mich hatte Roberts Geschichte eine ganz andere Bedeutung bekommen. Er wollte uns ein sorgenfreies Leben bieten, Peter bei seinem Studium großzügig unterstützen und später für ihn eine kleine Wohnung kaufen. Für unseren Wohlstand hatte er alles auf eine Karte gesetzt und den Einsatz verloren. Von dem Vater, den Peter als Kind so angehimmelt hatte, war nicht mehr viel übrig geblieben.

Aber ein Leben ohne Robert konnte ich mir nicht vorstellen. Ich spürte ja jetzt schon, wie verloren ich mich fühlte, wenn er nicht da war.

Es war schrecklich, selbst für diese Sicherheit liebte ich ihn – aber auch für seine Intelligenz, seine Attraktivität, sein graues Haar und seine schönen Hände. Auch wenn wir seit Monaten in getrennten Zimmern schliefen und er mir nicht mehr das Gefühl gab, die Frau an seiner Seite zu sein, fühlte ich Schmetterlinge im Bauch, wenn ich nur an ihn dachte – ich konnte ihn nicht verlassen, ich liebte ihn.

Wenn ich abends mit Pedro auf der Terrasse zusammensaß, sprachen wir oft über die Kinder. Mir war bewusst geworden, wie häufig ich den Jungs in den vergangenen Monaten etwas vorgemacht hatte.

»Ach, nichts«, hatte ich immer gesagt, wenn sie mich fragten, ob alles in Ordnung sei zwischen uns. Und jetzt fragte ich mich, warum ich das eigentlich getan hatte.

»Weil man das doch häufig so macht, gerade gegenüber Menschen, die einem am Herzen liegen, oder nicht?«, sagte Pedro. »Man will ja niemanden beunruhigen, und das ist wahrscheinlich normal für Mütter, speziell ihren Söhnen gegenüber, egal wie erwachsen sie sind.«

Pedro hatte es ziemlich genau getroffen; wenn ich nicht gewusst hätte, dass er schwul war, hätte man annehmen können, er wäre ein erfahrener Familienvater.

An manchen Tagen kam es mir vor, als ob ich einen Berg hinabstiege und nicht wüsste, wie lange der Abstieg dauern würde und ob ich überhaupt jemals das Tal erreichte.

Dann wieder war ich mutig und hoffungsvoll und änderte einfach die Perspektive.

Irgendetwas würde mir einfallen. Darauf hatte ich mich mein ganzes Leben lang verlassen können. Meine Eingebung, mein Instinkt. Intuitiv wusste ich, wenn Gefahr drohte, nur bei Robert wurde ich wohl von meinem Instinkt verlassen. Ich hätte es ahnen müssen, spätestens, als er sich so sonderbar verhielt und mir ständig aus dem Weg ging. Seine Aktivitäten waren nur gespielt gewesen, sein Persönlichkeitswandel nicht – er lief vor sich selbst davon und ich hatte die Signale nicht erkannt. Ich war zu beschäftigt gewesen mit meiner eigenen neuen Situation – meinem Café, für das ich Verantwortung trug. Hinzu kam, dass ich keine Lust verspürte, ständig mit Robert zu streiten, er würde schon wieder zur Besinnung kommen, hatte ich gehofft.

Jeden Tag wartete ich auf eine Nachricht von ihm. Fortwährend schaute ich auf mein Handy oder überprüfte eingegangene Mails.

Bin gut in Brasilien angekommen – das Wetter ist super und ich liebe dich – das war die einzige Information, die ich vor einer Woche per SMS von ihm erhalten hatte. Heute war sein Geburtstag, und obwohl ich wusste, dass sich seine Begeisterung für Ehrentage in Grenzen hielt, gratulierte ich ihm per SMS.

Ab und zu ließ ich mich wieder im Café blicken, ich brauchte Abwechslung und eindeutig mehr Bewegung, um nicht ständig grübeln zu müssen. Wenn ich abends nach Hause kam, war ich allein, vor allem die Wochenenden zogen sich endlos in die Länge. Mein Café war die einzige Ablenkung, hier fiel immer etwas an, was erledigt werden musste. Mir tat es einfach nur gut, anderen Menschen zu begegnen und ein wenig Small Talk zu halten.

Um mich nicht komplett einzuigeln, spazierte ich mit Max am Hafen entlang und setze mich auf die zweite freie Bank. Die erste war besetzt und das Pärchen war sichtlich erschrocken, als ich mit meinem Hund so unvermittelt auftauchte. Es war ein wunderbarer Abend, warm, mit einer leichten Brise. Von hier aus hatte man den schönsten Blick und hörte die Wellen ans Ufer schlagen.

Gab es etwas Schöneres, als unter freiem Himmel zu schlafen?, träumte ich mit offenen Augen. Der Sternenhimmel war grandios und zum Greifen nah. Als eine Sternschnuppe vorbeisauste, überlegte ich, was ich mir wünschen sollte.

Es gab im Augenblick so vieles, was offensichtlich nicht stimmte, da konnte man schon mal den Überblick verlieren. Für einen Moment träumte ich, dass ich mit Robert auf der Bank saß, über uns funkelten die Sterne, unter uns rauschte das Meer. Ich erinnerte mich an die Hochzeit seines besten Freundes, Robert war an meiner Perlenkette hängen geblieben, und wir verbrachten den Abend auf dem Boden.

Plötzlich erschrak ich, abrupt richtete ich mich auf. Dabei wurde mir ganz schwindelig. Langsam öffnete ich die Augen, mein Kopf war heiß und schmerzte. Eine erneute Panikattacke hatte mich heimgesucht. Wo Robert gerade noch im Traum gesessen hatte, saß jetzt Max, der seinen Kopf behutsam auf meinen Schoß gelegt hatte. Ich atmete gleichmäßig ein und aus und dachte dabei an Pedros Erste-Hilfe-Tipps. Ich zählte in Zweierschritten von hundert rückwärts runter und bekam meine Attacke langsam in den Griff. Ich sehnte mich nach Robert, mit jeder

Faser, nach seiner Stimme, seinem Körper, seiner Wärme.

Seit Wochen hatte ich nichts von ihm gehört. Es war mir wie eine Ewigkeit vorgekommen, ich hatte mich gezwungen, die Sehnsucht nach ihm zu verdrängen. Für heute war es gut gelungen. Hin und her gerissen fühlte ich mich zwischen der Angst, Robert zu verlieren, und dem Bedürfnis, uns aus der finanziellen Sorge zu befreien.

»Das ist kein Bedürfnis, sondern eine lebensrettende Maßnahme«, hatte Pedro bei unserem letzten Gespräch gesagt.

Wie recht er hatte; und ich müsse mich angesichts unserer finanziellen Situation starkmachen und der Bank den Kampf ansagen.

Ich war bereit.

Liebevoll kraulte ich Max hinter den Schlappohren, schaute noch einmal in den Himmel und dachte, dass sich alles richtig und gut anfühlte. Anschließend legte ich Max an die Leine und ging zurück zur Finca, sicherlich würde Pedro schon auf mich warten.

Am nächsten Morgen betrat ich zum ersten Mal die *Barclays*-Filiale von Sant Jordi. Direkt vor der Bank standen zwei Oberklassenlimosinen auf dem Parkplatz. Da Robert alle Bankangelegenheiten für mich erledigte, hatte ich dieses Gebäude bislang nur von außen bewundern können. Innen konnte ich nur erahnen, dass ich mich in einer Bank befand. Security-Personal bewachte die Sicherheitsschleuse, durch die ich geführt wurde. In diesem Gebäude-Labyrinth fand ich mich kaum zurecht. Unbehagen begleitete mich schon seit dem Aufstehen. Mein Pulsschlag beschleunigte sich, als ich im Eingangsbereich herumirrte.

Es wimmelte von Menschen und Geschäftigkeit. Von den Decken hingen große Werbeplakate herunter.

Die Bank der Zukunft.

Ein gläsernes Treppenhaus über mehrere Stockwerke gab den Blick auf einen Innenhof frei, mit einer riesigen Brunnenanlage und Wasserspielen, die sich abwechselnd in Fontänen und Bachläufen darstellten. Vor einigen Geldautomaten hoben Kunden Bargeld ab. Für den normalen Bürger befanden sich im Erdgeschoss Beratungsschalter, während das obere Stockwerk wohlhabenden Privat- und Geschäftskunden vorbehalten war. Ich stand mitten im Geschehen und wartete.

Wenig später blickte ich in ein leicht gerötetes Gesicht. Ich kannte die Sorte Menschen, Banker, alles heiße Luft in teuren Anzügen. Offensichtlich war der Berater aufgeregter als ich. Meinetwegen? Wegen Robert? Oder wegen der Sparverträge, die nicht mehr zur Verfügung standen? Ich wartete fast zehn Minuten, bis ein großgewachsener, durchtrainierter Mann, vielleicht Anfang vierzig, die Treppe herunterkam. Er kam mit ausgestreckter Hand auf mich zu und begrüßte mich mit einem kräftigen Händedruck.

Vielleicht war es nur Einbildung, aber irgendwie wirkte er nervös und aufgeregt. Oder trug er einfach nur zu dick auf?

»Frau Fritsch, nehme ich an? Mein Name ist Mario Lopez, es freut mich sehr, Sie bei uns begrüßen zu dürfen. Bitte entschuldigen Sie, dass ich Sie nicht gleich erkannt habe, wissen Sie, ich hatte sonst immer nur mit Ihrem Mann zu tun, deshalb war ich leicht irritiert. Natürlich kenne ich Sie aus dem Café, übrigens, Ihr Cappuccino ist eine Wucht.«

Er schaute zur Eingangstür, so, als erwartete er Robert jeden Moment.

»Warten wir noch auf Ihren Mann.«

»Mein Mann ist heute verhindert. Es macht Ihnen hoffentlich nichts aus, dass Sie nur mit mir vorlieb nehmen müssen?«

»Hoffentlich ist er nicht krank? Gehen wir in mein Büro.«

Auf seinen Wangen tanzten zwei Grübchen, wenn er redete, das machte ihn äußerst sympathisch. Aber das konnte sich schnell ändern, wenn er erst einmal erfuhr, warum ich hier war.

Das Büro passte zu ihm, es war mit modernen Möbeln ausgestattet, großzügig und hell. Vor dem Fenster stand ein Schreibtisch aus Glas, gleich daneben ein graues Ledersofa mit Beistelltisch, auf dem eine prachtvolle, weiße Orchidee platziert war. An den Wänden hingen großformatige, bunte, abstrakte Bilder und einige wohl eher private Fotos. Sie zeigten Herrn Lopez auf einer Segeljacht, braun gebrannt, in Gegenwart mehrerer leicht bekleideter, attraktiver junger Damen. Eine davon rechts im Arm, die andere sonnte sich zu seinen Füßen; er strotzte nur so vor Männlichkeit. Die Gesellschaft schien sich gut zu amüsieren, man trank Sekt, oder war es Champagner, der dort gereicht wurde? Hauptsache teuer, war wohl das Motto. Im Hintergrund waren noch einige andere Männer zu sehen, von denen ich nur Clemens erkannte – nur ein gemeinsames Hobby, oder was gab es da zu feiern?

»Eine meiner Leidenschaften«, sagte Lopez stolz. »Segelt Ihr Mann auch?«, fragte er beiläufig und schaltete seinen Laptop ein.

Wir setzten uns in zwei gegenüberstehende Sessel. Auf dem kleinen Tisch dazwischen standen frisch aufgebrühter Kaffee, Tassen und eine zum Geschirr passende Gebäckschale.

Mario Lopez ließ sich die Kontostände auf seinem Rechner anzeigen, dann verzog sich leicht sein Gesicht; seine Miene wirkte sorgenvoll, sein Gesichtsausdruck sprach Bände.

Ich hatte mir mit Pedro einen Plan ausgedacht, damit der Banker keinen Verdacht schöpfte. Selbstbewusst lehnte ich mich im Sessel zurück und schlug die Beine übereinander. Lopez musterte mich, während ich genussvoll meinen Kaffee trank und einen Keks aus der Gebäckschale aß. Danach trug ich meinen Plan vor.

»Mein Mann ist, wie eingangs gesagt, verhindert. Außerdem ist es mir wichtig, dass auch wir uns besser kennenlernen. Schließlich laufen die Verträge auf meinen Namen und ich trage die Verantwortung.«

Lopez lächelte dünn.

Ich hätte wetten können, dass er auf meine Bekanntschaft gerne verzichtet hätte.

»Also«, eröffnete ich und trug ihm meinen Plan vor, »wir haben uns entschlossen, ein Zweit-Auto zu kaufen. Und da ich mein Konto belasten möchte, suche ich den Kontakt mit Ihnen, um alle Formalitäten zu besprechen. Das dürfte ja kein Problem sein, dazu brauchen wir meinen Mann doch nicht, oder? Dafür würde ich gerne meine Lebensversicherung beleihen, geht das in Ordnung? Die ganze Summe brauche ich dafür nicht. Wir dachten an einen Kleinwagen.«

Lopez unterdrückte ein Seufzen, schaute nachdenklich auf den Bildschirm und trommelte unruhig mit den Fingern auf seinen Schreibtisch.

»Frau Fritsch, machen wir es kurz. Ich dachte, Ihr Mann hätte Sie über Ihre finanzielle Situation informiert?«

»Ich verstehe nicht ganz.«

»Ihr gemeinsames Konto ist mit fünfzigtausend Euro überzogen, hinzu kommt eine Hypothek von achtzigtausend auf Ihre Finca und Ihre Lebensversicherung ist mit einer beträchtlichen Summe beliehen. Es ist alles ausgeschöpft. Ich kann Ihnen keinen weiteren Kreditrahmen einräumen.«

Bei diesen Summen blieb mir fast das Herz stehen; mir war nicht bewusst gewesen, dass wir so wenig kreditwürdig waren. Anscheinend war unsere Finca nach dem aufwendigen Umbau einiges wert und dazu die traumhafte Lage. Es würde zu dem passen, was Pedro über Clemens' Machenschaften berichtet hatte. Aufgeregt starrte ich zu Lopez, der nervös an seiner Kaffeetasse herumfingerte. Er hob sie an die Lippen, obwohl sie leer war.

»Ich verstehe nicht«, sagte ich noch einmal.

Mit hohem Sachverstand erklärte mir Mario Lopez die finanzielle Situation so, dass auch ich sie verstand.

»Wissen Sie«, fügte er noch hinzu, »zu Beginn waren es bei Ihrem Mann nur kleine Transaktionen, dann wurden die Investitionen immer größer, Spekulationsgewinne blieben leider aus. Es sollte wohl der goldene Absprung werden.«

Eine gewisse Arroganz lag in seiner Stimme, ich war mir nicht mehr sicher, ob ich den Rest auch noch hören wollte. Ich wurde zunehmend aufgebrachter und konnte nur mit Mühe meine Erregung verbergen. Robert war zwar ein kleiner Rebell, wenn es ums Geld ging, aber er würde nie unüberlegt handeln. Bei der Bank hatte er in über fünfundzwanzig Jahren einen guten Job gemacht. Er war gefragt und er wurde dafür gut bezahlt.

Robert musste in der letzten Zeit massiv unter Druck gestanden haben, das war mir nicht entgangen. Er musste sehr viel mehr Kraft aufwenden, um den Anforderungen gerecht zu werden. Seine Ansprüche standen auf einem sehr hohen Niveau. Das kostete ihn Energie, was mehr und mehr an seinen Nerven zerrte.

Nach einer kurzen Pause erlaubte ich mir die Frage: »Waren Sie sein Berater? Haben Sie meinen Mann all diese Kredite verkauft?«

Die Antwort ließ nicht lange auf sich warten.

»Liebe Frau Fritsch, wir sind eine Bank, wir leben davon. Ich bin Banker, nicht der Vormund Ihres Mannes.«

»Anscheinend leben Sie sehr gut davon, wie ich sehe. Es hätte ja auch anders ausgehen können, dann hätte sich mein Mann die Hände gerieben, oder nicht?«

Zuerst hatte ich die gekonnten Spitzen von Lopez genossen. Er reizte mich, und ich mochte Männer mit klaren Ansichten. Aber jetzt verlief unser Gespräch zunehmend angespannter und ging in eine spürbar andere Richtung.

Leicht nervös gab er mir zu verstehen:

»Außerdem ist Ihr Mann nicht unerfahren, schließlich arbeitet er in dem Metier. Er war sehr ehrgeizig und das trieb ihn wohl bis zum Äußersten. Es tut mir wirklich leid, Frau Fritsch, Ihnen keine besseren Nachrichten übermitteln zu können. Darf ich Ihnen vielleicht die Auszüge der vergangenen Monate aushändigen? So haben Sie volle

Transparenz über die Geschäfte Ihres Gatten.«

Wortlos reichte er mir die Unterlagen und lehnte sich leicht amüsiert in den Sessel zurück.

»Es geht mich ja nichts an, aber hat Ihnen Ihr Mann nichts gesagt? Ich meine, so etwas bespricht man doch … Frau Fritsch, es tut mir wirklich leid, Ihnen das sagen zu müssen, aber Sie sollten über Privatinsolvenz nachdenken.«

Und da war es, das entscheidende Wort. Privatinsolvenz.

Jetzt gehörten wir einer anderen Schicht Menschen an, Menschen, die Eigentum besessen hatten und von der Bank hinterhältig über den Tisch gezogen worden waren. Hausbesitzer, die ihren Kredit nicht auf einmal zurückzahlen konnten. Die Bank hatte uns in der Hand.

»Es tut mir wirklich leid«, sagte er erneut, aber es klang nicht so, als bedauerte er wirklich irgendetwas.

Obwohl mich Pedro gewarnt hatte und ich gut vorbereitet war, provozierte mich seine Art. Ich beschloss, den arroganten Ton zu ignorieren. Meine Intuition sagte mir, dass ich Lopez nervös machte. Aber es war noch zu früh, um ihn alleine zu verdächtigen. Vielleicht war er nicht der Einzige, der versucht hatte, Robert über den Tisch zu ziehen. Zuerst musste ich mir ein Bild von den Zahlen machen, so auf die Schnelle schaffte ich das nicht. Zahlen waren mir immer ein Rätsel, dafür hatte ich Robert. Kurz unterdrückte ich die aufsteigende Wut in mir. Gefangen – gefangen in den Mechanismen einer Bank.

»Sie haben recht, Herr Lopez«, sagte ich mutig, »es geht Sie wirklich nichts an. Und, um Ihre Frage komplett zu beantworten, wir hatten keine Gelegenheit mehr, uns auszutauschen, mein Mann musste dringend nach Brasilien.«

»Nach Brasilien? Privat oder geschäftlich?«

Jetzt wurde mir Lopez zu interessiert und ich bemerkte sofort, dass es keine gute Idee gewesen war, ihn darüber zu informieren. Was wird hier gespielt?, überlegte ich, hatte Lopez es auf unsere Finca abgesehen? Immerhin ist sie sehr aufwendig renoviert worden und einiges wert. Aber dieses Haus ist auch das letzte Überbleibsel einer glücklichen Vergangenheit.

Und dafür lohnte es sich zu kämpfen.

Überraschend fügte er hinzu:

»Aber warten Sie mal, ich sehe, Ihr Café wirft ja schon etwas ab. Hier laufen die Kredite ja auf Ihren Namen. Da könnte ich Ihnen noch ein kleines Darlehen anbieten, sagen wir, fünftausend? Das reicht zwar nicht für einen Kleinwagen, aber immerhin, zur Überbrückung?«

Offenbar fühlte sich Lopez in seiner Rolle sehr sicher. Aber ich wurde das Gefühl nicht los, dass er nicht die ganze Wahrheit über Roberts Spekulationen gesagt hatte.

Gedemütigt schüttelte ich den Kopf, warf demonstrativ einen Blick auf seine Armbanduhr, die unter seinem Hemdsärmel zum Vorschein gekommen war. Im selben Moment dachte ich an die wenigen Schmuckstücke, die wir besaßen, außer Roberts Chronometer, ein Unikat der Manufaktur Holdermann, das die Jungs ihrem Vater zu seinem fünfzigsten Geburtstag geschenkt hatten. Es war einiges wert. Ein halbes Monatsgehalt hatte ich dazugelegt, damit die Jungs die Summe zusammenbekamen.

Irgendwie kam mir sein Angebot wie ein Almosen vor.

Es war seltsam. Dass ich als Frau eines Bankers jemals peinlich berührt vor einem kleinen Bankangestellten stehen würde, ohne zu wissen, für was oder für wen ich mich eigentlich schämte, wäre mir nicht im Traum eingefallen.

»Natürlich, das wäre sehr entgegenkommend von Ihnen – ich meine, wenn ich nicht zurechtkomme, würde ich es mir überlegen und wieder auf Sie zukommen.«

Im letzten Moment verbot ich mir den Satz, dass ich nicht wüsste, wann Robert wieder zurückkommen würde. Ich räusperte mich und stand entschlossen auf.

»Vielen Dank, Herr Lopez, für das Gespräch, ich melde mich, wie gesagt.«

Mario Lopez war sichtlich verwirrt über meinen plötzlichen Aufbruch. Mit einem gekünstelten Lächeln auf den Lippen erhob er sich und verabschiedete sich ebenfalls.

Als ich mich beim Ausgang noch einmal umdrehte, saß Lopez schon wieder an seinem Schreibtisch. Ich hatte die Tür erst halb zugezogen, meine Hand noch an der Türklinke, da hatte er schon sein Handy am Ohr. Er kritzelte etwas auf einen Notizblock und betrachtete das Geschriebene, als ich ihn sagen hörte:

»Nun, das ist Ihre Sache, aber wie ich schon sagte, ich glaube, es wäre eine kluge Entscheidung, sich in sicherer Entfernung zu halten. Ich will Sie nicht in meinem Büro sehen. Es geht um zu viel. Und deshalb kein Wort. Zu niemandem. Verstanden? Übrigens werde ich die nächsten Tage nicht erreichbar sein – ein dringendes Geschäft in Südamerika, also versuchen Sie es erst gar nicht. Ich melde mich, sobald ich zurück bin.«

Er klopfte mit dem Stift auf den Block und signalisierte damit das Ende seiner Unterhaltung.

Mein Lauschen war ihm nicht aufgefallen, leise schloss ich die Tür und verließ den Raum vor seinem Büro. Nur zu gerne hätte ich gewusst, wer am anderen Ende der Leitung gewesen war.

Es dauerte fast eine halbe Stunde, bis ich aus der Stadt herausgelaufen war. Ich rieb mir die Augen und stöhnte innerlich auf. Nachdenklich setzte ich mich ans Ufer und schaute auf das Meer. Dann rief ich Pedro an und erzählte ihm von dem belauschten Gespräch. Ich redete mich richtig in Rage und warf aufgebracht meinen Zopf nach hinten.

Pedro war ziemlich beeindruckt von meinem Mut. Er hätte sich das nicht getraut.

»Meinst du, das Ganze hat etwas mit Robert zu tun?« Sofort blickte ich hinter mich, um sicherzugehen, dass niemand mithörte. Ich war völlig durch den Wind.

»Das wäre allerdings ein Albtraum«, sagte Pedro. Mit wem kann er telefoniert haben, und was will Lopez in Südamerika? Hast du dich auch nicht verhört? Ist irgendein Name gefallen? Denk noch mal nach.«

»Nein, nur das, was ich dir erzählt habe.«

»Du solltest vorsichtig sein, Christin, die Presse wird auch vor dir nicht Halt machen. Schließlich ist es kein Geheimnis, dass Robert mit Clemens befreundet ist. Auf jeden Fall werden sie dich im Auge behalten.«

Mit Schrecken bemerkte ich, wie sich meine Augen mit Tränen füllten, und wischte die heruntergelaufene Wimperntusche aus den Augenwinkeln. Verzweiflung, Wut und Ratlosigkeit überkamen mich. Dass es so schlecht um uns bestellt war, damit hatte ich nicht gerechnet.

Was war nur in Roberts Kopf vorgegangen? Und was hatte das alles zu bedeuten, wer war der geheimnisvolle Fremde, mit dem Lopez telefoniert hatte? Irgendetwas stimmte hier doch nicht.

Wenn die Finca der Bank gehörte, war es nur noch eine Frage der Zeit, bis Clemens oder Lopez die Bombe platzen ließ. Waren wir nur noch geduldet in unseren eigenen vier Wänden, bis auch wir ihren Machenschaften zum Opfer fielen? Er spekulierte also nicht nur mit dem Geld anderer Leute, sondern spielte auch mit ihren Gefühlen.

War Robert vielleicht in zweifelhafte Drogengeschäfte oder sogar in Geldwäsche verwickelt, ohne es zu wissen? Vor mir lag ein Schritt in die Zukunft, die sich nicht gut anfühlte. Mittlerweile kam es mir wie eine Ewigkeit vor, dass Robert sich verabschiedet hatte, aber erst zwei Sekunden, seit ich das letzte Mal an ihn gedacht hatte.

Pedro war noch nicht zu Hause, zumindest öffnete er nicht, als ich an seiner Tür klingelte. Irgendwie war ich ganz froh, allein zu sein. Nach dem Gespräch mit Lopez wusste ich, was auf dem Spiel stand und dass ich handeln musste. Erst einmal jedoch verdrängte ich alles und stürzte mich in Arbeit.

In meinem Haus fand ich die Ruhe, die ich so dringend benötigte, um über alles nachzudenken. Hier fühlte ich mich wohl und geschützt vor der Außenwelt. Pedros Rat, mich vor den Paparazzi in nächster Zeit vorzusehen, befolgte ich mit Entschlossenheit. Jedes Mal wenn das Telefon klingelte, wurde es mir kalt. Ich hatte mir angewöhnt, mich mit meinem Mädchennamen zu melden, das irritierte so manchen Anrufer. Sobald irgendwelche Presseleute es doch geschafft hatten durchkommen und Robert sprechen wollten, legte ich schnell auf.

Wir alle würden daran zugrunde gehen, wenn sich Clemens und Lopez unbesiegbar fühlten. So mächtig! Sie mussten gestoppt werden. Warum brauchten sie das überhaupt? Welcher Schmerz lag auf ihrer Seele, dass sie Menschen so demütigten? Oder waren sie einfach nur selbstherrlich? Lag es daran, dass Clemens' Frau ihn verlassen und seine Tochter Elsa mitgenommen hatte? Konnte er es nicht ertragen, dass sie erfolgreich geworden war und ihr Leben im Griff hatte? Konnte er deshalb nicht mehr glücklich sein, war sein Hass deswegen so groß? Vielleicht war sein Verhalten überhaupt nicht zu entschuldigen und er brauchte nur einen guten Psychiater.

Lopez war ein Mitläufer, ein armseliger Handlanger von Clemens. Als ihm klar wurde, was er getan hatte, war es bereits zu spät. Die Gier zu groß.

Am nächsten Morgen erwachte ich mit verstopfter Nasen und dröhnenden Kopfschmerzen. Ich hatte die ganze Nacht wach gelegen und verzweifelt nach einer Lösung gesucht. Vorsichtig öffente ich die Augen und wagte einen Blick auf die Uhr.

Halb zehn. Ich hatte den Wecker nicht gehört, ich fühlte mich krank und brauchte dringend eine Tablette. Auf dem Weg ins Bad zog ich meinen Bademantel über, kalt und übel war es mir. Bei jedem Schritt dröhnte der Kopf noch mehr.

Nach der Dusche fühlte ich mich zwar ein wenig besser, aber bei dem Gedanken, ins Café zu fahren, wurde mir gleich wieder übel. Ich stellte den Kaffeeautomaten an und ließ mir eine große Tasse heraus, danach griff ich zum Telefon und rief Pedro an.

»Guten Morgen, Pedro, hier ist Christin, mir geht es gar nicht gut, ich glaube, ich habe mir eine Erkältung eingefangen. Kopfschmerzen, Schnupfen, die ganze Palette. Ich bleibe heute im Bett. Kommst du ohne mich zurecht?«

Pedros Stimme klang leise und mitfühlend.

»Du hörst dich wirklich nicht gut an, brauchst du irgendwas? Ich könnte kurz rüberkommen. Aspirin hätte ich noch im Haus.«

»Danke, ich muss nur wieder ins Bett.«

»Dann schlaf dich mal richtig aus, ich komme später vorbei. Gute Besserung, du Arme.«

Pedros Anteilnahme war rührend, er war der Einzige, dem ich vertrauen konnte und der mir Mut machte. Nach zwei Tassen Kaffee ging ich zurück ins Bett. Ich schloss die Augen und ließ mich erschöpft in die Kissen fallen.

Als ich erneut erwachte, nahm ich mein Handy und wählte Roberts Nummer. Meine Lebensumstände hatten sich schlagartig verändert, ich musste dringend mit ihm sprechen und herausfinden, was es mit der Bank und diesem Lopez auf sich hatte. Der Verbindungsaufbau dauerte einen Augenblick, dann hörte ich ein Freizeichen, kurz darauf seine Stimme.

»Robert, warum meldest du dich nicht?«, rief ich verzweifelt. »Ich komme hier um vor Sorge. Wo bist du?«

Es dauerte einen Moment, bis ich registriert hatte, dass es nur sein Anrufbeantworter war, dessen Textansage ich hörte.

»*Wenn Sie mir eine Nachricht hinterlassen, rufe ich umgehend zurück.*«

Mindestens zwanzig Nachrichten hatte ich schon hinterlassen, aber keinen Rückruf erhalten. Allmählich wurde ich unruhig und wählte Clemens' Handy-Nummer.

Meine Möglichkeiten waren erschöpft, auch hier nur

der Anrufbeantworter.

Ich versuchte mich zu beruhigen und dachte an Roberts Worte, bevor er nach Brasilien aufgebrochen war. Womöglich hatten die beiden den Segeltörn vorgezogen und waren deshalb nicht zu erreichen.

Aus den Sachbüchern, die ich mir aus der Stadtbibliothek ausgeliehen hatte, informierte ich mich ausgiebig über Brasilien. Ich wollte Bescheid wissen über das Land und begreifen, wie die Menschen dort lebten und was ihnen wichtig war. In dem fremden Land, in dem Robert sechs Wochen verbringen würde, wirkten bestimmt viele Eindrücke auf ihn ein. Aus diesen Ratgebern erfuhr ich auch, dass die besten Reisezeiten für einen Segeltörn der Frühling und der Herbst waren. Zu diesen Jahreszeiten sorgten angenehme Temperaturen von durchschnittlich fünfundzwanzig Grad und beste Windbedingungen für ein entspanntes Segeln. Allerdings hielt der Atlantik an der brasilianischen Ostküste mit seinem Südostpassat auch ganzjährig Niederschläge bereit, die häufig kurze und heftige Regenfälle mit sich brachten.

So festigte sich meine Vermutung, dass sich Robert und Clemens auf hoher See befanden und kein Handy-Empfang möglich war.

»Ach Christin, das habe ich ganz vergessen, dir zu erzählen«, sagte Pedro. »Letzte Woche, als du krank warst, war so ein Typ im Café. Irgendein Alex. Er hat nach dir gefragt und wollte wissen, wo er dich erreichen kann. Nach zwei Tagen hat er wieder hier gestanden und mich nach deiner Handy-Nummer gefragt.«

Ich zuckte zusammen. Ein Typ namens Alex? Da fiel

mir spontan nur einer ein.

»Alex Thiel. Den habe ich seit dem Abiball nicht mehr gesehen. Und du bist dir ganz sicher, dass sein Name Alex war?«

»Ich habe seine Visitenkarte, da steht es schwarz auf weiß. Oder kennst du einen anderen, der so heißt?«

»Hat er sonst noch was gesagt? Macht er hier Urlaub? Oder ist er geschäftlich in Sant Jordi? Woher wusste er überhaupt von dem Café und dass ich hier wohne? Wir hatten doch gar keinen Kontakt mehr. Und? Hast du ihm meine Nummer gegeben?«

Pedro sah mich erstaunt an.

»Ich gebe doch deine Handy-Nummer nicht einfach raus, nachher ist er ein Mörder oder Vergewaltiger.«

»Wenn es der Alex von früher ist, kann ich dich beruhigen. Der ist harmlos. Er besitzt einen Verlag in Hannover und ist ein alter Schulfreund von mir. Wir waren schon im Kindergarten befreundet und von unseren Eltern füreinander bestimmt. Sie hätten es gerne gesehen, wenn wir geheiratet hätten.«

»Und warum bist du dann nicht mit ihm zusammengekommen?«

»Ach, das ist lange her. Alex hatte große Gefühle für mich, aber ich ... war heimlich in Robert verliebt, das hatte ihn sehr verletzt. Außerdem waren wir noch viel zu jung für eine echte Beziehung.«

Anfangs hatte ich gedacht, dass seine Abwehrhaltung nur vorübergehend gewesen sei, aber die Enttäuschung saß wohl tiefer, als ich dachte. Er war damals zu einem Freund nach Berlin geflüchtet, anschließend hatte er einige Tage mit seinem Vater in Italien verbracht. Ich hatte versucht, ihn anzurufen, ihn aber nicht erreicht, und im Verlag wurde ich von seiner Mutter abgewimmelt. Sie war auch sauer auf mich und verstand es überhaupt nicht, wie man sich nach so vielen Jahren trennen konnte.

Es tat mir so leid und ich wollte noch einmal mit ihm darüber reden, ihm erklären, dass mir seine Freundschaft wichtig war, aber er gab mir keine Gelegenheit.

»Das hat Alex aber anders gesehen, oder?«, sagte Pedro, der die Situation sofort verstand.

»Ja, leider. Wir wollten damals sogar ein Buch über uns schreiben und es im Verlag seiner Eltern veröffentlichen. Aber dazu kam es nicht mehr und den Anfang der Geschichte kennst du ja. Jahre später erfuhr ich von meiner Mutter, dass er sogar geheiratet hatte und offensichtlich eine gute Ehe führte, seine Frau arbeitete ebenfalls im Verlag. Alex war so ein lieber, netter Kerl, er hatte es verdient, geliebt zu werden. Obwohl … ich muss zugeben, dass ich damals schon ein bisschen eifersüchtig war.«

»Dann war er dir doch nicht so egal? Hört sich irgendwie traurig an«, seufzte Pedro. »Du hast sein männliches Ego verletzt. Das können die wenigsten vertragen, schon gar nicht Männer, und ich weiß, wovon ich rede. Wann hast du ihn zuletzt gesehen?«

»Bei der Beerdigung meiner Mutter, und das ist fast zwanzig Jahre her. Und mit dem männlichen Ego hast du sicher recht. Umso mehr frage ich mich, was er hier macht und wie er mich gefunden hat.«

»Ruf ihn an, dann wirst du es erfahren, hier, seine Visitenkarte.«

Dreimal nahm ich den Telefonhörer in die Hand, wählte die Nummer, die auf der Visitenkarte stand. Und nach dem ersten Klingeln legte ich wieder auf. Nach einer Weile kam ich mir kindisch vor und ließ es durchklingeln.

Meine Lippen zitterten, und meine Worte stockten, als ich Alex' Stimme vernahm. Einen Moment schaffte ich es noch, ihm konzentriert zuzuhören, dann brach meine Gefühlswelt komplett zusammen. Ich kämpfte gegen die Tränen, die sich unbemerkt gelöst hatten. Alex musste mein Elend wirklich nicht mitkriegen, schon gar nicht wegen Robert.

»Wie geht es dir, Christin?«

Seine Stimme hatte sich kaum verändert, sie klang fest und sicher wie eh und je. Einen Augenblick zögerte ich, bevor ich antwortete. Es war seltsam, seine Stimme zu hören, aber schön.

»Wenn ich alle Wenns und Abers außer Acht lasse, ganz gut«, log ich und war froh, dass Alex mir nicht gegenüberstand.

»Hast du spontan Zeit? Können wir uns sehen?«, fragte er.

So, wie er sich anhörte, hoffte er auf ein schnelles Ja.

Kurz sortierte ich meine Gedanken. Klar hatte ich Zeit. Aber dann platzte er nur so aus mir heraus, meine Wiedersehensfreude konnte ich nur schwer zurückhalten. Ja, ich wollte ihn wiedersehen.

»Alex, ich freue mich total«, sagte ich herzlich. »Was machst du hier, bist du beruflich auf der Insel? Wie lange bleibst du? Egal, das kannst du mir alles später erzählen.« Meine Worte überschlugen sich. »Wann?«

»Sofort?«, fragte Alex mit einem leichten Unterton.

Ich überlegte, wie lange ich brauchen würde, um mich zurechtzumachen. Schließlich wollte ich gut aussehen, wenn ich Alex nach so vielen Jahren wiedertreffen würde.

»Bist du es wirklich?«

»Du kannst dich später davon überzeugen«, lachte Alex.

»Um sieben am Hafen, im *La Bola*?«

»Das kenne ich. Ich freue mich, bis später.«

In all den Jahren hatte ich zweimal an Alex gedacht, das erste Mal, als ich nach Spanien gegangen war, und das letzte Mal, als Robert begann, mich zu vernachlässigen. Einmal hatte ich sogar von ihm geträumt, wie sich seine Augen mit Tränen füllten, wie er meine Knie umfasste und sagte, dass er ohne mich und meine Liebe nicht leben könne. Und jetzt ein Wiedersehen nach all den Jahren. Noch nie hatte ich einen vertrauten Menschen so sehr vermisst wie in diesem Augenblick.

Ich war gespannt, wie er heute aussah und wie sein Leben die letzten Jahre verlaufen war. Hatte er Kinder?

Gegen sieben Uhr wartete ich aufgeregt am Hafen im Restaurant *La Bola* auf der Terrasse. Ich trug mein schwarzes Satinkleid. Die Reinigung hatte gute Arbeit geleistet, der Ölfleck war verschwunden, und Knitterfalten waren auch nicht mehr zu sehen.

Kurz begrüßte ich meinen Lieblingskellner Angelo und bestellte einen doppelten Espresso. Neugierig suchte ich immer wieder die Menschenmenge ab, die sich am Hafen tummelte. Plötzlich sah ich ein Gesicht, das ich von früher kannte … Ich konnte kaum fassen, was ich da sah.

Alex Thiel trug Jeans und ein lässiges blaues T-Shirt. Sein graues Jackett hatte er leger über den Arm gelegt. Er war immer noch ein sehr attraktiver Mann. Von Weitem hatte sein gutes Aussehen etwas von Rock Hudson in den besten Jahren. Die schwarze Hornbrille machte sein Gesicht noch markanter.

Alex entdeckte mich sofort, hob die Hand und lachte vor Freude. Irgendetwas in meinem Inneren wurde warm. Ich konzentrierte mich auf die weiße Rose, die er in der Hand hielt. Er hatte es nicht vergessen, ich liebte weiße Rosen. Sofort erhob ich mich und konnte es kaum erwarten, bis sich mein alter Jugendfreund durch die Enge der besetzten Tische und Stühle geschlängelt hatte.

»Das ist ja eine Überraschung!«

»Das kannst du laut sagen.«

»Mensch, Christin«, das waren die einzigen Worte, die Alex herausbrachte, als er vor mir stand. Blitzartig warf er sein Jackett über den freien Stuhl, breitete die Arme aus und drückte mich so fest an sich, dass ich nach Luft ringen musste.

»Du bist es wirklich! Du hast dich überhaupt nicht verändert, immer noch die Alte, bis auf die roten Strähnchen. Toll, du siehst einfach umwerfend aus.«

Er küsste mich lang und innig auf die Stirn, ich nahm seinen angenehmen Geruch wahr und fühlte mich geborgen in seinen Armen wie schon lange nicht mehr. Einen Moment blieben wir so stehen und schaukelten eng umschlungen hin und her. Als wir wieder voneinander abließen, strich ich sanft über seine Wange. Alex hielt meine Hand fest und küsste zärtlich die Innenfläche.

»Hier, für dich.«

»Dass du dich daran erinnern kannst!«

»Nicht nur daran, dass du Rosen magst.«

Irritiert blieb ich noch einen Moment stehen, schnupperte an der wunderbaren Rose und legte sie auf den Tisch.

»Lass dich noch mal richtig ansehen, wow … Spanien

bekommt dir, wie ich sehe, du siehst glücklich aus. Du hast dich wirklich … kein bisschen verändert.«

»Du aber auch nicht«, schwärmte ich, »und dein graues Haar steht dir übrigens ausgezeichnet.«

Alex war um den Tisch herum gegangen, setzte sich neben mich und rückte seinen Stuhl ganz dicht an meinen heran. Er sah mich unentwegt an, und ich hatte den Eindruck, dass er wie früher merkte, wenn etwas nicht stimmte.

»Erzähl, was machst du hier?«, fragte ich neugierig. »Urlaub? Woher wusstest du überhaupt von meinem Café?«

»Typisch Christin! Wie früher, tausend Fragen auf einmal. Lass uns erst etwas bestellen, ich falle um vor Hunger und Durst«, sagte Alex und war sichtlich froh, dass der Kellner an unseren Tisch kam.

»Und das mit dem Besuch ist eine längere Geschichte.«

»Ich habe mir den ganzen Abend für dich freigehalten.«

»Guten Abend, möchten Sie schon etwas trinken?«, fragte Angelo zuvorkommend. »Vielleicht einen kleinen Aperitif? Ich habe heute einen wunderbaren Prosecco mit Holunder im Angebot, den finden Sie nicht in der Karte.«

»Was meinst du?«, fragte Alex, der ganz in die Speisekarte vertieft war. Er senkte die Karte und betrachtete mich über den Rand seiner Brille hinweg, während ich die Speisekarte zuschlug.

»Ich verlass mich auf dich. Such du etwas aus.«

Alex bestellte Tapas und Portwein, mein Lieblingsgericht. Ich warf Angelo, der sich ungerührt lange an unserem Tisch aufhielt, einen kurzen Blick zu.

Er räusperte sich.

»Kommt sofort«, sagte er verlegen und verschwand.

Alex sah mich im Laufe des Abends immer wieder an, fragte mehrmals, wie es mir ginge, und ob Auswandern immer schon auf meinem Lebensplan gestanden hatte. Ich log ihn an, in dem Bemühen, meine Sorgen aus dem Kopf zu verdrängen. Alex machte es mir leicht. Er war entspannt und witzig wie früher, originell und ein toller Geschichtenerzähler. Er hatte das Energische von Präsident Obama und das Würdevolle von Papst Benedikt.

Angelo war mit den Getränken gekommen. Er schenkte den Portwein ein, den wir zu den Tapas bestellt hatten, und verbeugte sich mit einer Hand auf dem Rücken, bevor er wieder ging.

»Dann lass uns anstoßen, auf die alten Zeiten und dass wir sie hinter uns haben.«

»Und an was kannst du dich noch erinnern?«

»Das, meine Liebe, erzähle ich dir später«, sagte Alex.

Ich hatte ein harmloses Abendessen erwartet, mit ein paar sentimentalen Erinnerungen, aber die Situation hatte sich grundlegend geändert.

»Und wie geht es dir sonst?«, fragte Alex schließlich.

Verlegen schob ich eine Haarsträhne hinters Ohr, faltete meine Stoffserviette zusammen und wieder auseinander.

»Ganz gut«, antwortete ich knapp und wollte Alex nicht weiter anlügen. »Wie lange bleibst du in Spanien?«

»Kommt drauf an.«

Gegen elf Uhr bemerkte ich, dass ich die letzten Stunden nicht mehr an Robert gedacht hatte, und bekam sofort ein schlechtes Gewissen.

Ich fragte mich: Was ist Freundschaft? Was ist Liebe?

Bestimmt nicht für alle das Gleiche, so viel war sicher.

Schnell versuchte ich, meine längst vergessenen Gefühle für Alex zu ordnen. Der Abend verlief unkompliziert und leicht, ich genoss die Unbekümmertheit, die ich in Alex' Nähe empfand. Mir wurde klar, dass es nicht der letzte Abend sein würde, solange Alex in Sant Jordi war. Er strahlte wie früher jede Menge Charme und gute Laune aus. Ich war lange nicht mehr ausgegangen – und hatte ganz vergessen, welchen Kick eine alte Liebe dem Selbstbewusstsein geben konnte. Ich genoss die Aufmerksamkeit, die mir zuteilwurde, und Alex ging es offenbar genauso.

Gegen halb zwölf winkte Alex dem Kellner, der auch nicht lange auf sich warten ließ, übernahm die Rechnung, drückte Angelo ein ordentliches Trinkgeld in die Hand und zog seine Jacke von der Stuhllehne. Wenig später legte er mir meinen Blazer über die Schulter, ich lehnte mich kurz an ihn, worauf er seine Hände länger als nötig auf meinem Rücken ruhen ließ. Sie wanderten weiter zu meinem Kopf, den er in seine Richtung drehte.

»Manchmal ist es schon arg schwer, gegen die Vernunft anzukämpfen«, sagte er und lächelte entschuldigend.

»Du weißt schon, dass Frauen so etwas nicht hören wollen? Wir wollen, dass ihr uns über alle Vernunft hinaus liebt und begehrt.« Ich lächelte ebenfalls, meinte aber jedes Wort so, wie ich es gesagt hatte.

»Gibt es bei dir noch einen Kaffee?«

»Gerne, sollen wir ein Taxi rufen oder zu Fuß gehen?«

»Ist es weit?«

»Nein, vielleicht zehn Minuten zu Fuß.«

»Eine gute Idee«, meinte Alex, »dann laufen wir.«

Wenig später verließen wir das Lokal und gingen Arm in Arm die Straße entlang. Wir waren vergnügt und ausgelassen, fast wie Kinder, die das Leben noch leicht und ungezwungen nahmen. Es war immer noch angenehm warm. Bis auf ein paar Spätbummler war niemand mehr unterwegs, ganz anders als sonst, wenn es hier von Urlaubern nur so wimmelte. Wir schwiegen die meiste Zeit, aber jeder wusste, was der andere gerade dachte. Als wir vor der Haustür standen und ich wie immer meinen Schlüssel suchte, stellte sich Alex abrupt vor mich.

»Petra hat mich in der letzten Woche angerufen und gesagt, du könntest einen guten Freund an deiner Seite brauchen.«

»Sie hat dich angerufen? Du weißt Bescheid?«

»Ja, und ich bin ihr sehr dankbar dafür. Christin, deine Moral in allen Ehren, aber hier geht es um deine Zukunft. Warum hast du dich nicht gemeldet?«

»Sie hat dir alles erzählt?«

»Nein, sie hat nur gesagt, dass es dir nicht gut gehe und du unbedingt den Rat eines alten Freundes brauchst.«

Es war eine peinliche Situation für mich, und im ersten Moment war ich wütend auf Petra. Wie konnte sie nur? Als ich die Haustür aufschloss, ging mir kurz durch den Kopf, wie sehr ich Alex damals verletzt hatte, als ich ihm sagte, ich sei noch nicht bereit für eine echte Beziehung. Jetzt stand er da, nach all den Jahren, und war für mich da. Reflexartig zog ich Alex am Ärmel näher zu mir heran.

»Du hast damals nichts falsch gemacht«, sagte ich leise. »Wir waren jung, ich hatte lauter Flausen im Kopf und du warst immer so vernünftig, so sachlich und pragmatisch. Manchmal hatte ich mich erdrückt gefühlt von deiner Fürsorge. Heute weiß ich sie wieder zu schätzen, die Fürsorge. Es ist schön, dass du da bist, und es fühlt sich richtig gut an. Wenn ich gewusst hätte, dass du mir nicht mehr böse bist und mich nicht aus deinem Leben gestrichen hast, hätte ich mich bei dir gemeldet. Auch auf die Gefahr hin, dass alte Gefühle wieder geweckt worden wären, weil alles in dir vielleicht nach mehr verlangt hätte.«

»Ich sehe schon, es wird kompliziert«, lachte Alex, »aber jetzt bin ich da und unterstütze dich … Natürlich war ich verletzt und auch sauer auf dich, aber es sind einige Jahre vergangen, wir sind keine Teenager mehr, wir sind erwachsen und haben unsere Erfahrungen gemacht.«

»Schön, dass du das so siehst.«

»Wäre ich sonst hier? Außerdem bist du heute viel cooler als früher.«

»Ich bin heute einiges, was ich damals nicht war«, grinste ich. »Na, dann sind wir uns ja wieder einig.«

»Und den Rest bekommen wir auch noch hin«, Alex lachte erleichtert.

»Wir werden in Zukunft solche Missverständnisse einfach vermeiden.«

Wir tranken keinen Kaffee, sondern Wein. Während Alex die Flasche entkorkte, legte ich eine CD ein und stellte zwei Gläser auf den Tisch. Alex schenkte ein und ich setzte mich neben ihm auf das Sofa, worauf Alex gleich sein Glas in die Hand nahm und es hochhielt.

»Auf dein Wohl, Christin. Jetzt kannst du mir alle schrägen Gedanken und Sorgen erzählen, aber bitte offen und ehrlich. Ich kann einiges vertragen, wie du weißt.«

Alex hatte auch heute noch eine romantische Sicht auf das Leben, manchmal zwar ein bisschen an der Wirklichkeit vorbei, aber er war echt süß und seine Gefühle waren stärker, als ich je gedacht hatte.

Einen Moment sah ich ihn verstohlen an. Er war ein großartiger Typ, klug, sensibel und anders als jeder andere Mann, den ich kannte. Ich trank meinen Portwein in einem Zug aus und stellte das leere Glas auf den Tisch zurück. Dann holte ich tief Luft und blies sie langsam wieder aus. Alex strich mir zärtlich mit den Fingern über die Lippen.

»Sprich mit mir, Christin«, flüsterte er, »was ist wirklich los?«

Ich erzählte die Geschichte so, wie sie war. Über meine Gefühle, meine Verzweiflung nach dem Gespräch mit Mario Lopez. Ich beschrieb die Einsamkeit, die Unmöglichkeit, Dinge zu planen, und immer wieder die Hoffnung auf eine Entscheidung und letztlich darauf, meine Zukunftsaussichten zu verbessern.

»War das wirklich zu viel verlangt?« Dabei ließ ich meinen Tränen freien Lauf und Alex trocknete sie.

»Weine ruhig, ich glaube, du hast in der letzten Zeit viel verdrängen müssen. Wie lange willst du das noch aushalten?«

»Ich weiß es nicht, so viele Möglichkeiten habe ich ja nicht. Und ich weiß nicht, was ich von all dem halten soll. Habe ich es jetzt mit kriminellen Machenschaften zu tun?«

»Wieso?« Alex legte seine Hand auf meinen Oberarm. »Wegen Clemens Lutz und diesem Lopez?«

Ich nickte und schaute auf.

»Ich kenne mich selbst nicht mehr, Alex. Ich weiß nicht, ob ich wütend bin, weil Robert unser Geld verzockt hat, oder ob ich wütend bin, weil er diesem Clemens hörig ist. Mittlerweile glaube ich, dass es Robert nie wirklich um

Geld gegangen ist, ich glaube, bei ihm war Adrenalin im Spiel. Er musste gewinnen. Vielleicht war er sogar süchtig. Robert kann nicht verlieren, das konnte er noch nie. Seine Immobiliengeschäfte waren nicht immer lupenrein, aber ist man deshalb gleich ein Spieler oder kriminell?«

»Wenn man den passenden Umgang hat, vergisst man schon mal seine guten Vorsätze. Robert war schon früher sehr geschäftstüchtig«, fügte Alex vorsichtig hinzu. »Er hat es schon damals geliebt, zum Ritter geschlagen zu werden. Nur leider schützt das nicht automatisch vor Gier, und wer verliert schon gerne sein Gesicht? Macht und Geld verändern einen Menschen, und wenn er wirklich süchtig war, hätte er professionelle Hilfe gebraucht. Denk an Ulli Hoeneß. Der hat irgendwann völlig den Überblick verloren und was dabei rausgekommen ist, muss ich dir nicht erzählen. Das Leben geht auch bei denen weiter, und im Rückblick ist es gut so. Ich könnte mich auch noch über tausend Dinge ärgern, aber würde es mich weiterbringen?«

»Es geht alles, wenn man will«, lächelte Alex überzeugt, als er seine Zusammenfassung beendet hatte. »Manchmal glaubt man es kaum, aber man ist stärker, als man denkt. Und du warst schon immer eine starke Persönlichkeit.«

»Willst du das Haus besichtigen?«, frage ich Alex spontan. Ich hatte die Befürchtung, dass er seinen Vortrag noch weiter ausdehnen und unseren schönen Abend gefährden würde.

Wir haben an diesem Abend nicht mehr viel geredet, sondern in der Nacht auf dem Sofa miteinander geschlafen. Danach kämpfte ich wieder mit meinen Tränen und wusste nicht, ob es nur die Hormone oder längst vergessene Gefühle waren, die mich so aufwühlten.

Als ich am Morgen erwachte, zuckte ich zusammen, als ich Jeans, Schuhe und Pullover verteilt im Zimmer herumliegen sah. Ich hatte von Robert geträumt und mit Alex geschlafen. Vorsichtig befreite ich mich aus Alex' Armen und streichelte liebevoll sein Gesicht.

»Du bist ein wunderbarer Freund«, flüsterte ich.

Alex war aufgewacht.

»Muss es mir leid tun?«, sagte er etwas steif. Er rappelte sich auf und rieb seine müden Augen.

»Nein, muss es nicht. Ich finde es schön, dass du hiergeblieben bist. Das solltest du wissen. Und ich hoffe, dass nicht nur der Wein daran schuld war.«

Alex drehte sich zu mir um.

»Christin, meine Gefühle für dich haben sich nicht geändert. Im Gegenteil, meine Ehe ist sogar daran zerbrochen. Eva hat immer gefühlt, dass sie nur ein Ersatz für dich war, auf Dauer konnte sie damit nicht leben. Vor zwei Jahren hat sie sich von mir getrennt und ich kann nicht behaupten, dass ich darunter gelitten habe.«

»Das tut mir sehr leid. Warum hast du das nicht früher gesagt?«

»Hätte es was geändert? Christin, ich möchte nicht, dass du denkst, ich hätte deine Situation ausgenutzt.«

»Hast du nicht, ich habe es auch gewollt.«

Ich sah in seine rehbraunen Augen und küsste ihn auf den Mund.

»Komm, lass uns frühstücken«, sagte ich.

Aber Alex zog mich noch einmal näher zu sich und genoss meinen nackten Körper.

Verlegen löste ich mich aus seinem Arm.

»Alex, wir können nicht wieder an alte Zeiten anknüpfen, es wäre nicht richtig, es ist der falsche Zeitpunkt«, sagte ich. Ich wickelte mir die Bettdecke um und verschwand ins Bad.

Wieder spielten die Hormone verrückt. Erst als ich mich im Spiegel betrachte, gelang es mir, die Tränenflut zu stoppen. Wie lange war es her, dass ich morgens neben Robert aufgewacht war? Lange brauchte ich nicht zu überlegen. Eine Ewigkeit! Ich nahm meine Schminktasche heraus, puderte mir die Nase, legte ein wenig Mascara auf und zog mir die Lippen nach.

Manchmal ist es wirklich ein Kampf der Vernunft gegen die Gefühle, dachte ich. Und im gleichen Moment wusste ich, dass Männer nicht so denken und Frauen so etwas nicht gerne hören.

Hatte ich nicht genug geweint?

Stille.

»Wie will Robert das eigentlich anstellen?« Alex hatte sich in den Türrahmen gestellt. »Wie will er ohne Geld das Immobiliengeschäft in Brasilien aufbauen? Mit dem Geld von diesem Clemens? Ist der wirklich so reich oder nur ein Aufschneider?«, fragte er und stand nun direkt neben mir. Er zog Grimassen, die der Spiegel wiedergab. Augenblicklich musste ich lachen.

Ungläubig schüttelte ich den Kopf und sah ihn an. Ich kannte diesen Blick, der wie immer interessiert war, den hatte ich schon früher gesehen, nur meistens ignoriert. Und da war sie wieder, die letzte Nacht mit ihm, wie er mich so festhielt, dass ich kaum atmen konnte. Das Bild, wie er mir die Unterwäsche vom Leib riss und mich dabei leidenschaftlich küsste. Die Schamröte stieg mir ins Gesicht, verlegen lächelte ich in den Spiegel.

»Das weiß ich nicht, ich kann weder Robert noch Clemens erreichen, nur ihre Anrufbeantworter, und die habe ich schon voll gequatscht. Ich mach mir wirklich Sorgen und habe mittlerweile ein ungutes Gefühl. Was ist, wenn den beiden etwas passiert ist?«

»Christin, du verrennst dich da in etwas. Ich könnte dir jetzt sagen, dass du viel zu schade für Robert bist, dass es mit mir einfacher wäre, aber hilft dir das weiter?«

»Machst du Witze?«

»Nein!«

Alex war der erste Mann, der seit Robert ein Gefühl der Sicherheit in mir auslöste. Bei Alex fühlte ich mich geborgen und verstanden. Aber ich hatte mich für Robert entschieden und das aus gutem Grund. Ich liebte ihn!

»Ich hätte nicht gedacht, dass du das mit dir machen lässt. Du warst immer so selbstständig und völlig angstfrei«, sagte Alex mit Nachdruck. Ein wenig Ironie lag in seiner Stimme.

Ich wiegte nur den Kopf und nahm Jeans und Pulli auf, die immer noch auf dem Boden verteilt lagen, während sich Alex ein Bad einließ, etwas von den Badezusätzen hineinschüttete und sich dann genussvoll hineingleiten ließ.

»Kannst du dir vorstellen, dass es Tage gibt, an denen ich ziemlich durch den Wind bin? An denen ich tierisch aufgebracht bin, aber nicht weiß, was im Augenblick mehr schmerzt – dass Robert sich vielleicht aus dem Staub gemacht hat oder die Schulden, die er mir zurückgelassen hat?«

Alex hob gleichgültig die Schultern, als wäre es die normalste Sache der Welt. Als ich mich an der Tür noch einmal umdrehte, wirbelte er mit den Fingern ein wenig

Schaum in die Luft. Ich ließ ihn entspannen und schloss die Tür.

In der Zwischenzeit stellte ich die Espressomaschine an und wählte zwei große Kaffee. Mein Kühlschrank war nur spärlich gefüllt, für ein Frühstück reichte es gerade noch.

»Du bist schon fertig?«, sagte ich überrascht, als Alex eintrat.

»Der Kaffeeduft!«, lachte er.

Er nahm die Kaffeetasse, setzte sich an den Küchentresen und genoss den grandiosen Blick.

»Schön hast du es hier«, sagte er, »alles so hell und modern«, dabei ließ er noch einmal den Blick durch das großzügige Wohnzimmer mit dem sonnigen Erker schweifen. »Muss ganz schön viel Geld gekostet haben, aber die Aussicht ist eine Wucht.«

»Na ja, man bezahlt ja so ein Haus nicht gleich auf einmal, wie du weißt.«

»Allein die Lage ... War bestimmt nicht billig.«

»Robert hat das Haus einem armen Fischer abgekauft und günstig bekommen. Den Umbau hat Petra organisiert. Du kennst ja Roberts zwei linke Hände. Alle haben damals mitgeholfen, so blieben die Kosten unter der von Petra veranschlagten Bausumme. Mein Nachbar Pedro, du hast ihn übrigens schon im Café kennengelernt, hat auf die Gartengestaltung großen Einfluss gehabt, und das nicht nur, weil er mein Nachbar ist. Er kennt sich vorbildlich aus und war mir eine große Hilfe.«

»Dann ist er nicht nur Gärtner, sondern auch Kellner in deinem Café«, schmunzelte Alex. »Der Ausblick ist wirklich traumhaft schön«, schwärmte er, »ich könnte den ganzen Tag nichts anderes tun.«

Nickend stellte ich mich dazu. Es tat gut, zusammen mit einem vertrauten Menschen die Aussicht zu genießen, und irgendwie wirkte sie heute doppelt schön.

»Ich bin froh, dass wir uns wiedergetroffen haben«, flüsterte ich, »egal welche Umstände dazu geführt haben.«

»Ja, finde ich auch«, sagte Alex.

Er trank seinen Kaffee mit Genuss, dabei schauten seine Augen über den Tassenrand. Sein Blick war so verführerisch, dass ich ihm am liebsten um den Hals gefallen wäre. Aber ich tat es nicht. Es durfte nicht sein.

Alex hatte sich noch einen zweiten Kaffee herausgelassen und stellte sich zurück an den Küchentresen.

»Übrigens«, sagte ich, »um deine Frage von vorhin zu beantworten, ich hatte das am Anfang auch nicht von mir gedacht. Alles fing mit dieser Freistellung an, dabei habe ich mich so oft gefragt, ob Robert wirklich glücklich ist oder es nur vorgibt. Er hatte sich verändert, mit der Zeit waren wir uns immer mehr aus dem Weg gegangen, und ich war zu sehr mit mir und meiner Selbstständigkeit beschäftigt gewesen.«

»Es ist ein sehr schönes Café geworden, die Einrichtung trägt deine Handschrift, und dein Cappuccino ist erstklassig«, lobte Alex.

»Das ist im Augenblick meine einzige Einnahmequelle«, sagte ich mit niedergeschlagener Miene. »Es wird langsam kühler, am Abend bleiben die Gäste auf der Terrasse aus, das Café ist ein Saisongeschäft.«

»Was ist mit deinem Traum … Bücher?«, fragte Alex etwas überraschend. »Weißt du«, sagte er und unterbrach meine traurigen Gedanken, »manchmal ist es besser, etwas ganz Neues zu beginnen. Man nennt es auch Erfahrung.

Und das Leben wäre wahnsinnig langweilig, wenn alle immer wüssten, wohin welche Entscheidungen führen.«

»Du meinst, ich soll an die Zukunft denken?«

»Zukunft gibt es nicht, nur das Jetzt. Ich habe auch lange gebraucht, bis ich es begriffen habe«, sagte er. »Es ist immer *jetzt*. Verstehst du nicht, es ist ein Wahnsinn, sein Leben in die Zukunft zu verschieben. Zukunft gibt es gar nicht, denn wenn sie da ist, ist es wieder *jetzt*.«

Darüber musste ich einen Augenblick nachdenken. Aber ja, er hatte recht, und es hätte mich nicht gewundert, dass er schon eine Lösung für das *Jetzt* hatte.

»Ich kenne da jemanden, der würde auch ganz gut zu dir passen«, lachte Alex. »Du kennst ihn auch, du hast mit ihm Abitur gemacht.«

Wie angewurzelt stand ich da.

»Und wer soll das sein? Machst du Witze?«

»Entspann dich. Mal im Ernst, Christin, wir haben die gleichen Interessen, außerdem kann ich mittlerweile sehr gut Tango tanzen, ohne meine Partnerin zu verletzen.«

»Ach, und das soll jetzt ein Argument sein?«, lachte ich.

»Lock deine Gäste mit interessanten Büchern ins Café, richte ihnen kleine Leseecken ein. Wir könnten neue Autoren einladen, es muss ja nicht gleich Frederick Forsyth sein. Ab und zu könnten wir Lesungen veranstalten. Deine Karte stellen wir ein wenig auf Herbst/Winter um, das wäre doch schon mal ein Anfang.«

»Wir?«

Allein der Gedanke überforderte mich im Augenblick komplett.

»Ja, wir, ich helfe dir dabei, so eine Herausforderung lasse ich mir doch nicht entgehen.«

»Und dein Verlag in Hannover? Kommt der ohne dich zurecht?«

»Seit einem Jahr habe ich einen Geschäftsführer, der macht seine Sache sehr gut. Außerdem kann er mich überall erreichen. Es gibt nichts, was wir nicht auch am Telefon oder per Mail erledigen könnten. Du kannst also auf mich zählen.«

»Die Idee ist großartig! Ich muss nur …«

»Ja?«

»Ich muss nur unbedingt Robert erreichen, ich möchte nicht, dass die Bank …«

Alex' Antwort kam postwendend.

»Ja, das musst du wohl.« In seinem Blick stand die Frage, warum Verliebtsein eigentlich immer so kompliziert sein musste.

Alex war in seinem Element, er kannte sich aus und ich konnte von seinem unendlichen Wissen profitieren. Wenig später hatte er mit seinem Geschäftsführer in Hannover telefoniert und jede Menge ausgewählte Bücher bestellt. Er ließ seine Kontakte zu Schriftstellern spielen, die er persönlich kannte, und vereinbarte mit ihnen Präsentationen von Neuerscheinungen. Er organisierte einen Tag unter dem Motto »Junge Schriftsteller« mit Lesungen und anschließender Signierstunde.

Der Abschied nach der gemeinsamen Nacht fiel mir nicht leicht. Ich mied Alex' direkten Blick und schob meine Hand in seine. Langsam gingen wir zur Haustür. Er hatte gute Laune und machte keine Anspielungen auf eine weitere Nacht. Er blieb vor mir stehen, sah zu mir herunter und zog mich noch einmal an sich, und ich drückte meine

Stirn an seine Brust.

»Danke, Alex, für deinen spontanen Einsatz, es war schön, zu reden. Ich wollte dir noch sagen ...«

Er unterbrach meinen Wortfluss und streichelte meine Wange.

»Pssst, das fand ich auch, und dein Café bringen wir ganz groß raus.«

Einen Moment blieb ich vor der geschlossenen Haustür stehen. Alex war unglaublich, er hatte mir ein fertiges Dossier abgeliefert. Ich freute mich und der Gedanke, meinen Traum leben geben zu können, ließ mich nicht mehr los. Diese Neuigkeit konnte ich nicht länger für mich behalten, ich nahm mein Handy zur Hand und rief Pedro an.

Kapitel 3

Ich stellte den Putzeimer zur Seite und wischte mir die nassen Hände an meiner Jeans ab, bevor ich zur Haustür ging. Es klingelte schon zum zweiten Mal, erschrocken zuckte ich zusammen.

Wer hatte es denn bloß so eilig? Pedro besaß einen Schlüssel, er ließ es nur immer einmal klingeln, bevor er hereinkam, und Alex rief kurz vorher an.

Als ich die Tür geöffnet hatte, schaute ich erstaunt in die Gesichter zweier uniformierter Männer. Sie waren großgewachsen und von schlanker Statur. Freundlich begrüßten sie mich und streckten mir ihre Hand entgegen.

»Buenos días, Signora, meine Name ist Comissario Marques, und das ist mein Kollege, Pablo Rodriguez.«

»Frau Fritsch?«

»Ja.«

»Frau Christin Fritsch?«

»Ja! Was kann ich für Sie tun?«

»Dürften wir vielleicht hereinkommen? An der Haustür redet es sich so schlecht.«

»Das kommt ganz darauf an«, sagte ich und bat beide einzutreten. »Bitte!«

Die Haustür fiel zurück ins Schloss.

Die Mimik der beiden Männer wechselte von freundlich zu ernst. Sofort dachte ich an die Kinder – aber mit ihnen hatte ich noch vor einer Stunde telefoniert. Plötzlich überkam mich ein seltsames Gefühl und mein Herz begann heftig zu pochen.

Aufgeregt führte ich die beiden Kommissare in die Küche und bot ihnen Platz am Tresen an.

Plötzlich lag eine unangenehme Stille im Raum. Lautlos setzten sich Marques und sein Kollege an den Küchentresen.

»Frau Fritsch, ist es richtig, dass sich Ihr Mann mit Dr. Clemens Lutz in Brasilien aufhält?«

»Ja, Clemens, ich meine Dr. Lutz, hat geschäftlich dort zu tun, und mein Mann begleitet ihn. Warum fragen Sie mich das?«

»Den Segeltörn haben sie wohl vorgezogen. Frau Fritsch, wie uns der Hafenmeister vom *Marina da Gloria*-Jachthafen mitgeteilt hat, sind Ihr Mann und Dr. Lutz vor drei Tagen tatsächlich dort aufgebrochen, um die Küste entlang in Richtung Süden zu segeln. Ich gehe davon aus, dass Herr Lutz ein erfahrener Hochseesegler war.«

»Davon bin ich auch ausgegangen. Wieso sagen Sie *war*?«

»Wissen Sie, etwas kommt uns sonderbar vor, deshalb ist es jetzt sehr wichtig, dass Sie sich genau erinnern, was Ihnen Ihr Mann vor der Abreise gesagt hat. Wollte er vielleicht noch andere Personen dort treffen?«

»Nein, nicht dass ich wüsste, zumindest hat er nichts davon gesagt. Aber was hat das alles mit meinem Mann zu tun?«

»Komisch ist, nachdem Ihr Mann und Dr. Lutz den Hafen verlassen hatten, wurde wenig später ein Motorboot gemietet, mit demselben Ziel. Das Boot wurde, wie wir jetzt wissen, unter falschem Namen gechartert und ist bis heute nicht zurückgebracht worden. Die Polizei ermittelt. Wir tappen zwar noch völlig im Dunklen, aber vielleicht gibt es da einen Zusammenhang.«

Ich begann am ganzen Körper zu zittern, schnappte nach Luft und setzte mich zu den Beamten an den Küchentresen.

»Frau Fritsch, wann hatten Sie zuletzt Kontakt mit Ihrem Mann?«

»Ich versuche schon seit Wochen, ihn zu erreichen. An sein Handy geht er nicht ran, nur die Mailbox meldet sich, und darauf habe ich schon x-mal gesprochen.«

»Frau Fritsch, es tut mir wirklich leid, die Küstenwache hat eine auf dem Wasser treibende männliche Leiche gefunden. Nach Angaben der brasilianischen Botschaft handelt es sich dabei um Dr. Clemens Lutz. Der Hafenmeister hat ihn identifiziert.«

»Und Robert?«, schrie ich.

»Ihren Mann haben sie noch nicht gefunden.«

Stille.

Ungläubig schüttelte ich den Kopf.

»Nein, es kann sich nur um eine Verwechslung handeln.«

»Leider ist es keine Verwechslung, Frau Fritsch. Da die Jacht von Dr. Lutz dort registriert ist, wurde über die brasilianische Seenotrettung unter Mithilfe des dortigen Hafenmeisters eine Koordination durchgeführt, um sie vor einem aufziehenden Unwetter zu warnen. Eine Verbindung kam schon nicht mehr zustande. Wo sich die beiden zu dem Zeitpunkt auf See befanden, konnte noch nicht genau geklärt werden. Nachdem die Kontaktaufnahme gescheitert war, wurde die Küstenwache informiert. Sie mussten allerdings die Suchaktion nach einigen Stunden aufgeben. In der Nacht tobte der Sturm mit Windgeschwindigkeiten in Böen bis über fünfzig Knoten.

Erst am nächsten Tag flaute der Sturm ab und eine weiträumige Suchaktion konnte wieder aufgenommen werden. Das Seegebiet ist sehr groß, aber vielleicht hatte Ihr Mann einen guten Schutzengel und konnte sich mit seiner Schwimmweste, dem Rettungsring oder anderen Dingen über Wasser halten. Vielleicht hatte er Glück im Unglück und die Besatzung eines Fischerbootes hat ihn gesichtet und an Bord genommen. Die Wassertemperaturen zu dieser Jahreszeit bieten eine gewisse Überlebenschance.«

Er sprach den letzten Satz mit einer Überzeugung aus, die mich hoffen ließ. Außerdem war Robert ein guter Schwimmer.

Die ganze Zeit hatte ich konzentriert zugehört, dann wurde meine Sicht verschwommen und alles drehte sich im Kreis. Kommissar Marques fing mich im letzten Moment auf und setzte mich in den Sessel. Sein Kollege Rodriguez reichte mir ein Glas Wasser.

»Können wir irgendjemanden für Sie anrufen, Ihre Familie, einen Freund?«, fragte mich der Kommissar.

»Ja, bitte!«

Benommen stand ich auf, nahm mein Handy vom Küchentisch und suchte die Nummern von Alex und Pedro, worauf Marques gleich die Nummer von Pedro wählte und ihn informierte. Gleich im Anschluss benachrichtigte er Alex Thiel.

Pedro und Alex brauchten zur Finca keine zehn Minuten. Alex traf als Erster ein und wurde von Pablo Rodriguez an der Haustür in Empfang genommen.

»Um Himmels willen, Christin, das ist ja furchtbar«, sagte Alex zutiefst betroffen. Er küsste mich auf die Wangen und reichte beiläufig Kommissar Marques die Hand. Beschützend nahm er mich in den Arm.

»Und jetzt?« Verzweifelt schaute ich Alex an.

»Dann hattest du recht mit deiner Vermutung!«

»Das kann doch alles nicht wahr sein. Und Sie sind sich wirklich ganz sicher, Herr Kommissar?«, fragte Alex noch einmal nach.

Wenig später kam auch Pedro dazu. Ihm stand die Fassungslosigkeit ebenfalls ins Gesicht geschrieben.

»Wie hoch schätzen Sie die Möglichkeit ein, Robert noch lebend zu finden?«, fragte er zögerlich.

»Seine Überlebenschancen stehen nicht schlecht. Erst kürzlich trieb ein Schiffbrüchiger eine Woche lang auf dem Atlantik, bis der Zufall ihn in die Nähe eines Containerschiffes brachte, dessen Besatzung ihn im Wasser treiben sah. Er war erschöpft und abgemagert, aber am Leben. Ein Helikopter der Küstenwache flog ihn in ein Krankenhaus.

Seine Jacht war bei stürmischem Wetter manövrierunfähig geworden und dann war auch noch Wasser eingedrungen. Er konnte sich jedoch einige Tage mit einer Holzplanke über Wasser halten. »Haben Sie den Bericht nicht gelesen?«, fragte Kommissar Marques. »Die Medien haben ausführlich darüber berichtet.«

»Nein«, bedauerte ich, »wenn ich gewusst hätte ...«

»Wir geben die Hoffnung nicht auf, Frau Fritsch, und Sie sollten das auch nicht tun.«

Wie festgewachsen saßen Pedro, Alex und ich am Küchentresen, als sich Kommissar Marques und sein Kollege verabschiedet hatten. Stumm starrten wir ins Nichts.

In nur wenigen Minuten war mein Leben wie ein Kartenhaus zusammengefallen. Was würde passieren, wenn man Robert nicht finden würde? Ein Leben ohne ihn konnte ich mir nicht vorstellen. Und wie sollte ich jemals die Schulden zurückzahlen, die er mir hinterlassen hatte?

Bereits am nächsten Morgen verbreiteten die *Mallorca-Nachrichten* die Informationen zu dem Unglück:

Der Bankier Dr. Clemens Lutz, Teilhaber und Aktionär der Hauptniederlassung von Barcleys, sowie sein Geschäftspartner Robert Fritsch sind am vergangenen Freitag im südwestlichen Atlantik in der Nähe von Curituba in Seenot geraten. Die Segeljacht war in einen plötzlich aufkommenden Sturm geraten und ist vermutlich gesunken.

Die Behörden halten sich noch bedeckt, da die Segeljacht noch nicht gefunden worden ist. Von den beiden Besatzungsmitgliedern konnte bisher nur der Schiffseigner, Dr. Clemens Lutz, tot geborgen werden. Von seinem Begleiter, Robert Fritsch, fehlt bisher noch jede Spur. Die Suche nach dem Vermissten wird fortgesetzt.

Am liebsten hätte ich mich in den nächsten Flieger gesetzt und selbst nach Robert gesucht. Alex musste mich beruhigen, nachdem ich den Zeitungsbericht gelesen und die brasilianische Botschaft fast in den Wahnsinn getrieben hatte. Er war bei mir geblieben und hatte im Gästezimmer übernachtet. Ich konnte nicht alleine bleiben, ich spürte die Anspannung in allen Gliedern meines Körpers, das Warten und die Ungewissheit, ob Robert noch am Leben war, zerrten an meinen Nerven.

»Vielleicht war es ein verlockender Sprung ins Wasser oder sie hatten getrunken«, sagte ich zu Alex, der mich keinen Moment aus den Augen ließ. »Ich habe gelesen, dass sich diese Art von Stürmen immer mit entsprechenden Wolken ankündigen und auch selten über sieben bis acht Windstärken gehen. Meist dauern sie nur einige Minuten. Sie müssen doch irgendwas bemerkt haben, und Clemens ist ... war doch ein guter Segler.«

»Sie können aber auch im Schlaf überrascht worden sein«, sagte Alex, »oder sie haben die Warnung gehört und gedacht, der Sturm kommt erst am Mittag, wir sind aber schon am Morgen zurück im Hafen. Viele Segler unterschätzen diesen riskanten Wettlauf mit der Zeit.«

»Meinst du, sie hatten Damen an Bord? Diesem Clemens ist doch alles zuzutrauen. Vielleicht waren sogar Drogen im Spiel.«

Ich stellte mir alles Mögliche vor, war mir aber auf eine seltsame Art sicher, dass Robert nichts tun würde, was ihn oder uns in Gefahr brächte. Wasser war nicht Roberts Element. Er liebte die Berge, das Wandern, gutes Essen, dazu einen edlen Tropfen, und das Ganze in einer gepflegten Atmosphäre mit ansprechendem Publikum.

»Was könnte die beiden veranlasst haben, so unvernünftig gewesen zu sein?«

»Christin, du quälst dich nur mit deinen Vermutungen.« Alex versuchte zu trösten. »Vielleicht wissen wir bald mehr.«

Gegen Mittag rief mich Kommissar Marques an und berichtete, dass Clemens' Segeljacht gefunden worden war und sich bereits im Schlepp eines Bergungsschiffes befand, dann nach Rio gebracht würde, um dort weiter untersucht zu werden.

Segel und Großbaum waren schwer in Mitleidenschaft

gezogen und die Jacht manövrierunfähig geworden.

»Die letzte bekannte Position des führerlos treibenden Bootes haben die brasilianischen Seenotretter an die Behörden weitergegeben. Vielleicht finden sie dort Hinweise auf den Verbleib Ihres Mannes.«

Am Abend lag die fünfzehn Meter lange und fünfundzwanzig Tonnen schwere Hochseesegeljacht aus edlem Holz, die Clemens einst für sich hatte anfertigen lassen, im Hafen von Rio.

Sechs Wochen später waren alle gerichtsmedizinischen Untersuchungen abgeschlossen, die Staatsanwaltschaft hatte den Leichnam von Clemens Lutz freigegeben und Elsa ließ ihren Vater nach Spanien überführen. An Bord der beschädigten Jacht fand die Spurensicherung keine Hinweise auf Roberts Verbleib. Handys, Laptops und persönliche Gegenstände, die sich noch an Bord befanden, wurden sichergestellt.

Die Küstenwache hatte die Suche nach einer Woche eingestellt. Es wurde eine neue Schlechtwetterfront für die kommenden Tage vorhergesagt. Frachtschiffe und Hochseefischer waren über Funk alarmiert worden, weiterhin Ausschau zu halten.

Die Chance, Robert noch lebend zu finden, verringerte sich von Tag zu Tag und ich stellte mich auf das Schlimmste ein.

In Sant Jordi waren die Vorbereitungen zur Beisetzung von Clemens Lutz im vollen Gange. Clemens Tochter Elsa war mit dem endlosen Papierkram völlig überfordert. Am Anfang hatte ich sie unterstützt, bis ihre Mutter aus Australien angereist war. Ich organisierte Blumenschmuck, schrieb Einladungskarten und war für jede Ablenkung dankbar, um nicht ständig an Robert denken zu müssen, was alles andere als einfach war. Ich kümmerte mich um die Beerdigung eines Mannes, der meinen Mann wahrscheinlich auf dem Gewissen hatte.

War ich noch normal?

»Arbeit ist immer noch die beste Therapie«, stellte ich fest, wünschte mir aber, dass jeder Tag schnell verging und ich endlich eine Nachricht über Roberts Verbleib bekam, egal wie furchtbar sie auch ausfallen würde.

Elsa, die schüchterne, junge Frau, war nach der traurigen Nachricht vom Tod ihres Vaters oft bei mir. Wir trösteten uns gegenseitig, lagen uns in den Armen, hofften und weinten zusammen. Es entstand ein Verhältnis wie zwischen Mutter und Tochter. Eine Bindung, die mich sehr an meine eigene Mutter erinnerte.

Am Tod eines geliebten Menschen hingen derart viele rechtliche Folgen und Clemens' Exfrau beauftragte ein Beerdigungsinstitut vor Ort, das ihr die wichtigsten Formalitäten zur Beisetzung abnahm.

Sein letzter Wille war eine Naturbestattung, so hatte Clemens es in seinem Testament verfügt.

Die Beerdigung von Clemens Lutz kam einem Staatsbegräbnis gleich. Alles, was Rang und Namen hatte, ob aus Politik oder Wirtschaft, Freunde und Bekannte nahmen an der Trauerfeier teil.

Elsa und ihre Mutter hatten eine ehrenvolle Trauerfeier organisiert. Es war eine Selbstverständlichkeit für sie als seine Exfrau, die Feier zu begleiten, schließlich hatten sie auch schöne Jahre gehabt, die sie mit einander verbanden.

In der katholischen Kirche von Sant Jordi fand der

Trauergottesdienst statt, begleitet mit Musik von Elton John. Die Kirche war dermaßen überfüllt, dass ein Teil der Trauergäste den Gottesdienst vor dem Portal verfolgen musste.

Viele Mallorquiner hatten sich in das Kondolenzbuch eingeschrieben. Es lag im Eingang der Basilika aus und war liebevoll mit weißen Lilien verziert. Am Altar stand eine weiße Holz-Urne mit Deckel, in den eine Segeljacht als Motiv eingraviert worden war. Rechts und links je ein Strauß mit weißen Lilien, wohl die Lieblingsblumen des Verstobenen. Brennende Teelichter machten den Altar zu einem Lichtermeer.

Elsa trug ein schwarzes Etuikleid, dazu einen großen schwarzen Hut mit Tüllbesatz, der ihr Gesicht bedeckte. Ihre langen, blonden Haare waren zu einem strengen Knoten zusammengebunden. Obwohl der Anlass tief traurig war, ihr Gesicht blass und fahl vor Leid, kam die Schönheit dieser jungen Frau, die erst am Anfang ihres Lebens stand, besonders zum Ausdruck.

Elsa war überhaupt ein offener, sensibler Mensch, jung, unkompliziert, sympathisch und klug, ganz anders als ihr Vater.

Nach der emotionalen Ansprache des Pfarrers, der an das Leben und die Persönlichkeit des Verstorbenen erinnert hatte, lasen Elsa und ich – Elsa unter Tränen – die Fürbitten vor. Im Anschluss an den Gottesdienst sprachen Politiker und Freunde ihre Beileidsbekundungen aus, bevor sie zum traditionellen Leichenschmaus in den Laos-Club aufbrachen.

Ich war überrascht, wie viele Menschen gekommen waren, um Clemens die letzte Ehre zu erweisen.

War er doch kein so schlechter Mensch gewesen, wie ich dachte?

Als alle Trauergäste gegangen waren, verabschiedete ich mich von Elsa und ihrer Mutter und machte mich auf den Weg zur Finca. Mir fiel es immer noch schwer, die Stille in meinem Haus zu ertragen, die sich überall breitgemacht hatte. Ich ließ mein Auto stehen und ging ein paar Schritte zu Fuß, die kühle Luft tat mir gut.

Ich müsse jetzt nach vorne schauen, hatte Alex gesagt. Es war einfacher gesagt als getan. Er musste zurück nach Hannover, weil es im Verlag jetzt doch ein paar Probleme gab, die nur vor Ort gelöst werden konnten, versprach aber sofort zurückzukommen.

Alex und Pedro waren die einzigen Menschen, die sich nach Familie anfühlten. Ich dachte an Thomas, Paul und Peter, sie würden sofort kommen, wenn ich sie anrief, aber was sollten sie tun? Sie hatten schon ihren kompletten Sommerurlaub bei mir verbracht, als die Nachricht von dem Unglück gekommen war.

Außerdem stand Peter im letzten Semester, Thomas vertrat gerade seinen Chef in der Firma, nur Paul hatte sich angeboten, mit nach Brasilien zu kommen, sobald sich etwas tat.

Aber es tat sich nichts, und wir konnten nichts tun außer warten, warten, bis irgendeine Nachricht kam.

Ich hatte die Hoffnung nicht aufgegeben, aber als ich eines Morgens allein am Frühstückstisch saß, begriff ich langsam, dass ich Robert nicht wiedersehen würde. Zu viel Zeit war vergangen, kein Mensch konnte so einen langen Zeitraum im Wasser ohne Nahrung überleben. Mir wurde bewusst, dass ich ihn nie wieder hier sitzen sehen würde, wie er seine Zeitung las, die er beim Umblättern immer sorgfältig glatt strich, und wie er, ohne hinzusehen, nach seiner großen gelben Kaffeetasse griff. Ohne Milch, aber stark und mit viel Zucker.

Jeden Tag versuchte ich mich ein bisschen mehr mit der Realität vertraut zu machen und jeden Tag wünschte ich, dass er schnell vergehen würde.

Der Morgen war grau und regnerisch, ein typischer Novembertag für Spanien, der die Temperaturen tagsüber nicht mehr als über 19 °C hinausgehen ließ. Der Abend war schon kühl, ich hielt ein Entspannungsbad für angebracht, ging ins Badezimmer und ließ mir das Wasser einlaufen.

Immer wieder schwelgte ich in Erinnerungen, als ich wenig später mit einem Glas Portwein in der Wanne saß und versuchte zu entspannen. Der Tag war anstrengend gewesen und meine Stimmung grau wie das Wetter. Immer wieder dachte ich an Robert, an die alten Zeiten – wie er mir im Buchladen seine Liebe gestanden hatte. Wie glücklich wir waren und auf Wolke sieben schwebten.

Und jetzt? Würde mich der Kommissar noch einmal aufsuchen und mir berichten, dass sie auch Roberts Leiche gefunden hatten?

Ich wurde in die Notaufnahme gerufen. Aus der Lautsprecheranlage des Krankenhauses ertönte eine Stimme: »Frau Christin Fritsch, bitte melden Sie sich in der Notaufnahme.«

Orientierungslos lief ich durch die Intensivstation, bis mir ein Arzt den Weg zeigte.

»Was ist denn passiert?«, fragte ich aufgeregt den Arzt.

»Die Küstenwache hat Ihren Mann gefunden, sie haben ihn aus dem Wasser gefischt und hierher gebracht.«

Robert lag unter einem blauen Krankenhauslaken im Bett und hing an einem Tropf, seine Augen waren geschlossen. Über seinem Gesicht lag eine Sauerstoffmaske, mehrere Geräte um ihn herum gaben unregelmäßig einen piependen Ton ab. Ein Arzt saß neben ihm und überwachte Roberts Atmung.

»Wie geht es ihm? Kann ich … kann ich irgendetwas tun?«, fragte ich.

»Ich glaube nicht, nein. Wir müssen einfach abwarten«, antwortete er, während er sein Stethoskop von Roberts Brust nahm. Sein Gesicht hatte tiefe Sorgenfalten, als er aus dem Zimmer ging und mich mit Robert allein ließ.

Es war, als hätte die Welt aufgehört sich zu drehen. Ich saß einfach nur da, und das ständige Piepen der Geräte brannte sich wie ein Rhythmus in mein Bewusstsein ein. Stunden vergingen, bis eine Schwester fragte:

»Soll ich Sie eine Weile ablösen, damit Sie eine Pause machen können?«

»Nein, ich bleibe lieber hier«, antwortete ich und hoffte, Robert würde irgendwann meine Stimme wahrnehmen und seine Augen öffnen. Aber Robert öffnete seine Augen nicht, er lag einfach nur da.

Meine Stirn war mit Schweißperlen übersät, als ich wenig später aus dem Albtraum erwachte. Mein ganzer Körper zitterte, das Badewasser war inzwischen kalt geworden und meine Haut schrumpelig. Gott sein Dank war es nur ein Traum gewesen; ich musste kurz eingeschlafen sein.

Nach einem Moment der Orientierung stieg ich fluchtartig aus der Wanne, zog meinen Bademantel über und lief hastig die Marmortreppe hinunter ins Wohnzimmer. Pedro war schon da und hatte es sich auf dem Sofa bequem gemacht. Der Kamin brannte und eine angenehme Wärme erfüllte den Raum. Er schaute über den Zeitungsrand.

»Ich dachte, du wolltest entspannen und nicht hetzen.«

Kurz erwähnte ich den entsetzlichen Traum und ließ mich neben Pedro in die weichen Sofakissen fallen.

»Komm mal her, du bist ja ganz durch den Wind«, sagte er. Ich war froh, den restlichen Abend nicht allein verbringen zu müssen.

Erleichtert nahm ich einen Schluck Wein aus Pedros Glas, dann griff ich nach der Post, die er am Morgen geordnet und sortiert auf dem Sofatisch gestapelt hatte, und lehnte mich mit dem dicken Stapel zurück in die Kissen.

»Danke, dass du für mich da bist.«

»Kein Problem«, lächelte Pedro beseelt, »ich leiste dir gerne Gesellschafft, das weißt du doch.«

Gedankenlos blätterte ich die Dokumente durch, legte Zeitungen und Prospekte ungelesen in den Korb neben dem Sofa, der mit Altpapier gefüllt war. Die Briefe, hauptsächlich Rechnungen, sortierte ich nach dem Öffnen nach Dringlichkeit. Die Vielzahl von Werbesendungen machte mich wahnsinnig, jede Woche so viel Papier, was sollte ich mit dem ganzen Kram?

»Seit wann bekommen wir jetzt auch noch Werbung von Hotels und dann auch noch von einem Fünf-Sterne-Hotel?«, fragte ich entrüstet. »Hier, willst du mal sehen?« Ich hielt Pedro das Prospekt unter der Nase.

»Ein Fünf-Sterne-Hotel werde ich mir nie leisten können, aber ansehen kostet ja nichts«, lachte er.

Kurz zog ich den Brief noch einmal zurück und warf einen schnellen Blick auf das Werbe-Logo. Ich sah ein zweites Mal hin und entdeckte die Christus-Statue von Rio de Janeiro.

In meinem Herzen fühlte ich plötzlich einen seltsamen Stich. Plötzlich pochte es so laut, dass es sogar in meinen Ohren zu spüren war.

»Was ist mir dir?«, fragte Pedro besorgt.

»Mein Gott, das ist keine Werbung, der Brief ist ja an mich persönlich gerichtet, der kommt aus Brasilien!« Ich betrachtete die Briefmarke genauer, die eindeutig in Rio de Janeiro abgestempelt worden war.

»Bist du dir sicher?«, fragte Pedro.

Ich richtete mich auf und trank den letzten Schluck Portwein, nur jetzt aus meinem eigenen Glas. Pedro füllte gleich nach, den kümmerlichen Rest trank er aus der Flasche.

»Ja! Pedro, das ist keine Werbung, der Absender ist Clemens Lutz, und das Logo hier ist vom Hotel. Hier, sieh mal.«

»Aber Clemens ist tot, Christin.«

Ich achtete nicht auf ihn, sondern riss den Brief auf. Aufgeregt überflog ich den Inhalt, dann noch einmal, um sicherzugehen, alles richtig verstanden zu haben. Einen Moment saß ich wie angewurzelt da, meine Hände fielen in den Schoß, ich konnte nicht glauben, was ich da las, wütend, fassungslos und enttäuscht zugleich hielt ich Pedro den Brief in.

»Hier. Lies selbst!«, brüllte ich. »Was hat das alles zu

bedeuten?!«

Das konnte mir Pedro, nachdem er den Brief gelesen hatte und vor Aufregung im Wohnzimmer auf und ab tigerte, allerdings auch nicht erklären.

»Das ist unglaublich«, sagte er, »wer lässt sich denn so was einfallen? Ich bin mir sicher, Robert wusste nicht, worauf er sich da eingelassen hat.«

»Clemens war ein Spieler, ein berufsbedingter Spieler, und Robert war sein Spielball. Er hat ihn und sein Geld gebraucht, um zu spekulieren.«

»Nur, bei diesem Spiel ist er eindeutig zu weit gegangen«, stellte Pedro aufgebracht fest. »Das ist kriminell.«

»Clemens hat also die ganze Zeit mit diesem Lopez unter einer Decke gesteckt, der war immer über alles informiert, und Einblicke in die Revision der Bank hatte er jeden Tag. Er hat immer nur auf neue Anweisungen von Clemens gewartet, hat sie ausgeführt und dafür wahrscheinlich eine dicke Prämie kassiert. Die zwei hatten also die gleichen Interessen, und Robert war darauf reingefallen.«

Wie eine Detektivin versuchte ich den Sachverhalt genauer unter die Lupe zu nehmen. Ich lag mit meiner Vermutung also richtig. Nur, mit wem hatte Lopez telefoniert, nachdem ich das Gespräch so schnell beendet hatte? Nach Clemens hatte sich das nicht angehört. Gab es noch einen Dritten im Bunde? Wenn ja, wer war diese Person?

Clemens war nervös geworden, als er die sonst regelmäßig eintreffenden Insiderinformationen von Lopez nicht mehr erhalten hatte. Er hatte Verdacht geschöpft und diesem Lopez nicht mehr vertraut. Daraufhin rief er seine Sekretärin Maria in Sant Jordi an. Sie führten ein sehr langes

Telefonat. Maria erzählte ihm unter Tränen, was sich in den letzten Tagen in Lopez' Büro abgespielt hatte. Peinlich gerührt gestand sie auf Nachfragen von Clemens, dass sie ein Verhältnis mit ihm begonnen hatte. Sie hatte sich auf ihn eingelassen und war beeindruckt. Viel zu spät hatte sie bemerkt, wie naiv sie gewesen war und dass Lopez sie nur ausgenutzt hatte. Über sie wollte er an Informationen herankommen, die nur Maria zur Verfügung standen. Maria hielt dem Druck von Clemens' Fragen nicht mehr stand und packte aus.

Lopez hatte die kompletten Kursgewinne umgebucht, nicht nur Roberts Gewinne, sondern auch Teile vom Bankkapital unterschlagen. Er wusste, dass bei Staatsanleihen die Revision nicht ganz so genau hinsehen würde, vor allem, wenn ein langjähriger Mitarbeiter wie Lopez seinen Job immer einwandfrei erledigt hatte.

Als Lopez registrierte, dass Clemens seine Missetaten einsah und sich für Wiedergutmachung bei Robert einsetzen wollte, sah Lopez seine Felle davonschwimmen. Seine Gier wurde dadurch nur noch verstärkt und trieb ihn dazu, auf eigene Faust weiterzumachen.

Allmählich wurde aus der einzelnen Heuschrecke doch ein Schwarm. Kurz dachte ich an diese Maria. Ich hatte sie nur einen Augenblick in Lopez' Vorzimmer gesehen, ein hübsches Ding. Wie konnte sie nur so naiv sein, was war am Ende die Belohnung? Nichts, außer ein paarmal guter Sex, vielleicht noch ein Abendessen in einem Nobelrestaurant.

In den nächsten Nächten würde mich bestimmt wieder einer dieser Albträume heimsuchen. Zwei uniformierte Männer würden in Lopez' Büro auftauchen und ihn abführen, Maria würde bestürzt die Hand vor den Mund schlagen, zurückweichen und Platz für die Beamten machen, wie immer sonntags im Tatort.

Aus meiner Trauer um Robert wurde Wut. Am liebsten wäre ich gleich in die Bank gestürmt und hätte diesen Lopez zur Rede gestellt.

»Dieser selbstverliebte Egoist, der wird mich noch kennenlernen und dieser Maria werde ich auch noch einen Besuch abstatten«, drohte ich und stampfte mit dem Fuß so heftig auf den Boden, dass selbst Max erschrocken zur Seite sprang.

»Beruhige dich, Christin. Hast du den Brief zu Ende gelesen?«, fragte Pedro mit einem sonderbaren Ausdruck im Gesicht.

Verblüfft nahm ich ihm den Brief aus der Hand und las ihn noch einmal, nur dieses Mal bis zum Ende.

Ich hatte noch gar nicht begonnen, mich richtig aufzuregen, da ließ ich den Brief wie im Rausch zu Boden sinken.

»Das kann doch alles nicht wahr sein!«

Weinend warf ich mich in die Sofakissen zurück.

Alex hatte die Situation richtig eingeschätzt, Clemens war ein Spieler, wie Uli Hoeneß, der irgendwann den Überblick an der Börse verloren hatte. Wahrscheinlich wollte Clemens prüfen, wie weit Robert mit seinen Investitionen gehen würde.

Als dann alles ausgeschöpft und beliehen war und die Bank ihm keine Gelder mehr zur Verfügung stellte, erkannte Robert, worauf er sich da eingelassen hatte, und zog die Notbremse. Auf dem Boot wollte er Clemens zur

Rede stellen. Nur leider war es dazu nicht mehr gekommen.

Es war zu spät, die Finca gehörte schon der Bank.

Alex war früher als geplant in Mallorca gelandet. Ich war zeitig am Flughafen und wartete ungeduldig bei einem Kaffee in der Ankunftshalle auf ihn. Wir hatten am Vorabend lange telefoniert. Alex hatte darauf bestanden, bei dem Bankgespräch dabei zu sein. Er wusste, wie sehr mir die Finca am Herzen lag und dass ich alles daransetzen würde, sie behalten zu können. Kein Fehler durfte passieren, Clemens' Brief war meine einzige Sicherheit, die durfte ich nicht aufs Spiel setzen.

Um elf Uhr hatten wir den Termin mit Mario Lopez' Büro vereinbart.

Alex und ich waren pünktlich. Unruhig gingen wir in der Eingangshalle der Bank auf und ab und warteten emotionsgeladen auf Mario Lopez.

Ein gut gekleideter Herr im Anzug kam mit schnellen Schritten auf uns zu. Sein Kopf war rot angelaufen. Der Mann, mittelgroß, mittelblond, vielleicht Mitte fünfzig, streckte mir seine Hand zum Gruß entgegen. Eine ungeheure Wut stieg in mir auf und ich spürte, wie sich die Härchen auf meinem Arm aufstellten. Noch bevor er meine Hand zu seinen Lippen führen konnte, zog ich sie zurück. Seine Begrüßung war schleimig und heuchlerisch. Er sprach mir sein Mitgefühl zu Roberts Verschwinden aus.

»Verzeihen Sie, Frau Fritsch, ich habe mich noch nicht vorgestellt. Mein Name ist Alvarez, Alberto Alvarez.«

Irgendwas störte mich an diesem Mann, und irgendwie

hörte ich, dass in seiner Stimme noch etwas anderes mitschwang. Und dieses Gesicht hatte ich schon mal gesehen, wusste aber im Augenblick nicht, wo.

»Ich habe es in der Zeitung gelesen, entsetzliche Geschichte, ich hoffe, Ihr Mann wird bald gefunden. Sie müssen ja Schreckliches durchmachen. Sie Arme, diese Ungewissheit hält ja kein Mensch aus.« Dabei gab er Alex mit einem kurzen Nicken beiläufig die Hand.

»Ich darf vorausgehen? Mein Büro ist im zweiten Stock, wir können gerne den Aufzug nehmen«, sagte er, und eine gewisse Arroganz in seiner Stimme war nicht zu überhören. »Dort können wir uns ungestört unterhalten.«

»Wenn es Ihnen nichts ausmacht, würden wir die Treppe vorziehen«, sagte Alex, »wir meiden den Aufzug, wo es geht.«

»Eigentlich waren wir mit Herrn Lopez hier verabredet«, warf ich etwas patzig ein und ärgerte mich darüber, dass ich meine Wut nicht sofort loswerden konnte, die sich seit der Fahrt vom Flughafen in mir aufgestaut hatte.

Wir betraten ein Büro, das noch größer, noch aufwendiger möbliert war als das von Mario Lopez. Plötzlich fiel mir ein, woher ich das Gesicht von Alvarez schon mal gesehen hatte. An der Wand hing das gleiche Bild mit der Segeljacht wie bei Lopez.

Was ging hier vor? War Alvarez der dritte Mann?

Ich drückte meine Handtasche fester an meinem Körper als nötig und hütete den Brief von Clemens wie einen kostbaren Diamanten.

»Ich bedaure, Frau Fritsch, Herr Lopez ist ab sofort nicht mehr für uns tätig, mehr gibt es dazu nicht zu sagen. Ich hoffe, es ist Ihnen recht, dass ich mich ab heute persönlich um Ihre Anliegen kümmere? Darf ich Ihnen einen Kaffee oder ein Glas Wasser anbieten?«

Ich war sprachlos, meine Hände zitterten jetzt vor Wut.

»Wie dürfen wir das verstehen?«, fragte Alex und warf mir einen gereizten Blick zu, der Bände sprach.

»Sehen Sie, Frau Fritsch ... und ... wie war *Ihr* Name noch mal?«

»Thiel, Alex Thiel!«

»Frau Fritsch«, wiederholte er, »Sie sind eine vermögende Frau mit einem beträchtlichen Bankguthaben. Bei solchen Beträgen fallen Sie in das Ressort für Privatkunden, mithin in mein Ressort. Ich bin Aktionär und ebenso Mitinhaber dieser Bank. Clemens, ich meine, Dr. Lutz natürlich, und ich führen seit Jahren diese Bank gemeinsam. Jetzt muss ich wohl *führten* sagen. Wissen Sie, wir können immer noch nicht begreifen, wie es zu diesem Unglück kommen konnte. Dr. Lutz war immerhin ein erfahrener Hochseesegler, einfach schrecklich, diese Geschichte!«

Fassungslos sah ich in Alex' Gesicht, der genauso überrascht aussah wie ich. Zuerst dachte ich, mich verhört zu haben, zwang mich aber dann zu einer freundlichen Miene und spielte das Spiel mit.

Es dauerte nicht lange, da kam Alberto Alvarez mit einem Stapel Papiere vom Nebentisch zurück. Er legte das gebündelte Päckchen auf den Schreibtisch und schob es in meine Richtung. »Bitte«, sagte er, »die gehören Ihnen. Hier haben Sie eine genaue Aufstellung über alle Aktivitäten Ihres Mannes. Sie finden darunter die Gewinne und Verluste der Aktien, in die Ihr Mann investiert hatte. Erstaunlich, wie gut er Bescheid wusste, ein bisschen Glück war sicherlich auch dabei. So einen fähigen Mann könnten wir in unserer Bank immer gebrauchen. Also, wenn Ihr Mann …«

Irritiert schaute ich auf die erste Seite. Von den verschiedenen Namen der Aktien hatte ich noch nie gehört. Hier ging es hauptsächlich um Krisengebiete, Staatsanleihen und türkische Lira, die mit acht Prozent verzinst werden sollten. Ich traute meinen Augen nicht, als ich die Gewinnsumme sah, die ganz unten im Haben stand. Verwirrt blätterte ich weiter in den Unterlagen.

»Und Sie sind sich ganz sicher, dass Sie *mich* damit meinen? Ich meine, vor einiger Zeit wollte ich bei Herrn Lopez einen Kredit beantragen, er wurde abgelehnt, und jetzt soll ich so viel Geld besitzen? Es gibt keine Verwechslung?«

»Wir haben den Vorgang mehrmals geprüft. Es ist alles rechtens«, versicherte Alvarez.

Ich nahm Beleg für Beleg noch einmal in die Hand und schaute auf die Summen. Meine Lebensversicherung war nicht mehr beliehen. Es gab keine Hypothek auf unsere Finca, unser gemeinsames Konto war ausgeglichen und stand mit über zweihunderttausend Euro im Plus. Darüber hinaus war das Darlehen für mein Café abgelöst. Wie von Geisterhand war alles gelöscht, was ich noch vor wenigen Wochen mit eigenen Augen gelesen hatte. Ich erinnerte mich noch genau an die Worte von diesem Lopez. *Alles ausgeschöpft. Sie sollten Privatinsolvenz anmelden.* Und jetzt ein Bankkonto mit einer solchen Summe im Plus?

Was wurde hier gespielt? Und wer war der Spieler? Robert? Clemens? Oder dieser Alberto Alvarez?

Wie es aussah, hatte sich Robert an der Börse nicht verspekuliert, sondern enorme Gewinne erzielt.

Ich war nicht nur schuldenfrei, nein, ich war sogar reich.

»Ist alles in Ordnung, Frau Frisch?«, hörte ich Alvarez sagen.

Ich schaute auf und sah, dass er mich neugierig musterte.

»Ich möchte nicht aufdringlich erscheinen«, sagte er, »aber wir hätten hier eine Anlage, eine Art Fond. Wenn ich Ihnen Anlageobjekte zukommen lassen soll, oder wenn Sie Fragen haben, bin ich jederzeit für Sie da.«

»Nein, nein«, stammelte ich und schaute hilfesuchend zu Alex, der sofort verstand, was zu tun war.

»Vielen Dank für Ihr Angebot, aber Sie werden verstehen, dass Frau Fritsch erst einmal darüber nachdenken muss. Ich würde sagen, wir melden uns wieder bei Ihnen, wenn sie sich entschieden hat. Im Augenblick ist alles ein bisschen viel.«

Mit dieser Ansage hatte mich Alex aus der verzwickten Situation gerettet, regelrecht befreit von Alvarez, der nichts anderes im Sinn hatte, als über Anlagefonds mit mir zu reden.

»Wann immer es Ihnen passt, Frau Fritsch. Wie gesagt: Ich bin stets für Sie da.«

Das glaube ich Ihnen gern. Ich sprach meine Antwort nicht aus, sondern lächelte nur. Nach außen blieb ich freundlich, innerlich brodelte ich vor Entsetzen und Abscheu.

»Einen schönen Tag zusammen und alles Gute weiterhin, auch für Ihren Mann.«

Alvarez verabschiedete sich mit einem freundlichen Händedruck. Über das Treppenhaus brachte er uns zurück zur Eingangshalle. Schweigend verließen wir die Bank. Fast eine Stunde gingen wir stumm nebeneinander her, bis wir den Hafen erreicht hatten.

»Du siehst immer noch aus, als hättest du einen Geist gesehen«, unterbrach Alex das Schweigen. »Der ist Banker, der kann so was aus dem Stand«, schmunzelte er ironisch, »oder hast du geglaubt, der sagt die Wahrheit?«

Ratlos schaute ich zu Alex.

»Verstehst du das?«

»Nein, nicht wirklich. Wer mit wem welches Spiel gespielt hat, werden wir wohl nicht erfahren. Clemens können wir jedenfalls nicht mehr fragen, der ist tot.«

»Aber Lopez! Der lebt, wahrscheinlich sehr gut sogar.«

»Der wird sich längst aus dem Staub gemacht haben, wer weiß, was er dafür bekommen hat. Vielleicht ist er sogar selbst gegangen, weil er genug in die eigene Tasche gewirtschaftet hatte, oder die Bank ist hinter seine Machenschaften gekommen«, mutmaßte ich.

»Hat dieser Alvarez was damit zu tun, was meinst du? Ein unsympathischer Kerl ist er jedenfalls, mir war der nicht geheuer.«

Ich nickte zustimmend.

»Dann sollten wir dem Schicksal danken, dass es dir diesen Geldsegen beschert hat. Manchmal ist es besser, nicht alles zu hinterfragen, sondern die Dinge auf sich beruhen zu lassen. Wenn sich alles beruhigt hat, solltest du dir lieber eine andere Bank suchen, einer, der du vertrauen kannst.«

»Gute Idee!« Zur Bestätigung stieß ich Alex scherzhaft in die Rippen.

Im Café *Die kleine Auszeit* herrschte reger Betrieb. Fast alle Tische waren besetzt. Die Aushilfe rotierte ungeschickt mit dem Tablett voller Kaffeetassen, das zu fallen drohte. Pedro flirtete gerade mit dem männlichen Gast, der seit einigen Wochen jeden Tag seinen Cappuccino bei ihm trank. Sofort brach er seine kleine Plauderei ab und kam mit schnellen Schritten auf uns zu.

»Wie ist es gelaufen?«, fragte er neugierig.

»Haben wir Champagner im Haus?«, erkundigte sich Alex.

»Nein, aber Prosecco. Gibt es was zu feiern?« Ohne eine Antwort abzuwarten, lief er sofort hinter die Theke und kam mit drei Gläsern und einer Flasche *Scavi und Ray* zurück.

»Mann, du machst es aber spannend«, protestierte er und wippte hektisch von einem Bein aufs andere. Ungeduldig versuchte er die Flasche zu öffnen, was ihm erst beim zweiten Versuch gelang.

»Die Finca ist gerettet«, platzte ich heraus, »sie gehört wieder uns, und das Darlehen ist komplett bezahlt.«

Als ich Pedro die ganze Geschichte erzählte, klang sie selbst in meinen Ohren unwahrscheinlich. Wenn mir die Worte ausblieben, berichtete Alex weiter. Pedros Gesichtsausdruck wechselte von gespannt zu überwältigt, so, als wäre ein Blitz eingeschlagen. Nachdem er eingeschenkt hatte, trank er, ohne mit uns angestoßen zu haben, sein Glas in einem Zug leer und stellte es viel zu heftig auf die Theke zurück.

»Das gibt es doch nicht, das glaubt doch kein Mensch«, sagte er. »Wo kommt denn das ganze Geld auf einmal her?«

»Alvarez hat mir versichert, es sei alles mit rechten Dingen zugegangen«, sagte ich mit fester Stimme.

»Jetzt kannst du nach Brasilien fliegen«, sagte Pedro und eine leichte Aufforderung war in seiner Stimme nicht zu überhören. »Am Geld hapert es jedenfalls nicht mehr. Mach dir selbst ein Bild, Christin, vielleicht findest du irgendeinen Hinweis, der dich weiterbringt. Was ist zum Beispiel mit dem Hotel, von dem der Brief abgeschickt worden ist? Wenn die beiden dort gewohnt haben, wird sich doch einer vom Personal an die beiden erinnern können. Oder du kannst endlich mit der Situation abschließen und dich damit abfinden, wenn du vor Ort bist, weil es unmöglich ist, in einer Stadt wie Rio de Janeiro einen einzelnen Menschen ausfindig zu machen.«

»Vielleicht hat Pedro recht«, sagte Alex, »und wenn du willst, begleite ich dich auch.«

»Du würdest tatsächlich mitkommen?«

Der Gedanke gefiel mir immer besser, je länger ich darüber nachdachte.

Meine Geldsorgen waren aus der Welt, die Sorge um Robert nicht. Weiterhin befand ich mich in einem emotionalen Ausnahmezustand. Die Ungewissheit, Robert noch lebend zu finden, zerrte an meinen Nerven und zermürbte mich. Liebend gern hätte ich um Robert getrauert, geweint, an seinem Grab gestanden und seine Lieblingsblumen gepflanzt. Ich hätte einen Ort gehabt, an dem ich ihm nahe sein konnte.

Alex versuchte mit tröstenden Worten und Anekdoten von früher mein Stimmungstief zu vertreiben und meine schmerzlichen Erinnerungen, wenn auch nur für den Augenblick, verblassen zu lassen.

Mein Leben, das stets geprägt gewesen war von Liebe und Fürsorge, gab es nicht mehr. Dass ich seit Monaten nicht mehr klar denken konnte, lag nicht nur an Robert, der wie vom Erdboden verschwunden war. Es hing auch mit einem eigenartigen Gefühl zusammen, das mir seit einiger Zeit zusetzte und mich zunehmend mit Unruhe erfüllte.

Roberts Lebensversicherung hatte eine Untersuchung durch die Bundesstelle für Seeunfälle durchführen lassen. Bei Unglücken auf See wurde ein Vermisster bereits nach sechs Monaten für tot erklärt.

War ich die Einzige, die zweifelte?

Am Abend saß ich mit Alex im Wohnzimmer vor dem wärmenden Kamin. Ich blätterte in der Mappe, in der ich mein bisheriges Leben aufgeschrieben hatte.

»Ich weiß gar nicht genau, wann ich aufgehört habe zu schreiben«, sagte ich und ließ dabei die beschriebenen Blätter durch die Finger gleiten.

»Viel zu lange«, rief Alex, der kurz in die Küche gegangen war, um Tee zu kochen. »Du solltest wieder anfangen, das bringt dich auf andere Gedanken.«

Er brachte heißen Tee und Gebäck, stellte das Tablett auf den Ecktisch neben dem Sofa, und fürsorglich, wie er war, reichte er mir die Teetasse und steckte mir ein abgebrochenes Keksstück in den Mund. Einzelne Fotos waren aus der Schreibmappe gefallen und lagen verstreut auf dem Boden. Es waren Erinnerungsfotos der Jungs in verschiedenen Lebensphasen.

Alex nahm sie auf und schmunzelte, während er sie betrachtete.

»Mein Gott, aus Kindern werden Leute, schau mal,

Peter mit Schultüte und Thomas im Kommunionanzug.«
Er hielt mir die Fotos in Augenhöhe.

Ich seufzte. »Das ist lange her, da waren wir noch eine glückliche Familie.«

Im Hintergrund waren Robert und Paul beim Wettessen mit Schaumküssen zu sehen. Pauls fünfter Geburtstag. Er hatte das klebrige Zeug nicht nur im ganzen Gesicht verteilt, sondern auch das neue Sofa war ordentlich in Mitleidenschaft gezogen worden.

»Das seid ihr immer noch, Christin, du hast wunderbare Kinder, und du bist eine starke Frau.«

Alex ärgerte sich, dass er Schmerzliches geweckt hatte, das besser noch geruht hätte.

Ich rieb mir die Augen und wischte meine Tränen ab, die sich unbemerkt gelöst hatten.

»Ist schon gut, Alex. Ich muss an die Zukunft denken.«

Vielleicht sogar über eine Zukunft mit Alex. Ich sprach meine Gedanken nicht aus. Alex war mir zu wichtig, ich wollte und konnte ihn kein zweites Mal verletzen. Und dass ihn seine Frau wegen mir verlassen hatte, machte es nicht einfacher. Sicher war ihr das nicht leicht gefallen. Einen Mann wie Alex musste man lieben, den verließ man nicht so einfach.

Alex rückte näher, legte seinen Arm um meine Schulter und hielt mich fest. Seine zarten Hände streifen zärtlich meinen Rücken, und ich spürte seine Zuneigung, sein Verlangen nach mehr.

»Ich kann warten, Christin, ich möchte dich nicht drängen«, flüsterte er, »keine Besitzansprüche.« Liebevoll küsste er meine Wange. »Versprochen.«

»Danke, keine Sorge, das tust du nicht, ich bin nur

nicht mehr dieselbe wie früher, kannst du das verstehen?«

»Für mich hast du dich nicht verändert, ich liebe die alte und die neue Christin.«

Alex setzte sich aufrecht und trank den Rest aus der Teetasse.

»Ich würde gerne über einiges nachdenken«, sagte ich.

»Und ich störe dich dabei?«

»Nein, das tust du nicht. Ich möchte nachdenken, über *uns* nachdenken, aber nichts überstürzen. Lass mir einfach ein wenig Zeit.«

»Die hast du, nimm dir, so viel du brauchst.«

Drei Wochen nach dem Treffen mit Alberto Alvarez hatte Alex eine neue, vertrauenswürdige Bank gesucht, sinnlose Fragebögen der Versicherungen beantwortet und sich um Max gekümmert, der die meiste Zeit im Café bei Pedro zubrachte. Er hatte viel zu wenig Auslauf in den letzten Monaten bekommen und eindeutig zu viel Futter.

Alex hatte bei der neuen Bank sein Bestes geben. Er hatte gleich einen Termin mit dem Vorstand vereinbart und nicht mit irgendeinem kleinen Bankberater.

Von Tag zu Tag war es mir besser gegangen und Alex bemerkte es sofort. Es gefiel ihm, wie offen ich mich mit meinem jetzigen Leben auseinandersetzte, es machte ihn glücklich. Mit Freude saß ich tagsüber im Café unter gut gelaunten Gästen und arbeitete an meiner Lebensgeschichte weiter. Alles, was mein Herz schwer gemacht hatte, meine Sorgen, meine Gefühle, meine Ängste, verschwanden in diesem Manuskript.

Dank Alex hatte mein Lebensmut weiter zugenommen. Schon in der Schule hatte er eine Seite an mir zum

Vorschein gebracht, von der ich nicht einmal gewusst hatte, dass es sie gab.

Alex unterstützte mich, wo er nur konnte. Und da er die perfekte Qualifikation hatte, stemmte er den Umbau meines Cafés mit Bravour und setzte meine Pläne in die Tat um. An der langen Seite bestückten wir eine Wand mit einem großen Holzregal und füllten sie mit jeder Menge Bücher. In der Ecke gegenüber richteten wir gemütliche Leseecken ein und schufen damit eine behagliche Atmosphäre zum Blättern und Entspannen. Dazu boten wir Kaffee und Kuchen. Es bereitete uns allen Freude, Stück für Stück entstand mein Buch-Café, was meine Gäste sehr begrüßten. Oft erinnerte ich mich an die Worte meine Mutter, die einmal gesagt hatte: »Eine Buchseite, die man öffnet, ist ein sinnliches Erlebnis, ganz anders als bei einem Computer.«

Der Erfolg gab uns Recht, Bücherlesen war wieder in. Zusammen platzierten wir angesagte Romane, aktuelle Krimis, hochbrisante Thriller und Kinderbücher. Alles blieb im kleinen Rahmen, aber für jeden war etwas dabei.

Sogar eine Spielecke für die Kleinen fehlte nicht. Draußen vor der Tür stand eine große Tafel. Kreative Kinder konnten hier nach Herzenslust malen, was jede Menge Aufmerksamkeit vor der Ladentür auf sich zog.

Neue Autoren bekamen die Möglichkeit einer Lesung. Einmal im Monat arrangierten wir eine Matinee mit Sekt und kleinen Häppchen. Sogar Lesemuffel Pedro konnten wir dazu bringen, ein Buch in die Hand zu nehmen. Er war beeindruckt und freute sich auf jede Menge neugieriger männlicher Kunden.

Mein Café *Die kleine Auszeit* boomte!

Kapitel 4

Aus dem Traum wurde Wirklichkeit.

Mit einem mulmigen Gefühl im Bauch – ganz anders als Alex, der jede Minute zu genießen schien – stieg ich in Rio de Janeiro aus dem Flieger. Ich musste mich um nichts kümmern, Alex hatte alles organisiert, die Flüge gebucht und bei der Hotelsuche nicht an Luxus gespart.

Krampfhaft hielt ich meinen Koffer fest, als wir uns am Flughafen einen Weg durch die dicht gedrängte Menschenmenge bahnten. Mit so viel Trubel hatte ich nicht gerechnet. Überall ertönte Samba-Musik aus Lautsprechern, fröhliche Menschen, egal ob jung oder alt, arm oder reich, trafen hier aufeinander. Hier waren alle Hautfarben und Kulturen durcheinandergewürfelt. Schon im Landeanflug genossen wir einen faszinierenden Blick über die brasilianische Großstadt, die all unsere Erwartungen übertraf. Wir bestaunten die Silhouette der Berge, die Strände, die Schluchten der Metropole mit ihren Wohntempeln und Bürogebäuden.

Alex hatte einen Jeep gemietet und gehofft, mich wohlbehalten am vereinbarten Platz wiederzufinden, nachdem er den Wagen beim Autoverleih entgegengenommen hatte. Er hatte sich hauptsächlich mit den klassischen Klischees von Rio auseinandergesetzt – Gewalt, Drogen, Sextourismus und all den Krankheiten dieser Welt im Amazonas. Besorgt hatte er schon sein Handy am Ohr, als ich endlich am Meeting-Point vor Terminal drei eintraf. Hier gab es alles im Überfluss. Menschen, Autos, Restaurants, Bars und Geschäfte. Um der hektischen Großstadt schnell zu entkommen, verstauten wir zügig unsere Koffer im Mietwagen und machten uns auf den Weg zum Hotel. Alex hatte sich schon mit der Straßenkarte vertraut gemacht, während ich am Flughafen noch einige Flaschen Wasser gekauft hatte. Über eine Stunde kämpften wir uns durch die überfüllten Straßen von Rio. Sechsundzwanzig Kilometer Fahrstrecke fühlten sich bei stickiger Luft und hoher Luftfeuchtigkeit eher nach der doppelten Fahrtstrecke an. Schlecht ausgebaute Straßen schüttelten uns mächtig durch. Das brasilianische Straßennetz war die reinste Katastrophe. Nur ein geringer Anteil der Straßen war geteert. Mit europäischen Verhältnissen hatte das nicht viel zu tun, aber Alex schlug sich tapfer und passte sich dem dichten Autoverkehr an. Drei- oder vierspurige Autobahnen kannte man hier nicht, markierte Fahrstreifen waren die Ausnahme.

Das Hotel *Atlantica*, unweit der Copacabana, lag direkt am Strand. Alex parkte den Jeep vor der Hotelhalle. Ein Page kam uns sofort entgegen und nahm uns die Koffer ab, brachte sie zur Rezeption und fuhr das Auto in die Tiefgarage.

»Toller Service«, bemerkte ich nebenbei.

»Bei dem Preis«, lachte Alex.

Ich zog meinen kleinen Rollkoffer hinter mir her und blieb an der Rezeption stehen, dort hatte der Page unser restliches Gepäck abgestellt.

Ein ausgesprochen gut gekleideter junger Mann stand hinter der Empfangstheke und empfing uns mit einem freundlichen Lächeln. Er trug einen grauen Anzug, dazu ein weißes Hemd mit einer dezent gemusterten grün-gelben Krawatte. Die Farben Brasiliens. Er sprach ein perfektes, sehr gebildetes Englisch.

»*Good evening, Mr. and Mrs. Thiel. Did you have a good flight?*«, fragte er und übergab uns die Zimmerkarte. Mit der Karte schob er auch ein Anmeldeformular über den Tresen.

»Oh, wir können uns gerne in Deutsch unterhalten, ich sehe, Sie kommen aus Hannover.«

»Sie kennen Hannover?«

»Ja, meine Ex-Freundin lebte dort, aber das ist lange her.«

»Wenn Sie mir dann noch das Anmeldeformular ausfüllen würden ... Sie können es natürlich auch später ausfüllen und nachreichen.«

Zufrieden nickte ihm Alex zu, der nach der Zimmerkarte und dem Formular griff.

»Das machen wir, vielen Dank!«

»Wunderbar, Sie müssen hier entlang, den Gang hinunter, der Fahrstuhl befindet sich rechts, und Ihr Zimmer ist in der dritten Etage. Einen angenehmen Aufenthalt!«

Alex pfiff anerkennend durch die Zähne, als er das Zimmer betrat, und ich strahlte ebenfalls vor Überraschung. Der üppige Raum war hell und modern eingerichtet, groß genug und für mehr als zwei Personen gedacht. Neugierig war ich ins Bad gegangen und traute meinen Augen nicht, als ich mittendrin stand. Ein Luxusbad, das all meine Vorstellungen übertraf. Zwei Waschbecken, schöne weiche Handtücher, weiße Bademäntel und für jeden sogar ein eigener Duschtempel, getrennt durch Milchglaswände. Bunte kleine Probefläschchen zierten die Ablagen. Ich öffnete den Verschluss einer der Flaschen auf dem Regal, drehte ihn jedoch gleich wieder zu. Keine Inspiration für meine Nase. Es roch aufdringlich süß nach dunklem feuchten Holz, grünem Pfeffer und Moschus. Eher eine Duftkreation für die sinnliche Männerwelt. Nur wenige große Luxushotels verstanden es, auch Frauen willkommen zu heißen. Ich nahm mein eigenes Duschgel, Shampoo, Deo und Bodylotion aus dem Kosmetikkoffer und reihte alles auf dem Badewannenrand auf.

Ein traumhaftes Himmelbett aus Tausendundeiner Nacht in Weiß, ein geräumiger Kleiderschrank, ein Tisch und zwei Ledersessel waren geschmackvoll im Raum arrangiert. Auf dem Flachbildschirm, der an der Wand angebracht war, lief ein Banner zur Begrüßung. Alex packte wichtige Dinge wie Handy, Pass, Kalender und sein aktuelles Taschenbuch auf das Nachtschränkchen. Erschöpft ließ er sich auf das breite Bett fallen und blickte auf den kleinen Privatpool auf der Terrasse.

»Was für ein Luxus«, schwärmte er, als sich das Sonnenlicht im glasklaren Wasser spiegelte.

Er sah richtig gut aus, wie er so dalag mit seinen wachen und neugierigen Augen, stellte ich fest. Trotz Hitze und durchgeschwitztem T-Shirt war er immer noch gut gelaunt. Alex war überhaupt immer gut drauf, er lachte viel, und so schnell brachte ihn nichts aus der Ruhe. Hatte ich das früher übersehen? Oder fiel es mir erst jetzt auf? Oft verglich ich Alex mit Robert, vor allem in letzter Zeit. Robert hatte so gar nichts mehr von seiner ursprünglichen Fröhlichkeit besessen, und erst jetzt wurde mir bewusst, wie sehr ich einen solchen Menschen an meiner Seite vermisst hatte.

Seit unserer gemeinsamen Nacht hatten Alex und ich nicht mehr miteinander geschlafen. Alex machte auch keine Anstalten, das zu ändern. Und das gefiel mir. Schließlich waren wir nach Brasilien gekommen, um Robert zu finden, oder um einen Lebensabschnitt zu beenden, was schmerzlich sein würde. Aber daran wollte ich im Augenblick nicht denken. Noch hatte niemand Robert gefunden, weder die Polizei noch ein Fischer auf See, und so lange bestand Hoffnung.

Die Fensterfront nahm die ganze Zimmerbreite ein und gab einen fantastischen Blick auf den Zuckerhut frei.

»Alex, das musst du dir anschauen!«

Er rappelte sich nur schweren Herzens auf, rieb sich seine müden Augen und kam zum Fenster. Er war beeindruckt.

»Schade«, sagte er, »dass man die schönen Momente nicht konservieren kann. Entweder man erlebt sie sofort oder gar nicht.«

Womit er recht hatte.

»Schön, nicht?«, schwärmte ich und klopfte auf den Stuhl, der neben mir stand. »Setz dich. Es ist heiß, wir haben uns eine Pause verdient, bevor wir weiter auspacken.«

Alex setzte sich und ich fühlte mich auf sicherem Terrain. Er strahlte wie die Sonne, die über dem Atlantik glühte.

»Ich habe Hunger, und du?«, fragte Alex.

»Auch, aber ich muss erst duschen.«

Vor mich hin summend ging ich ins Bad, band mir die Haare hoch und warf mir ein großes Badetuch über die Schulter, bevor ich in eine der Luxusduschen stieg. Vorsichtig drehte ich den Wasserhahn auf und schauderte, als mich der erste eiskalte Strahl traf. Aber es tat gut und war genau das, was ich brauchte, obwohl es wie tausend Nadelstiche auf der Haut stach. Für einen Moment schloss ich die Augen, und als ich meine Hand blind nach dem Duschgel ausstreckte, spürte ich eine andere Hand. Ich brauchte nicht die Augen zu öffnen, um zu wissen, wer hinter mir stand.

»Lass mich das machen«, sagte Alex.

Vor uns lag die berühmte Copacabana, an der sich hunderte von Menschen tummelten. Farbenprächtige Sonnenschirme, bunt gemischte Urlauber und schwingende Hüften unter Palmen. Buntes Brasilien, alle Nationen zu einem Volk vereint. Ob *Cariocas* oder Touristen, ausgelassen feierten sie unermüdlich, egal zu welcher Tageszeit. Die Stadt am Zuckerhut, von wo aus man auch hinschaute, sie hatte etwas Besonderes, eine Kombination aus Natur und Musik. Im Hintergrund rauschte das Meer. Abseits von Verschmutzung und den *Favelas*, den Elendsvierteln am Rande der Stadt, die bekannt waren für Drogenbosse und nächtliche Überfälle, tanzten Menschen nach einem Rhythmus, der so sehr faszinierte wie ein tägliches Straßenfest. Ein Platz voller Leben.

Wir betrachteten lange die Kulisse, Alex dachte an die Fußball-Weltmeisterschaft, ich an den Karneval, den ich aus dem Fernseher kannte. Die prächtigen Kostüme, Tänze und Wagen. Ein Spektakel, das eines der größten Highlights auf unserem Planeten war. Wir konnten uns nicht satt sehen.

Plötzlich überkam mich Demut, und ein schlechtes Gewissen machte sich in mir breit. Gemeinsam mit Robert hatte ich mir diesen Traum erfüllen wollen, jetzt war ich mit Alex hier, um mit etwas abzuschließen, was vielleicht nicht zu finden gewesen war. Ich musste lernen, Robert gehen zu lassen und auch das Leben, das wir geführt hatten. Selbst wenn die Realität schrecklich werden würde, ich wollte mich dieser Wahrheit stellen – ich wollte weiterleben.

Eingewickelt in das große Badetuch wandte ich mich vom Fenster ab, obwohl dieses Hochhäuser-Labyrinth der Mega-City wahrlich beeindruckend war. Alex war nach dem Duschen auf dem Bett eingeschlafen. Ich setzte mich in den Sessel am Fenster und betrachtete ihn, wie er ruhig atmend dalag. Der einzige Mensch, der im Augenblick mein Leben maßgeblich prägte. Nicht im Traum hatte ich gedacht, Alex noch einmal wiederzusehen, schon gar nicht, ihm noch einmal so nah zu sein. Er tauchte auf wie aus dem Nichts, als ich nicht darauf vorbereitet war, und ausgerechnet dann, als es mir schlecht ging.

»Ich habe Angst«, vernahm ich seine Stimme, rau und schläfrig. Er streckte seinen Arm aus und wollte, dass ich ihn umarmte – wollte, dass ich ihn ganz fest hielt. Ich holte tief Luft, denn es durfte nicht sein, obwohl er meinetwegen mit nach Brasilien gekommen war. Es war kein Spiel für ihn, und alles war möglich. Für Alex war es nicht nur Lust, sondern mehr. Sehr viel mehr. Langsam legte ich mich neben ihn, schmiegte mich dicht an seinen Körper und hielt ihn fest. Ein Lächeln erschien auf seinem Gesicht, ein zufriedenes Lächeln, das die Fältchen um seine Augen vertiefte.

»Ich bin froh«, flüsterte er, »es war die richtige Entscheidung. Ich verlange keine Gegenleistung. Gib mir ein Zeichen, wenn du bereit bist.«

Für diese Worte hätte ich ihn küssen können.

Nach dem Auspacken machten wir einen Rundgang durchs Hotel. Zuerst schlenderten wir zum Pool auf der Dachterrasse mit dem herrlichen Blick auf die Christusstatue, dann hielten wir Ausschau nach einem Restaurant, um unseren Hunger zu stillen und Pläne für die nächsten Tage zu schmieden.

Nach dreißig Minuten fanden wir ein Lokal, aus dem Sambamusik ertönte. Wir zögerten keine Sekunde und gingen hinein. Auf der Terrasse bekamen wir sogar einen freien Tisch und konnten so den Klängen der Musik noch besser lauschen. Eine Gruppe von Musikern in atemberaubenden Kostümen spielte mitten im Lokal, sie entführten die Gäste in eine Welt der Exotik, während Alex die Speisekarte durchforstete. Es gab alles, wovon wir noch Tage zuvor geträumt hatten. Am Ende entschlossen wir uns für das brasilianische Nationalgericht, einen Eintopf aus schwarzen Bohnen, Zwiebeln, Knoblauch, Wurst und Schweinefleisch. Der Beschreibung nach sehr kalorienreich, aber Alex mochte Frauen, die beim Essen nicht auf jede Kalorie achteten.

Fred, ein sehr zuvorkommender Kellner, war überrascht, Gäste aus Deutschland im Lokal anzutreffen. Mit großem Hallo begrüßte er uns und nahm dann endlich unsere Bestellung auf. Mittlerweile kamen wir um vor Hunger. Nach dem kleinen Gruß aus der Küche erzählte er uns, was ihn nach Brasilien verschlagen hatte. Hin und her gerissen waren wir von der Schilderung seiner Lebensetappen. Zum Dank bekamen wir ohne Aufforderung die komplette Version seiner Lebensgeschichte und endlich unser Essen.

Alex schloss die Augen, ließ den ersten Bissen langsam

und genüsslich auf der Zunge zergehen, bevor er ihn hinunterschluckte. Am Ende neigte er den Teller, um auch noch den letzten Rest herauszukratzen. »Wunderbar«, schwärmte er.

Die Musiker kamen singend an unseren Tisch, Alex winkte lachend ab, als sie von Liebe und Hochzeit sangen.

»Nein, nein«, rief er, schon ein bisschen beschwipst, »wir sind nur gute Freunde.« Das verstanden sie. Die Musik hatte im Hintergrund gespielt, als die Gäste von gegenüber bereits im Takt zu klatschen begannen, bis sie sich schließlich alle im Lokal im Samba-Rausch befanden. Egal, wo man hinschaute, jeder wippte im Takt.

Der Solosänger der Band erzählte uns seine Geschichte, wie er vom Straßenkind zum Star wurde, wie wichtig Samba für die Brasilianer ist, dass er mehr ist als nur Musik – dass sich der Stil in Rio de Janeiro vor gut einhundert Jahren entwickelt hat und eng verbunden mit dem Karneval ist, dass aber die Bedeutung weit darüber hinausgeht. »Samba erzählt die Geschichte der Menschen und ihrer Schicksale. Es geht um die große Politik und die kleinen Alltäglichkeiten. Und es geht um Brasilien. Früher, als noch nicht so viele Menschen lesen konnten, hatte der Samba sogar einen erzieherischen Wert: was die Leute nicht aus Büchern erfahren haben, haben ihnen Sambalieder vermittelt. Bis heute lieben die Menschen diesen Stil, er erzählt die Geschichte Brasiliens.«

Mittlerweile hatte sich Fred mit einem Bier an unserem Tisch niedergelassen, und es sah nicht danach aus, dass er ihn so schnell wieder verlassen würde. Es störte ihn auch nicht, dass andere Gäste auf ihre Bestellung warten mussten. Er war in seinem Element.

Er sprach von dem größten Oktoberfest der Welt nach München, das in Brasilien Blumenau ist. Dieses Fest hatte Fred dorthin verschlagen. Keine Wies'n, sondern Messehallen, so groß wie vier Fußballfelder – Fachwerkhäuser und Dirndl unter Palmen, mit allem, was dazugehörte. Natürlich auch die Liebe zu einer Frau, die er später geheiratet hatte. Fred berichtete von der Kultur der Brasilianer, von ihrer eigenen Tradition und von der modernen Welt da draußen.

Eine junge Brasilianerin im opulenten Kostüm, mit viel nackter Haut und schwingenden Hüften, forderte Alex zum Tanzen auf. Er wirkte verlegen, hatte aber keine Chance, dieser Samba-Queen zu entfliehen, jede Art von Ausreden war zwecklos. Die anderen Gäste befanden sich mittlerweile im Samba-Rausch und heiße Körper tanzten zur Musik.

»Ich bin furchtbar schlecht, nur dass du es weißt«, lachte Alex und schob den Stuhl mit dem Fuß zur Seite. Ganz standfest war er nach dem dritten Caipirinha nicht mehr. Die hübsche Tänzerin lachte nur und zog ihn in die Mitte der Tanzfläche, dabei kreisten ihre breiten Hüften schon sexy, noch bevor sie die Tanzfläche erreicht hatten. Alex war den schnellen Bewegungen nicht gewachsen, außerdem wollten seine Beine dem Rhythmus der Musik nicht gehorchen. Es schien ihn aber nicht zu kümmern, was andere von ihm dachten, sonst wäre er gleich sitzen geblieben.

Gegen Mitternacht waren wir so betrunken wie seit Jahren nicht mehr. So viel Caipirinha war ich nicht gewohnt. Ich hatte völlig vergessen, warum ich nach Brasilien gekommen war. Aber ich hatte mich auch lange nicht so amüsiert. Mein Kopf fühlte sich nicht mehr klar an und ich befürchtete umzufallen, wenn ich mich vom Stuhl erheben würde. Alex war inzwischen am Tisch eingeschlafen und schnarchte laut vor sich hin. Die anderen Gäste winkten lachend ab, als sie zu uns rüberschauten. Erst nach mehrmaligem Rütteln wurde Alex wach, war aber nicht mehr in der Lage, ohne Hilfe aufzustehen. Fred, der die Situation gleich erkannt hatte, zog Alex mit gekonnten Griffen hoch, packte ihn unter dem Arm und schleppte ihn zum Fahrstuhl. Schwankend lief ich hinter den beiden her und wünschte mir nichts sehnlicher, als endlich im Zimmer zu sein.

Alex konnte sich an nichts erinnern, auch nicht daran, wann bei ihm die Klappe gefallen war, als er am nächsten Morgen mit einem dicken Brummschädel aufwachte. In der Nacht hatte er sich zweimal übergeben müssen. Um mich nicht zu wecken, hatte er sich aus dem Zimmer geschlichen, um einen ausgiebigen Kater-Spaziergang vor dem Frühstück zu machen. Ein kleiner Zettel klebte am Badspiegel, damit ich mir keine Sorgen machte. Ganz so schlecht wie Alex ging es mir nicht, nach einer langen, kalten Dusche fehlte noch ein starker Espresso mit viel Zucker und die Welt war für mich wieder in Ordnung. Mir machte es nichts aus, allein zu frühstücken, Alex wusste, bevor ich nicht mindestens drei Tassen Kaffee getrunken hatte, brauchte niemand daran zu denken, irgendeinen Smalltalk mit mir zu halten.

Als Alex vom Joggen auf die Terrasse kam, war er bereits geduscht und rasiert. Sein graues Haar war immer noch feucht, sein Gesicht hatte eine deutlich frischere Farbe als am gestrigen Abend. Wie viel er getrunken hatte, wollte er gar nicht wissen, es war eindeutig zu viel gewesen. In der Hand hielt er einen Unterteller mit einer kleinen Espressotasse, der nach frisch aufgebrühter Baristabohne roch. Ein wenig hatte er noch mit Kopfschmerzen zu kämpfen, aber nach dem zweiten Espresso waren sie verschwunden.

Am späten Vormittag machten wir uns dann auf den Weg zum Jachthafen. Alex hatte rein vorsorglich noch zwei Flaschen Cola mitgenommen, falls sein Kreislauf danach verlangte. Nach nur fünf Gehminuten erreichten wir bereits den U-Bahnhof, von dort aus fuhren wir weiter. Der Jachthafen Marina da Gloria war die Stelle, an der Robert zuletzt lebend gesehen worden war. Es war eigenartig, dort zu stehen, der Ort hatte eine magische Wirkung auf mich.

Viele Segelboote lagen hier aneinandergereiht an der Anlegestelle und schaukelten im Rhythmus der Wellen. Fasziniert betrachtete ich die Boote, die vorbeiglitten mit ihren geblähten Segeln und der am Mast wehenden brasilianischen Flagge. Schiffe, so weit das Auge reichte. Sie wirkten in der Realität viel größer als auf den Fotos des Reiseführers. Nachdenklich stand ich vor den Jachten und dachte an Robert, hier hatte seine letzte Etappe begonnen, von der er nicht zurückgekehrt war. Noch nicht …

Alex hatte eine Schiffsrundfahrt durch die historische Bucht von Guanabara gebucht, das wunderschöne Rio de Janeiro mit vielen seiner spektakulären Sehenswürdigkeiten, die vom Meer aus noch besser zu betrachten waren als von Land. Ich wunderte mich über Alex, denn er hatte selten ein Boot betreten, er wurde leicht seekrank und hatte immer festen Boden unter seinen Füßen gebraucht.

Ich war begeistert, als ich bei wenig Wind auf die atemberaubende Küste blickte und mühelos, geradezu majestätisch, mit dem Segelboot durch die Wellen glitt.

Obwohl das Wasser dick, schwer und schwarz wie Erdöl wirkte, fühlte sich mein Leben geradezu leicht an. Die laute Großstadt war plötzlich leise geworden und der Raum schien unendlich zu sein.

In der Ferne lagen riesige Containerschiffe. Rechts daneben waren Schiffe der brasilianischen Marine zu erkennen. Direkt vor ihnen schwamm ein Boot, aus dem Angler ihre Ruten ins Wasser hielten. Sie grüßten freundlich und winkten, als sie vorbeisegelten.

Immer wieder starteten und landeten Flugzeuge vom Flughafen Santos Dumont und im Hintergrund war die endlos lange Brücke zu sehen, deren Brückenpfeiler den Zuckerhut einrahmten wie auf einer Postkarte.

Alex und ich trugen T-Shirt und kurze Hosen, darunter unsere Badekleidung, denn am Ende der Rundfahrt gab es noch einen Aufenthalt am Strand zum Schwimmen und Entspannen.

Während sich Alex mit zwei weiteren Gästen auf dem Schiff unterhielt, studierte ich den Reiseführer und genoss einfach nur die Aussicht – den Strand der Copacabana und das Wahrzeichen der Stadt, Christo. Über Panorama-Aufzüge und Rolltreppen war die Aussichtsplattform der Statue zu erreichen. Auf den Berg hinauf führten zwei Seilbahnen, ein Ausflug, den Alex auch noch geplant hatte.

Im Nu hatte die Vielseitigkeit und Schönheit der brasilianischen Millionenstadt mein Herz erobert. Obwohl ich alles noch nicht richtig fassen konnte, fühlte ich mich zunehmend wohler.

Nach diesem traumhaften, emotionsgeladenen Tag, der

all unsere Erwartungen übertraf, brauchten wir kein brasilianisches Nachtleben mehr. Keine achtzigjährigen Samba-Legenden, die jeden Abend hier auftraten und denen man ihr Alter nicht ansah, wenn sie voller Lebensfreude, selbst bei Krisen und Problemen, ausgelassen tanzten und sangen. Hinzu kam der Restalkohol, der wahrscheinlich noch in unserem Blut vorhanden war. Jedenfalls tranken wir an diesem Tag mehr Wasser als üblich.

Am Morgen des darauffolgenden Tages saß ich bereits um acht im Speisesaal und freute mich auf ein ausgiebiges Frühstück. Am Tresen der Kaffeebar standen einige Leute aus dem Geschäftsleben, und irgendwie sah man es ihnen an. Egal ob in Anzug, Jeans oder kurzem Rock, alle machten sie durch lautes Geschnatter auf sich aufmerksam.

Ich hatte gut und ausreichend geschlafen. Meine gute Stimmung begann bereits in den frühen Morgenstunden, als ich im dreizehnten Stock auf der Dachterrasse den herrlichen Sonnenaufgang aus dem Pool heraus beobachten konnte. Dazu der Blick über die Dächer von Rio. Es wäre ein perfekter Morgen gewesen, wenn die Umstände andere gewesen wären.

Alex war vor dem Frühstück eine Runde joggen gegangen, danach hatte er einen Termin mit dem Fitnesstrainer ausgemacht. Erst am Nachmittag hatten wir uns wieder verabredet.

Alex hatte es sich zum Ziel gemacht, jeden Tag für eine Überraschung zu sorgen, und es gelang ihm sogar, mir Momente zu verschaffen, in denen ich vergaß, warum ich nach Brasilien gekommen war. Solange er für Unterhaltung und Abwechslung sorgte, war meine Situation zu ertragen. Wenn es still wurde, erschien mir in meiner Fantasie Robert, wie er aus dem Meer auftauchte und meinen Namen rief und wieder verschwand.

Der Flamingo-Park stand für diesen Tag auf dem Programm, laut Alex hatte er Vielversprechendes zu bieten. Ein Urwald mitten in der Stadt. Diese Sehenswürdigkeit hatte mich schon beim Vorbeifahren beeindruckt. Der Besuch war ein Tipp unseres Kellners gewesen. Fred hatte das Prospekt aufs Zimmer legen lassen und uns diese besondere Attraktion ans Herz gelegt.

Bewundern Sie die Vielfalt der Flora, tausende blühende Büsche und Bäume, die viele Vogelarten anziehen. So stand es auf dem Flyer.

Die Eindrücke der Schiffstour vom vergangenen Tag hatten mich ziemlich durcheinandergebracht und so genoss ich den Morgen einmal ganz für mich allein.

Ich hatte den Zweiertisch am Fenster mit Blick auf den Strand gewählt. Außer einem jungen Mann, der hektisch an seinem Laptop hantierte, zwei kichernden Frauen und einer vierköpfigen Familie, deren Herkunft ich nicht zuordnen konnte, war der große Frühstücksraum menschenleer. Bevor ich in der hinteren Ecke zwei Mönche entdeckt hatte, lief der Mann mit dem Laptop aufgeregt an mir vorbei. Fast hätte er mich umgerannt. Er wirkte gehetzt, sehr nervös und fahrig. So, wie der aussah, hatte er keinen guten Start an diesem Morgen gehabt, oder seine Nachrichten bereiteten ihm mehr Probleme, als ihm lieb war.

Seit wann können sich Mönche so ein Luxus leisten?, fragte ich mich, als mein Blick erneut in die Ecke fiel, in der die zwei Mönche frühstückten.

Bevor ich in den Frühstücksraum gegangen war, hatte ich Pedro mit meinem Anruf aus dem Tiefschlaf geholt. Die Zeitumstellung hatte ich total vergessen, aber ich musste ihm unbedingt von dem herrlichen Sonnenaufgang berichten. Pedro hatte gesagt: »Du musst mich jeden Tag anrufen und berichten«, und ich hatte es versprochen. Außerdem hatte Pedro die volle Verantwortung für mein Café übernommen. Es gab ständig Verpflichtungen, allein schon wegen des Personals. Er hatte versprochen, einzuspringen, wenn es Probleme gab, und es gab ständig irgendwelche Probleme und Pedro war ständig eingesprungen. Erst gestern hatte er müde geseufzt und gesagt, sie würden alle ihr Bestes geben, was auch immer das bedeutete.

Pedro ließ mich einfach erzählen, stellte wenige Fragen, kommentierte nichts, aber gab mir die Zuversicht, dass jede Entscheidung, die ich treffen würde, die richtige wäre.

So wie an diesem Morgen.

Ich betrachtete gerade das Frühstücksbuffet und ließ mich von der Auswahl der Speisen inspirieren, als es passierte. Frisch ausgepresste Säfte, Obst, Müsli, Brot und Aufschnitt überwältigten mich, als ich von hinten einen leichten Schubs bekam. Ich hatte mir einen Saft eingeschenkt, hielt das Glas noch in der Hand und verschüttete den Inhalt komplett über mein T-Shirt.

»Oh, ich bitte vielmals um Entschuldigung«, hörte ich eine tiefe Männerstimme sagen. »Ich war völlig in Gedanken.«

»Na, ich hoffe doch beim lieben Gott«, sagte ich, als der Mönch auf einmal vor mir stand. Er zwinkerte nervös, als er mein bekleckertes T-Shirt sah. »Oh, das ist mir sehr peinlich.«

»Schon gut, es gibt Schlimmeres«, sagte ich.

»Sie sind überrascht, einen Mönch hier anzutreffen, oder?«

»Tja, ich schätze, das stimmt, und lügen ist wohl zwecklos. Eher überrascht mich, dass Sie aus Deutschland kommen. Ist es unhöflich zu fragen?«

»Aber nein. Haben Sie einen Augenblick Zeit?«, fragte er. »Wissen Sie, die meisten Menschen haben ja heute keine Zeit mehr. Sie hetzen nur noch von einem Termin zum nächsten. Und bei der Gelegenheit könnte ich den Schubs vielleicht mit einem Kaffee wieder gut machen. Der ist sehr gut hier.«

»Gerne, ich bin im Urlaub und einen Mönch trifft man nicht alle Tage.«

»Übrigens freue ich mich auch, mal wieder eine Landsmännin zu treffen. Wissen Sie, mein Portugiesisch ist so lala.«

»Geht mir genauso, aber ich hoffe, man sieht es mir nicht gleich an, dass ich aus Deutschland bin.«

»Nein natürlich nicht, Sie sehen aus wie eine Frau, die mit sich im Reinen ist.«

So kann man sich täuschen, dachte ich, sprach aber meinen Gedanken nicht aus.

Der Mönch nahm eine saubere Kaffeetasse vom Buffet und ging zu dem Vierertisch in der Ecke. Ich folgte ihm und nahm nach Aufforderung an seinem Tisch Platz, an dem ein zweiter Mönch saß.

»Wen hast du uns denn da mitgebracht«, sagte er verwundert.

»Ja, da staunst du«, lachte er. »Ich war ein wenig ungeschickt, wie du siehst«, dabei zeigte er auf mein T-Shirt. »Übrigens, entschuldigen Sie, ich habe uns noch gar nicht vorgestellt, ich bin Pater Stephan und das ist mein Mitbruder Pater Benedikt.«

»Seien Sie herzlichst gegrüßt«, Pater Benedikt stand auf und reichte mir die Hand. Er war sehr groß, viel größer als sein Mitbruder Stephan. Er trug einen langen gepflegten Kinnbart, sein Haar war grau meliert und ziemlich kurz geschnitten. Er hatte schöne schlanke Hände, stellte ich fest. Seine Kutte roch nach Weihrauch. Sicher kamen beide von einer morgendlichen Andacht hier in der Nähe.

Pater Stephan war zierlich, klein und seine Kutte machte ihn vermutlich noch rundlicher, als er in Wirklichkeit war. Seine Hände waren mit Schwielen und Rissen behaftet und zeugten von schwerer körperlicher Arbeit.

Die beiden Klosterbrüder feierten an diesem Morgen ihren Abschied mit einem ausgiebigen Frühstück. In einer Woche ging es für sie zurück nach Deutschland. Zwei Jahre hatten sie das soziale Projekt der Benediktiner mit viel Motivation und Freude begleitet und jugendlichen Straßenkindern ein neues Zuhause gegeben sowie Aufklärungsarbeit um das Thema HIV und Aids geleistet. Sie hatten ein Waisenhaus errichtet und eine sichere Umgebung geschaffen, in der Kinder spielen und lernen konnten. Sie nahmen ihre Arbeit sehr ernst. Fast zwei Stunden erzählten sie von ihren Erlebnissen, den Höhen und Tiefen, die ihre Aufgaben im Orden mit sich brachten.

Ich war angetan von der Weltoffenheit und der Fröhlichkeit, die die Geistlichen versprühten. In ihrer Gesellschaft fühlte mich frei und völlig ungezwungen. Auf die Frage, was mich nach Brasilien verschlagen hatte, erzählte ich spontan und in allen Einzelheiten meine Geschichte über Robert, der seit Monaten verschollen war. Dass ich in Brasilien war, um nach ihm zu suchen oder um mich zu verabschieden, je nachdem.

In meinem Herzen öffnete sich ein Ventil, und die Last, die seit langem auf mir lag, wurde mit jedem Satz leichter. Ich berichtete von Alex, der mich hierher begleitet hatte, von meinen Kindern in Hannover, dem Buch-Café, meiner Finca in Spanien und zuletzt die ungewöhnliche Geschichte mit der Bank. Die beiden Geistlichen hörten aufmerksam zu und schauten zwischendurch erstaunt auf.

»Das tut uns aufrichtig leid«, sagte Pater Stephan. »Da haben Sie ja eine Menge erlebt. Ihre Ungewissheit kann ich gut verstehen. Daran kann ein Mensch zerbrechen. Es bedarf großen Mutes, um zu bewältigen, was Sie die letzten Monate geleistet haben. Wie viel Stärke wir Menschen aufbringen können, zeigt Ihre Situation. Leider hält unser Leben viele Prüfungen für uns bereit, und trotzdem müssen wir lernen weiterzuleben, auch wenn wir einen geliebten Partner verloren haben. Sie müssen lernen, für Ihre Kinder und für sich selbst weiterzuexistieren. Sie müssen loslassen. Nur wer loslässt, hat die Hände frei für etwas Neues.

Stellen Sie sich die Frage, ob Sie jemand anderem schaden mit dem, was Sie tun. Ist das nicht der Fall, dann darf es kein Zögern mehr geben. Tun Sie das, was immer Ihnen in den Sinn kommt. Zweifel hemmen uns und hindern uns am Leben. Die Freundschaft zu Ihrem Freund Alex ist ein hohes Gut, bewahren Sie es.«

Die Worte des Paters berührten mich sehr. Noch nie hatte ich mit einem fremden Menschen so offen über mein Leben gesprochen. Meine Tränen waren nicht mehr aufzuhalten, ich begann bitterlich zu weinen.

Die Hotelgäste hatten in der Zwischenzeit den Frühstücksraum verlassen, wir saßen allein in der Ecke, niemand hatte meinen Tränenfluss mitbekommen.

»Sie müssen sich Ihrer Tränen nicht schämen«, tröstete mich der Pater. Er überlegte kurz, dann fragte er:

»Was halten Sie davon, wenn Sie uns im Kloster besuchen kommen? Stille verleiht Kraft, und davon, glaube ich, können Sie jede Menge gebrauchen. Sie können alles bei uns lassen, was Sie bewegt. Wir werden gemeinsam für Ihren Mann beten und auf ein Wunder hoffen. Ohne das Wunder der Kirche gäbe es keine Auferstehung. Was meinen Sie?«

»Sie meinen, ich kann zu Ihnen ins Kloster kommen und bei Ihnen wohnen?« Ich schnäuzte kräftig meine Nase und steckte das nasse Taschentuch in meine Jackentasche zurück.

»Wir haben ein Gästehaus, das ›Haus der Stille‹, und Sie sind herzlich willkommen. Es ist zwar kein Fünf-Sterne-Hotel, aber es hat alles, was man braucht, um dem Alltag eine Atempause zu gönnen. Sie werden andere Menschen kennen lernen, die sich wie Sie ausgebrannt und leer fühlen. Ebenso werden Sie Obdachlose treffen, Sie werden gemeinsam lernen, das Leben zu akzeptieren, wie es ist, nicht mehr und nicht weniger. Ja sagen, Schritte wagen in eine Zukunft, die offen ist. Es ist ein gut gemeinter Rat, überlegen Sie es sich, unsere Einrichtung steht Ihnen immer offen. Gott stehe Ihnen bei«, sagte er. »Übrigens, in der katholischen Kirche, gleich zwei Straßen weiter, liegen einige Flyer von unserem Kloster aus, dort finden

Sie auch die Adresse. Campo Grande liegt nicht gerade um die Ecke, Sie sollten fliegen. Es gibt mehrere Flüge am Tag. Fragen Sie an der Rezeption, Fred wird Ihnen gerne behilflich sein. Sie werden sehen, es wird Ihnen gefallen.«

Damit erhob er sich und verließ mit Pater Benedikt das Hotel. Kurz vor der Tür drehte er sich noch einmal um.

»Auf bald.«

Bis zum Treffen mit Alex verblieben noch zwei Stunden. Es war der Tageszeit entsprechend noch wärmer geworden, sodass auch im Zimmer die Luft langsam stickig wurde.

Ich öffnete den großen Fensterflügel und schaute auf den Strand, an dem sich wieder fröhliche Menschen tummelten. Und in mir breitete sich eine merkwürdige, aber beruhigende Stille aus.

Es war erstaunlich, welche Wirkung diese Pracht auf mich hatte. Ein magischer Ort, ein auf die Erde gefallenes Stück Himmel. So empfand ich die Atmopshäre, nachdem Pater Stephan mich am Eingang begrüßt und ins Gästehaus begleitet hatte.

Er hatte gewusst, dass ich seinen Vorschlag annehmen würde, und freute sich, als ich eintraf.

Die Franziskaner-Mönche waren mitten in Campo Grande, einem Stadtteil der brasilianischen Metropole Rio de Janeiro zu Hause. Das Kloster der O-Caminho-Bruderschaft bestand aus einer kleinen Kapelle und zwei einzelnen Häusern. Männer und Frauen wohnten auf dem Gelände des Ordens jeweils in einem eigenen Haus.

Die Schwestern lebten von ihrer Hände Arbeit, dem Gemüseanbau, Stickarbeiten und der Hostienbäckerei. Einige von ihnen verfügten über grundlegende Kenntnisse in der Klostermedizin und setzten ihre heilenden Mixturen in der Krankenpflege ein.

Die Küche, in der sie jeden Morgen mit dürftigen Mitteln ihr Frühstück zubereiteten, zeigte, wie einfach und bescheiden sie ihr Leben bestritten. Nach dem Vorbild von Franz von Assisi, der lange freiwillig auf der Straße gelebt hatte, hatten auch sie sich einem einfachen Leben verschrieben. Ihre Aufgabe war es, Obdachlosen zu helfen und vor allem für die Kinder der Straße da zu sein und ihnen die Zuneigung zu geben, die sie sonst nie erfahren hätten. Den Bedürftigen wurde Unterkunft gewährt, und in den Zellen, die zweckmäßig eingerichtet waren, hatte so manche verlorene Seele einen sicheren Platz gefunden, nachdem sie Opfer gewalttätiger Übergriffe durch Drogensüchtige und Bürgerwehren geworden war. Körperliche Pflege bei den Obdachlosen, Haarschnitte, Rasuren und Gespräche gehörten zu den täglichen Aufgaben der Mönche.

Außerhalb der Klostermauern gab es einen Kräutergarten, in den sich auch der eine oder andere Gemüse- und Obststrauch verirrt hatte. Hier hatten Heimatlose eine Beschäftigung gefunden, die ihnen nicht nur ein Gefühl der Zugehörigkeit verlieh, sondern auch Lob und Anerkennung einbrachte.

Für das Stundengebet gingen die Nonnen und Mönche in die Kapelle, eine Art Wohnzimmer. Hier fanden sie Raum zum Beten, aber auch Zeit, um sich auszuruhen. Pater Benedikt verkündete seine christliche Botschaft gern auf musikalischem Wege mit seiner Gitarre. Alle lebten dort wie in einer großen Familie zusammen.

Mitglieder der Bruderschaft stiegen in den Rang eines ›Aspiranten‹ auf, während sie bei einer Messe ihre Kutten überreicht bekamen, die sie von nun an tragen durften.

Die Mitglieder von O Caminho beteten während einer Messe tief gebeugt – eine Geste der Demut und Armut. Ein Selbstverständnis der Franziskanermönche – der willenlose Gehorsam. Für mich war es ein Erlebnis, das mich tief beeindruckte.

Kapitel 5

Campo Grande lag zweieinhalb Flugstunden von Rio de Janeiro entfernt. Fred war sehr gerne behilflich gewesen und hatte mir einen Flug gleich für den nächsten Morgen gebucht.

Alex hatte mich am Morgen zum Flughafen gebracht. Er unterstützte mich bei der Entscheidung, die Antworten auf meine Fragen zu finden, die ich brauchte, um mit meinem alten Leben abschließen zu können.

Auch wenn es ihm schwerfiel, mich gehen zu lassen, und er nicht wusste, ob er nach meiner Klosterzeit noch eine Rolle in meinem Leben spielen würde, wünschte er mir Glück. An seinem schmerzverzerrten Gesicht sah ich, wie schwer dieser Abschied für ihn war. Er dachte an die einsamen Tage, die es ohne mich gäbe, und er würde sich wahrscheinlich immer und immer wieder die Frage stellen, warum er all dem zugestimmt hatte.

Am Mittag zuvor hatten wir noch gemeinsam den Flamingo-Park besucht, ausgiebig über Mönche und ihren Aufgaben im Kloster diskutiert, über Aids, elternlose Kinder und die Armut auf den Straßen Brasiliens.

Ich war angetan von der Hoffnung, bei den Franziskanerbrüdern meinen Frieden zu finden, ich wollte lernen, mein neues Leben zu akzeptieren, nicht mehr und nicht weniger. Es dauerte auch nicht lange, bis die Bedeutung meiner Worte bei Alex angekommen war. Langsam verstand er die Botschaft, die ich ihm überbringen wollte.

Ich musste in dieses Kloster, ich musste herausfinden, wie mein Leben ohne Robert weitergehen würde, und ich musste in Ruhe überlegen, ob Alex und ich eine zweite Chance bekämen.

Alex hatte an diesem Mittag sehr müde gewirkt und sich die ständig die Schläfen gerieben.

»Vermutlich war das Trainingsprogramm am Morgen zu ausgiebig für untrainierte Männer wie mich«, sagte er genervt. »Lass uns ins Hotel zurückgehen, ich fühle mich völlig fertig, und die Hitze gibt mir den Rest.« Er wischte sich den Schweiß von der Stirn.

Vielleicht lag es wirklich an der Müdigkeit, oder er hatte einen leichten Sonnenstich, aber irgendwie war er auf einmal schlecht gelaunt. Ich lächelte und versuchte so auszusehen, als machten mir seine gereizten Worte nichts aus.

»Wir können den Wellnessbereich genießen, dort kannst du dich ein wenig erholen«, erwiderte ich und war selbst froh, nicht länger in der unerträglichen Wärme verbringen zu müssen. Alex beantwortete meinen Vorschlag mit einem Schulterzucken.

Als wir im Hotel angekommen waren, regnete es in Strömen, ein sommerlicher Wolkenbruch, der alle anderen Geräusche erstickte und für Sturzbäche in den Gullys sorgte. Es war noch drückender geworden, die Luft war stickig und feuchtwarm, als wir unser Zimmer aufgeschlossen hatten.

Ich öffnete sofort die Fenster, aber das machte es nicht besser. Am Strand, an dem noch vor wenigen Minuten bunte Sonnenschirme und Badelaken zu sehen waren, begannen Menschen hastig zu rennen und suchten einen trockenen Platz in den Strandbars. Andere genossen den Wolkenbruch und sprangen voller Begeisterung ins Meer.

Es roch angenehm nach Sandelholz, Seife und ätherischen Ölen, als wir, eingepackt in weiße Bademäntel, den Hotelflur entlang in Richtung Wellnessbad gingen. Vor uns lag eine grüne Ruhe-Oase, als wir die Räume betraten.

Eine künstlich angelegte Gartenanlage mit wunderschönen Blumenbeeten, einer herrlichen Saunaterrasse, ausgestattet mit bequemen Liegen, auf denen gelbe Strandlaken ausgebreitet waren, lud zum Verweilen und Entspannen ein. Hinzu kam dieser traumhafte Blick aus dem dreizehnten Stock.

»Komm, lass uns Abkühlung suchen«, rief Alex, nahm meine Hand und zog mich zur Massagedusche. Ich konnte ihm ansehen, dass ihn mein angekündigter Klosteraufenthalt unsicher machte.

In der Dusche lief das Wasser über unsere Körper und ich spürte förmlich, wie sich Muskel für Muskel entspannte. Alex küsste mich, und ich schmiegte mich in seine Arme, inhalierte seinen vertrauten Duft, den ich schon früher so aufregend gefunden hatte. Er hatte etwas ins Rollen gebracht, was kaum noch aufzuhalten war.

Der Ton der Klangschalenmassage berührte mich tief im Inneren meiner Seele und brachte sie zum Schwingen. Ein Therapeut massierte mit einem herrlich duftenden Zitronenöl meinen Rücken und legte warme Heilsteine auf, die auf meinem Körper eine beruhigende Wirkung entfalteten. Ein wahrer Genuss, meine Sorgen waren für einen Moment wie ausgelöscht.

Milchglaswände trennten die Behandlungsbereiche voneinander ab, trotzdem vernahm ich nebenan eine kräftige Männerstimmen. Jemand schien zu telefonierten.

»Hallo«, rief ich, »hier ist Handyverbot, hallo, Ruhe!« Genervt schaute ich den Masseur an, der nur kurz seine

Schultern hochzog. Selbst vor den Ruheräumen machten die burnoutgefährdeten Vieltelefonierer keinen Halt.

»Kannst du mir die Koordinaten durchgeben? Für morgen hab ich ein Boot gemietet, das müsste doch mit dem Teufel zugehen, wenn ich den Kerl nicht finden würde, weit kann er jedenfalls nicht gekommen sein.«

»Hallo? Haben Sie nicht gehört, hier ist Handyverbot«, wiederholte ich, bekam aber keine Antwort.

»Du hast es versprochen, ich werde Teilhaber, wenn ich ihn aus dem Weg räume.«

»Hören Sie, Sie sind hier nicht alleine, können Sie bitte aufhören zu telefonieren.« Nichts passierte, die Unterredung ging weiter.

»Jetzt komm mir nicht so.«

Jetzt ermahnte ich den Masseur, für Ruhe zu sorgen.

»Mir wird schon etwas einfallen. Ansonsten hänge ich mich einfach an seine Frau. Wir sind bald am Ziel.«

Am Abend saßen wir nicht wie gewohnt im Restaurant, sondern hatten uns das Essen aufs Zimmer bestellt. Wir lagen uns in den Armen, redeten, schwiegen und tranken Wein. Ich fühlte Alex' Verlangen und spürte seine Beine auf meiner bloßen Haut, als wäre sie elektrisch aufgeladen. Am Ende der Nacht schliefen wir miteinander. Irgendetwas war zwischen dem Essen und dem letzten Glas Wein passiert, und das lag nicht am Alkohol.

Am Flughafen angekommen schob Alex mir eine Haarsträhne aus der Stirn und bemerkte, wie ich mein Gesicht leicht verzog. Er schmiegte seine Wange an meine und atmete meinen Geruch tief ein, um auf diese Weise etwas von meiner Kraft in sich aufzunehmen. Es war seltsam, seit wann hatte er diese Wirkung auf mich? Früher hatte er mich mit seiner Fürsorge erdrückt, und heute?

Alex räusperte sich und ich schluckte, als ich bemerkte, wie er mit seinen Gefühlen kämpfte. Seine Stimme klang gedrückt.

»Pass auf dich auf, Christin«, er lächelte gekünstelt.

Und dann, bevor ich es mir noch einmal anders überlegen konnte, löste ich mich aus seiner Umarmung, nahm meine kleine Reisetasche und ging eilig zur Passkontrolle. Ich war schon zweimal aufgerufen worden, nervös zeigte ich einem uniformierten Beamten meinen Pass, der den Schlüssel in eine neue Zukunft darstellen sollte. Als ich durchgewinkt wurde, drehte ich mich noch einmal um. Wir versenkten unsere Blicke ineinander und Alex winkte noch einmal zum Abschied. Lautlos formte er die Worte *Ich warte auf dich.*

Er sah wirklich gut aus, auch wenn sein Lächeln nicht echt war.

Und dann, den Pass fest in der Hand, ging ich zum Gate und verschwand wenig später hinter der Milchglasscheibe.

Aber ich war mir sicher, dass Alex dem Flugzeug nachschaute, das mit zunehmender Geschwindigkeit in den blauen, weiten Himmel hinaufsteigen würde. Ich wusste, er würde so lange dort stehen bleiben, bis es nicht mehr zu sehen war, und ich wusste, er würde auf mich warten, ganz egal, was passieren würde und wie lange es dauerte. Er würde mich auffangen, wenn ich zu fallen drohte. Er würde mich trösten und meine Tränen trocknen, wenn ich vor Traurigkeit verging.

Ich war beeindruckt von der Zeitreise, die mir das Kloster mit all seinen sakralen Räumen bot. Mit begeisterter Ehrfurcht betrat ich mein Zimmer, das eher einer Zelle glich. Der kleine Raum erinnerte mich an Bilder aus alten, verstaubten Büchern meiner Kindheit. Hier fand alles seinen Platz auf begrenztem Raum, nüchtern und zweckmäßig.

Meine kleine Reisetasche, die mit dem Notwendigsten gefüllt war, stellte ich auf den alten Stuhl neben dem Bett. Meine Wäsche verstaute ich im Schrank und legte mein Handy auf den Nachttisch, um später Alex anzurufen. Einmal durfte ich noch telefonieren, dann musste ich es abgeben. Ich wollte ihm noch einmal sagen, dass mir der Abschied nicht leicht gefallen war, kam aber nicht mehr dazu, denn es hatte schon zweimal an der Tür geklopft. Eine Nonne stand vor der Tür und begüßte mich herzlich. Mit wenigen Worten Deutsch signalisierte sie mir mitzukommen. Die erste Gesprächsrunde würde in dreißig Minuten beginnen. Ich folgte ihrer Aufforderung, ohne zu wissen, was nun auf mich zukommen würde.

Alle neuen Mitglieder saßen in einem Kreis weißer Plastikstühle im Klostersaal. Pater Stephan saß mitten im Raum und alle anderen um ihn herum. Ein Stuhl neben ihm war noch unbesetzt.

Zuvor hatte es ein Stundengebet in der Kapelle gegeben, die mit einfachem Mobiliar eingerichtet war. An manchen Stühlen fehlten bereits die Armlehnen, und spitze Kanten, an denen man sich verletzten konnte, traten hervor. Kleine Gebetsbänke aus altem, morschem Holz waren zum Knien nur für Nonnen und Mönche bestimmt. Am Altar brannten vier große Kerzen und ein einfaches Holzkreuz hing an der verschmutzen Wand, die dringend neuen Putz und Farbe benötigt hätte.

»Ich heiße Ariane«, hallte plötzlich eine Stimme aus dem Nichts. »Ich bin hier, weil mein Mann vor einem Jahr an Krebs gestorben ist.«

Das leichte Lachen der Frau drückte Kummer aus. Sie strich sich sorgfältig über ihr gepflegtes, braunes Haar und senkte dann verlegen den Blick.

»Wir waren sehr glücklich«, fügte sie hinzu.

Ich betrachtete die junge Frau, die neben mir saß, bewunderte ihren Mut, mit dem sie den Gesprächskreis eröffnet hatte. Sie roch angenehm nach Lavendel, hatte schöne Hände und ihre Nägel waren unauffällig blassrosa lackiert.

Angenehm war, dass sie Deutsch sprach. Für alle anderen Teilnehmer übersetzte Pater Stephan ins Portugiesische.

In ihrem Gesicht war Verzweiflung abzulesen, ich hatte den Eindruck, dass der Alltag sie in ein tiefes Loch gezogen hatte. Ich war also nicht allein mit meinen Problemen und das stimmte mich zuversichtlich, die richtige Entscheidung getroffen zu haben.

Der Gemeindesaal war klein, muffig und fensterlos. Die erdrückende Enge bereitete mir Probleme, und ich befürchtete, eine Panikattacke zu bekommen. Ein menschengefüllter Raum, aus dem ich nicht fliehen konnte, machte mir immer noch Angst. Eine gewaltige Hitzewelle schoss mir in den Kopf, und meine Hände waren schweißnass. Ich schaute verstohlen durch die Runde und hoffte, dass mein Gesicht nicht rot angelaufen war.

Die abgewetzten Sitzkissen mit kleinen Mottenlöchern, aus denen alter Schaumstoff herausschaute, lagen auf dem Fußboden verteilt. In der Mitte stand eine dicke, brennende Kerze – das einzige Licht in diesem Raum.

Ein Schwall warmer Luft kam durch die offene Tür, und der leere Sitzplatz wurde von einem jungen Mann eingenommen, der seine Hände hilflos in den Schoß legte, als gehörten sie nicht zu ihm. Er rutschte unbehaglich hin und her. Pater Stephan bemerkte es.

»Du hast letzte Woche gefehlt«, sagte er. »Alles in Ordnung bei dir?«

»Entschuldigen Sie, Pater, meine Tochter hatte Fieber und es war niemand da, der auf sie aufpassen konnte.«

»Geht es ihr jetzt wieder besser?«

»Ja, alles gut.«

»Schön, dass du es heute geschafft hast.«

Der Mann schaute unter seinem langen Pony in die Runde, und sein Blick blieb für einen Moment an mir hängen. Als ich aufschaute, sah er weg.

Pater Stephan hatte mich mit einer Brasilianerin bekannt gemacht, die vor drei Monaten ihre zweijährige Tochter verloren hatte und sich die Schuld an diesem Unglück gab. Das kleine Mädchen war beim Spielen zu weit ins Wasser gegangen und unbemerkt von einer Welle erfasst und ins Meer hinausgezogen worden. Die Mutter war für einen kurzen Augenblick mit ihren drei weiteren Kindern so stark abgelenkt gewesen, dass sie dieses schreckliche Unglück nicht verhindern konnte. Ihr Ehemann beschimpfte sie aufs Übelste, machte sie für diese Katastrophe verantwortlich.

War sie nicht schon genug bestraft mit dem Tod ihrer kleinen Tochter? Gab es etwas Schlimmeres, als das eigene Kind zu verlieren?

Hier hatte sie Zuflucht und Sicherheit gefunden.

Ein selbstmordgefährdeter Mann, der seine jüngere Frau an einen anderen verloren hatte und mit dieser Enttäuschung nicht fertig geworden war, lebte ebenfalls bei den Mönchen, um mit ihrer Hilfe seinen Lebensmut wiederzuerlangen.

Und dann waren da noch die Obdachlosen, die irgendwann in ihrem Leben durch einen Schicksalsschlag auf der Straße gelandet waren. Hier durften sie erzählen, hier hörte man ihnen aufmerksam zu und nahm sie wahr. Man nahm vor allem das Unrecht wahr, das ihnen geschehen war. Manche Obdachlose waren tief traumatisiert davon, dass ihnen das normale Leben genommen worden war.

Viele Menschen wurden mit den Geschehnissen nicht fertig, sie verstanden nicht, weshalb die Welt nicht aufschrie bei Geschichten wie ihren. Einige fanden nie den Weg in eine bessere Zukunft und Pater Stephan bezweifelte, dass sich die Hoffnung für manche erfüllen würde, behielt es aber für sich.

Alle sahen hier irgendwie traurig aus, und das machte mir das Einleben nicht leicht. Pater Stephan bemerkte es. Er warf mir ein beruhigendes Lächeln zu.

Ich weiß, sagte sein Blick. *Das kennen wir alles.* Ich rutschte unbehaglich auf meinem Stuhl herum und gab ihm die Antwort in Gedanken.

»Erzählen Sie uns einfach Ihre Geschichte«, sagte er. »Sie bestimmen, was Sie preisgeben möchten und was nicht. Wir hören Ihnen zu, keine Sorge, Sie sind hier unter Freunden.«

Pater Stephan übersetzte meine Worte und ich hatte das Gefühl, dass alle meine Geschichte verstanden hatten. Schnell wurde mir klar, dass sie die ganze Geschichte hören wollten. Noch einmal atmete ich tief ein und aus, räusperte mich verlegen und erzählte den Rest. Nur die Geschehnisse mit der Bank ließ ich aus.

»Also, ich heiße Christin und der Mann, mit dem ich seit dreißig Jahren verheiratet bin, ist verschwunden. Er ist vor acht Monaten mit einem Freund nach Brasilien geflogen, um hier Geschäfte zu machen. Bei einem Segeltörn … ich meine, von der Polizei habe ich erfahren, dass sie in einen Sturm geraten sind … Später hat man die Leiche von seinem Freund Clemens geborgen. Nur von Robert, meinem Mann, fehlt immer noch jede Spur. Niemand kann mir sagen, ob er noch am Leben ist. Ich weiß nicht, was ich denken soll.«

Pater Stephan zog seine buschigen Augenbrauen hoch und übersetzte meine Erzählung. Alle anderen aus dem Kreis sahen mich mitleidig an – Ariane streichelte mir mit ausgestreckter Hand mitfühlend das Knie.

»Es war sehr mutig von Ihnen, hierherzukommen«, sagte Pater Stephan, »und Ihre Sorge ist berechtigt. Möchten Sie uns noch ein wenig mehr über sich erzählen, vielleicht, wie Sie sich kennengelernt haben, oder über Ihre Kinder? Sie befinden sich in einem vertraulichen Kreis, hier haben alle eine Geschichte. Sie bleibt in diesen vier Wänden – versprochen.«

Noch einmal holte ich tief Luft, bevor ich weitersprach.

Am dritten Tag ging es mir zwar etwas besser, aber an die Ärmlichkeit, die dieses Kloster beherbergte, konnte ich mich nur schlecht gewöhnen. Es gab weder eine richtige Dusche noch eine Klimaanlage bei dieser unerträglichen

Hitze. Die Matratze in meinem Bett war dünn und an manchen Stellen eingerissen, einzelne Sprungfedern waren sichtbar. An Durchschlafen war nicht zu denken, dazu der Lärm und die stickige Luft in den Räumen des Klosters.

Jeder Tag begann mit einer Morgenandacht. Um fünf Uhr in der Früh versammelten sich Nonnen und Mönche vor dem Frühstück zum Beten in der kleinen Kapelle, die unterhalb des Klosters lag.

Hier war es angenehm kühl, die brennenden Kerzen gaben nur wenig Wärme ab. Jeden Tag kamen neue Suchende hier an, Heimatlose, solche, die durch manches gesellschaftliche Raster gefallen waren, und niemand wurde abgewiesen.

Für sie war das Kloster wie eine Oase, in der sie ihren Durst stillen konnten.

»Sie müssen Christin sein«, flüsterte eine männliche Stimme nah an meinem Ohr. Erschrocken drehte ich mich um und musterte den großen, stattlichen Mann, der mir seine Hand reichte.

»Darf ich mich vorstellen? Ich bin Pater Pieler. Schön, Sie kennenzulernen, Sie müssen Christin Fritsch aus Deutschland sein.«

»Ja, das stimmt.«

»Pater Stephan hat mir von Ihnen erzählt. Sie suchen Ihren Mann, der nach einem Segelunfall verschollen ist. Richtig?«

»Ja.« Ich fragte mich, ob er über jeden Gast so gut informiert war.

»Ich löse Pater Stephan und Bruder Benedikt ab, ich denke, Sie wissen bereits, dass die beiden nach Deutschland zurückkehren. Ihre Mission ist morgen hier beendet, und meine beginnt. Ich möchte Sie das nur wissen lassen«, sagte er, »dass ich ab morgen Ihr neuer Seelsorger in der Gesprächsgruppe bin. Wissen Sie, ich bin kein Fan von Überraschungen. Die anderen aus der Gruppe wissen bereits Bescheid.

Haben Sie Lust, mit mir zu frühstücken?«, fragte er spontan, »ich könnte Sie besser kennenlernen – mein Dienst beginnt erst morgen, heute möchte ich mir noch ein wenig die Gegend ansehen. Was meinen Sie?«

»Ja«, sagte ich zögernd, »wenn Sie Zeit haben, gerne.«

Verlegen strich ich mir eine Strähne hinters Ohr. Sein gutes Aussehen war schon erstaunlich, und sein offenes Auftreten machte es nicht einfacher.

Schüchtern überprüfte ich die Knöpfe meiner Bluse und zog meinem Rock ein bisschen herunter. Irgendwie kam ich mir nackt und unangemessen gekleidet vor. Während ich einen schnellen unbemerkten Seitenblick auf den neuen Mitbruder warf, mit dem ich ab morgen meine Gespräche führen würde, fragte ich mich, was diesen schönen Mann bewogen haben musste, Mönch zu werden. Mittlerweile wusste ich, dass es auch bei Mönchen ein Leben davor gab. Plötzlich musste ich an Petra denken und innerlich schmunzeln – sie würde sagen: »Was für ein Bild von einem Mann«, der für sie längst eine Sünde wert gewesen wäre.

Nach der Andacht ging ich in mein Zimmer und tauschte den kurzen Rock gegen Jeans und die Bluse gegen ein hochgeschlossenes, blaues T-Shirt. Die aufdringlichen Blicke der Obdachlosen waren mir nicht entgangen.

Nachdem ich mich umgezogen hatte, ging ich in die Küche und setzte mich zu Pater Pieler, der schon den freien Stuhl zur Seite gezogen hatte, als er mich kommen sah, an den langen Holztisch.

Ich erinnerte mich an das Frühstück im Hotel Atlantica – das Büffet mit den üppigen Speisen, die frisch gepressten Säfte und das herrliche Obst. Kein Vergleich zu dem, was ich hier vorfand. Eine verbeulte Kupferkanne mit abgestandenem kaltem Kaffee, ein Weißbrot in einem alten Weidekorb, das an den Kanten schon angetrocknet war. Leicht angeekelt nahm ich mir eine Scheibe Weißbrot, schnitt die unapettitlichen Stellen weg und begann zu essen, allerdings mit Widerwillen.

Wieder überkamen mich Zweifel, das Richtige zu tun. Meine Suche nach Robert, der mein Leben in einen Scherbenhaufen verwandelt hatte, mit Menschen zu bereden, die ich nicht kannte, all das warf an diesem Morgen wieder viele neue Fragen auf. Bis auf den neuen Pater, der ausgesprochen weltoffen auf mich wirkte, sprachen sie nicht einmal meine Sprache.

In den ersten Tagen hatte ich oft über Alex nachgedacht. Ich versuchte mir vorzustellen, wie er allein durch Rio schlenderte, aber es kam kein richtiges Bild. Er fehlte mir, ich vermisste seine liebevollen Worte, seine Wärme und Zuversicht, die er mich jeden Tag spüren ließ, wenn wir zusammen waren. Er war ein attraktiver Mann, der eine gewisse Wirkung auf Frauen ausübte. Immer wieder ertappte ich mich dabei, ihn anzurufen.

Wenn ich an Alex dachte, waren auch die Worte von Pater Stephan nicht weit.

»Würde Ihr Mann das wirklich wollen, dass Sie für den Rest Ihres Lebens alleine bleiben? Erinnerungen sind wichtig, sie machen uns zu dem, was wir sind, aber sie dürfen uns nicht daran hindern weiterzuleben.«

Ich fragte mich, ob ich ohne Robert weiterleben konnte und mit Alex glücklich werden würde. Ich fragte mich, was die Kinder sagen würden, wenn ich aufhörte, nach ihrem Vater zu suchen. Alles Fragen, auf die ich immer noch eine Antwort suchte.

Sollte ich kampflos aufgeben?

Gegen Mittag hatte ich mich mit Ariane verabredet. Wir waren inzwischen sehr vertraut und ich freute mich auf das Treffen mit ihr. Außerdem sprach sie Deutsch.

Die nächste Gesprächsrunde hatte der neue Pater erst für den Abend angesetzt und das gab uns genügend freie Zeit für private Gespräche.

Wir trafen uns wie immer in der Küche, bereiteten uns einen frischen Kaffee, redeten über den neuen, gut aussehenden Franziskaner-Mönch, kicherten heimlich und beschlossen für ihn und alle anderen Bewohner am Abend zu kochen. Ich hatte den Eindruck, dass Ariane diese Abwechslung gefiel, denn ich sah sie zum ersten Mal richtig lachen.

Gedanklich gingen wir einige Rezepte durch, die jede von uns schon einmal gekocht hatte. Am Schluss hielten wir einen traditionellen, kräftigen Bohneneintopf für angebracht. Dabei fiel mir das Rezept von Roberts Oma Walli ein, das ich auswendig kochen konnte. Ohne lange zu überlegen, aber zufrieden mit dem schnellen Entschluss, stellten wir eine Einkaufsliste mit allen Zutaten zusammen.

Wenig später machten wir uns mit Rucksäcken auf dem Schultern auf den Weg ins Zentrum der Stadt, um

Fleisch, Bohnen und Speck zu kaufen.

Ariane zeigte mir mit Stolz den ältesten Platz der Stadt von Campo Grande. Der gigantische Springbrunnen, die Freilichtbühne und der Kinderspielplatz waren der Schauplatz großer und wichtiger politischer Versammlungen in den vierziger und sechziger Jahren gewesen. Ein typischer öffentlicher Platz, ein überfüllter Wochenmarkt mit Gerüchen von Popcorn und Zuckerwatte und mit aufdringlichen Fotografen. Hier tummelten sich hunderte Menschen, egal welchem Geschlecht, welcher Religion oder Rasse sie angehörten. Menschen, so bunt wie ihre Stadt, ausgelassen und vergnügt. Ariane kannte sich sehr gut aus, sie hätte auch eine perfekte Fremdenführerin abgeben können. Es machte Spaß, mit ihr durch die Straßen zu ziehen. Ich fühlte mich zum ersten Mal leicht und gelöst wie nie zuvor. Wir lachten über die brasilianischen Männergestalten, die sich mit aufdringlichen Pfiffen und sinnlosen Sprüchen bei uns bemerkbar machten.

Die große Hitze war nicht zum Lachen. Ich stöhnte, und das ständig, nachdem ich mir eine dicke Wasserblase am großen Zeh gelaufen hatte. Nachdem ich die Flüssigkeit herausgedrückt hatte, konnte ich nur noch barfuß weiterlaufen. Ariane lachte nur, sie war das Klima nach über fünfzehn Jahren gewohnt, ihr konnte die Hitze nichts mehr anhaben.

Bevor wir den offenen Markt mit dem ganz speziellen lokalen Flair erreicht hatten, führte mich Ariane zu dem historischen Bahnhofsgebäude. Dort befand sich das Dorf der Bahnarbeiter mit den entsprechenden kopfsteingepflasterten Straßen, ein wichtiger architektonischer Komplex, der unter Denkmalschutz stand und dem Publikum nicht zugänglich war.

Mit dem Rucksack auf dem Rücken und den Schuhen in der Hand schlenderten wir auf den bunten Markt zu, auf dem das brasilianische Leben pulsierte. Offene Märkte mit ihrem ganz speziellen Flair mochte ich sehr und wurde hier in Campo Grande dank Ariane fündig.

Auf dem Markt war Tag und Nacht Betrieb – am Tag die bunten Farben verschiedenster Gemüse, Früchte und anderer Artikel, um deren Preis man handeln musste, bei Nacht der fröhliche Betrieb an den Ständen mit frisch zubereitetem Fleisch, Gemüse, Spießen und Leckereien. Müde und durstig hatten wir uns an den Marktbrunnen gesetzt und tranken eine der Leckereien, die dieser Markt zu bieten hatte. Bevor wir weitergingen, besuchten wir noch das Straßencafé und nahmen einen Cappuccino, dazu bestellte Ariane die größte Portion Schokoladeneis, die sie kriegen konnte. Während wir dort saßen, erzählte Ariane von den glücklichen Tagen, an denen sie mit ihrem Mann jeden Samstag über diesen Wochenmarkt gegangen war. Paulo, ihr verstorbener Mann, war eine Internetbekanntschaft gewesen, mit der sich Ariane über ein ganzes Jahr geschrieben hatte, bevor sie nach Campo Grande geflogen war, um ihn persönlich kennen zu lernen. Sechs Wochen Jahresurlaub hatte sie dafür genommen, um den Mann zu treffen, mit dem sie sich so lange ausgetauscht hatte und von dem sie fast alles wusste, nur dass sie ihn noch nie von Angesicht zu Angesicht gesehen hatte.

Unzählige Bilder von sich hatten sie ausgetauscht, bis Ariane sich ihr eigenes Bild von ihm machen wollte.

»Entweder es passt sofort oder gar nicht«, hatte sie sich gesagt.

In Campo Grande hatte sie dann die schönsten Wochen ihres Lebens mit Paulo verbracht. Er hatte sich viel Zeit für Ariane genommen. Er war mit ihr an die Copacabana geflogen, den Strandmagneten, den jeder Brasilien-Tourist gesehen haben musste. Er hatte ihr die schönsten Stellen gezeigt, die dieses Land zu bieten hatte. Und am Ende führte er sie mit Stolz seinen Eltern vor, die sie sehr herzlich empfingen. Er war sich sicher gewesen, dass Ariane die Frau war, mit der er sein Leben verbringen wollte.

Ariane, die sich schon am Flughafen in ihn verliebt hatte, behielt dieses kleine Geheimnis erst mal für sich. Er hatte wirklich gut ausgesehen, noch besser als auf den Bildern, die er ihr von jedem Ereignis zugesandt hatte, nichts verschönt oder künstlich, alles war echt und natürlich.

Ein Jahr danach war Paulo nach Deutschland geflogen und hatte Ariane einen Heiratsantrag gemacht, den sie sofort angenommen hatte. Sie hatte nicht länger auf diesen Mann verzichten wollen und nach einigen Monaten war sie ihm nach Brasilien gefolgt.

Ariane hatte sich schnell in Campo Grande eingelebt, was auch daran lag, dass Paulos Eltern sie aufgenommen hatten wie eine eigene Tochter. Über fünfzehn Jahre hatten sie ihr Glück genießen können, bis ihr Mann an Krebs erkrankte und die Tage der Hoffnung gezählt waren. Ihre Liebe wurde noch stärker, bis zum Schluss nur noch die Verzweiflung blieb, als er starb.

Fast zwei Stunden hatten wir am Brunnen gesessen, und erzählt; ich war der erste Mensch, der ihre traurige Liebesgeschichte hören durfte. Am Ende war ich zu Tränen gerührt und konnte nicht erkennen, ob sie beim Erzählen geweint hatte, denn ihre Augen hatte sie hinter einer riesigen Designer-Sonnenbrille versteckt.

Der Rückweg zum Kloster führte uns über den Markt der Terena-Indianer, die hier ihr Kunsthandwerk anboten, schöne Keramiken und allerlei dekorative Artikel. Ich hätte gerne ein kleines Andenken für Alex und Pedro mitgenommen, nur leider fehlte mir dazu das nötige Kleingeld. Meine Kreditkarten hatte ich bei Alex im Hotel zurückgelassen und war mit wenig Bargeld nach Campo Grande aufgebrochen. Im Hotelsafe waren sie sicher aufgehoben, im Kloster brauchte ich kein Geld.

Ariane unterhielt sich gerade mit einem Händler, als ich den Mann mit Laptop entdeckte, den ich aus dem Hotel kannte. Kurz tauchte er in der Menschenmenge auf und war gleich wieder verschwunden. Komisch, ich hatte schon im Hotel die Vermutung, dass mir sein Gesicht irgendwie bekannt vorkam.

War das nicht dieser Lopez?

Bildete ich mir das nur ein oder hatte er mir einen flüchtigen Blick zugeworfen? Wahrscheinlich erinnerte er sich auch an mich und hatte sich gewundert, mich hier zu treffen. Oder sah ich schon Gespenster?

Die Einkaufliste hatten wir abgearbeitet, und unser Bargeld reichte gerade noch für eine Flasche Wasser und schwarzen Pfeffer, den wir bei den Indianern fanden.

Ariane hätte mir gerne noch den kleinen See, das Orchideenhaus und die Bibliothek gezeigt, aber leider reichte die Zeit dafür nicht mehr. Ich hatte aber hoch und heilig versprochen, dass es nicht der letzte gemeinsame Ausflug gewesen war.

Der Ausflug hatte uns beiden gut getan, die Sonne brannte nicht mehr ganz so heiß vom Himmel, als wir wie zwei Esel bepackt müde und erschöpft im Kloster ankamen.

Ariane buk gleich frisches Brot, während ich im Klostergarten Gemüse erntete und danach an dem langen Holztisch alles für den kräftigen Eintopf klein schnitt. Ich hatte den Eintopf nach dem Rezept von Oma Walli zubereitet, das ich gleich nach unserer Hochzeit von ihr erhalten hatte.

»Ein gesunder Eintopf«, hörte ich sie aus ihrer fernen Küche rufen. »Damit der Junge ordentlich was auf die Rippen bekommt.«

»Du musst einfach mehr Brühe zugießen«, rief Ariane, als ich Bedenken anmeldete, der Eintopf werde nicht ausreichen. »Schließlich müssen hier viele hungrige Mäuler satt werden«, kicherte sie. »Sehr viele! Und wenn dein Eintopf zu gut ist, stellen dich die Mönche noch als Köchin ein«, lachte sie.

Am Ende des Tisches beobachtete uns ein grimmig blickender Obdachloser, der kein Wort unserer Unterhaltung verstanden hatte, aber dem Geruch des Eintopfes offensichtlich nur schwer widerstehen konnte.

Am Abend saßen wir in der Klosterküche zusammen und sprachen das Tischgebet. Alle freuten sich auf die deftige Mahlzeit, die offensichtlich das Beste gewesen war, was diese Menschen in den letzten Tagen oder Wochen gegessen hatten. Pater Pieler bedankte sich für den gelungenen Einstieg, den wir ihm mit unserem Festmahl bereitet hatten, und hoffte, dass es nicht das letzte Ma(h)l gewesen war.

Am nächsten Morgen stellte sich Pater Pieler, ganz offiziell für alle, die es noch nicht wussten, als neuer Seelsorger vor. Danach redete er wie ein Wasserfall, als wollte er ins Guinnessbuch der Rekorde kommen. Er berichtete von der Entwicklungshilfe in Afrika, für die er zwei Jahre tätig gewesen war, von den armen Menschen, die jeden Tag verhungerten, und von vielen afrikanischen Ländern, in denen immer noch korrupte Politiker mehr an sich dachten als an ihre Bevölkerung. Statt mit dem Geld und Spendengeldern Krankenhäuser und Schulen zu bauen, bauten sie lieber teure Häuser für sich selbst oder führten unnötige Kriege.

Obwohl der Pater mit seinem Vortrag eine Atmosphäre erzeugt hatte, die alle ansprach, entschloss ich in meinem Inneren, das Kloster in den nächsten Tagen zu verlassen. Ich hatte auf einmal Angst, die Welt würde sich ohne mich weiterdrehen. Ich wollte leben und nicht hier versauern. Irgendwie wollte und konnte ich diese Ärmlichkeit nicht mehr ertragen. Ich würde Alex anrufen und ihn bitten, mich abzuholen. Ich würde im Hotel meine Koffer packen und nach Spanien in mein Haus zurückkehren. Gemeinsam mit Pedro mein Buch-Café betreiben und mit Alex glücklich werden. Das war mein Wunsch.

In der Nacht war es laut und unruhig. Immer wieder wurde ich von ohrenbetäubenden Geräuschen und schrillem Stimmengewirr geweckt. Aufgewühlt hatte ich mich und meine Gedanken hin und her gewälzt und versucht, auf diese Weise Schlaf zu finden. Das Licht der Scheinwerfer vorbeifahrender Autos war kurzzeitig so grell gewesen, dass es Schatten auf die kahlen Wände meiner Zelle warf. Plötzlich war es still, die Stimmen waren leiser geworden, dann verstummten sie ganz, und ich fand endlich in den Schlaf.

Am nächsten Morgen erfuhr ich beim Frühstück von Ariane, was es mit dem Lärm in der Nacht auf sich gehabt hatte.

Die Morgenandacht in der kleinen Kapelle war an diesem Tag prall gefüllt. Neue Obdachlose, neue Kranke, auf Gehstöcke gestützt, suchten sich hinkend einen freien Platz und füllten den kleinen Raum, der zu platzen drohte. Alles fremde, neue Gesichter. Verwundert sah ich, dass gehbehinderte Kranke nach der Messe hinter einer schweren Eisentür in einem Raum verschwanden, der mir unbekannt war.

Als die Tür erneut aufging, warf ich schnell einen neugierigen Blick durch den Spalt ins Innere, das nur schwach ausgeleuchtet war. Ich sah einen Raum voller Metallbetten, eingerichtet wie ein Militärlazarett. Ich sah Menschen, die auf einfachsten Notliegen gebettet waren und sich nicht bewegten. Ich sah Verwundete, deren Gliedmaßen teilweise mit blutdurchtränkten Verbänden notdürftig versorgt worden waren. Leises Stöhnen raunte durch den nüchternen, sterilen Raum. Ein unangenehmer Geruch von Urin und geronnenem Blut wehte mir entgegen. Ich erhaschte den Blick einer Nonne. Ihr Gesicht wirkte erschöpft und fahl vor Besorgnis. Die zum Alltag gewordenen Strapazen einer Nonne waren hier deutlich sichtbar. Unter ihren müden Augen lagen dunkle Ringe, mir wurde abrupt bewusst, was sie in den letzten Tagen durchgemacht haben musste. Welche Kraft musste diese Frau aufbringen, für die der Tod eines Menschen zur täglichen Erfahrung gehörte.

Sie hatte ihren Kopf gehoben und mich entdeckt. Schnell schloss ich die Tür und fühlte mich ertappt, als wenn ich etwas Geheimes gesehen hätte. Hier hatten die Schwestern eine Krankenstation eingerichtet. Ich wunderte mich, denn diese Einrichtung hatte mir Pater Stephan bei unserem Rundgang verschwiegen.

Plötzlich klopfte mir jemand auf die Schulter. Erschrocken drehte ich mich um und sah in das erstarrte Gesicht von Ariane.

»Habe ich dich erschreckt, Christin?«, fragte sie und entschuldigte sich sofort für ihr unerwartetes Auftreten.

»Nein, ich habe nur nicht gewusst, was sich hierhinter verbirgt, und war neugierig. Warst du schon mal darin?«

»Ja, ich habe mich ab und zu schon mal nützlich gemacht und den Betschwestern beim Versorgen der Verletzten geholfen. Jede helfende Hand ist hier willkommen. Es gibt hier genügend zu tun und ich war für jede Ablenkung dankbar, und außerdem konnte ich so ein wenig Dankbarkeit zeigen. Die Schwestern haben mir in meiner schweren Zeit so sehr geholfen, dass ich es für meine Pflicht hielt. Sie haben mir geholfen, wenn auch nur in kleinen Schritten, in ganz kleinen Schritten.«

»Ich verstehe, was du meinst, Ariane.«

In der lauten Nacht war ein schwerkranker Mann ins Kloster gebracht worden. Das Krankenhaus, in dem er eine Zeit lang versorgt worden war, hatte jede weitere Behandlung aus Kostengründen abgelehnt. Er besaß keine Papiere, nichts deutete auf seine Identität hin. Es machte sich auch niemand die Mühe, nachzuforschen, woher er kam und was überhaupt passiert war.

Er befand sich in einem kritischen Zustand, seine inneren Verletzungen waren schwerwiegend. Hinzu kam, dass er sich an nichts mehr erinnern konnte, nicht einmal an seinen Namen.

Auf der Krankenstation wurden nicht nur Verletzte versorgt, auch Sterbende erhielten hier die letzte mögliche medizinische Versorgung.

Schwestern kümmerten sich fürsorglich um die Sterbenden, um ihnen einen würdigen Abschied zu bereiten. Hier gab es keine professionellen medizinischen Geräte, keine lebensverlängernden Maßnahmen. Hier gab es Klostermedizin, die die Betschwestern mit ihren grundlegenden Kenntnissen in der Heilung mit Kräutern und Heilpflanzen anwandten. Sie beteten unentwegt, hielten den Kranken die Hand, bis sie eingeschlafen waren – und das mit einer unermüdlichen Kraft oft über Tage hinweg. So lange, bis auch der letzte Atemzug erloschen war.

Kapitel 6

Ich hatte Alex seit meinem freiwilligen Einzug ins Kloster weder gesehen noch gesprochen, nur eine SMS mit ihm ausgetauscht, in der er mir schrieb, dass er sich mit dem Fitnesstrainer angefreundet und für einen Sportkurs angemeldet hatte. Und dass er mich vermisse, sehr sogar.

Irgendwie fühlte ich mich an diesem Morgen kränklich, ohne wirklich krank zu sein. Ich wälzte in meinem Kopf die quälenden Gedanken der Nacht, für die ich auch am Morgen keine richtige Lösung fand.

Die Leere in mir und um mich herum war zur Last geworden, ich konnte nicht länger wartend und untätig herumsitzen. Immer das Schlimmste anzunehmen, gehörte offenkundig zu meinem neuen Charakterbild. Meine sonst so positive Einstellung schien mir irgendwie abhanden gekommen zu sein und unterstützte mein Vorhaben, das Kloster zu verlassen.

Es war mir unangenehm, mit Pater Pieler über meine plötzliche Abreise zu sprechen und einfach zur Normalität überzugehen. Ich kam mir undankbar vor, wollte nicht den Eindruck hinterlassen, dass alles nur von kurzweiligem Interesse gewesen war und ich bereits nach kurzer Zeit aufgeben würde.

Also hatte ich beschlossen, zuerst mit Ariane zu sprechen, die ich später in der Kapelle treffen würde. Sie war mir inzwischen ans Herz gewachsen und ihre Meinung war mir wichtig. Vom Küchenfenster aus konnte ich sie sehen, wie sie den Bedürftigen die ungepflegten Bärte rasierte und den Seifenpinsel gekonnt hin und her bewegte.

Das Benediktinerkloster war kein Fort Knox, hier konnte jeder kommen und gehen, wann er wollte. Hier konnten Menschen ein vorübergehendes oder dauerhaftes Zuhause finden, egal ob ihre großen oder kleinen Beschwerden psychischer oder körperlicher Natur waren. Hier war jeder willkommen.

Es tat gut, Ariane so fröhlich zu sehen, ihr war keine Arbeit zu viel. Sie schaute zum Küchenfenster hinauf und entdeckte mich. Erst wirkte sie leicht verwirrt, aber dann schenkte sie mir ein aufmunterndes Lächeln. Ihr Gesicht strahlte und ihr Lachen war echt, sie war glücklich.

In diesem Moment passierte etwas in meinem Inneren. Ich hatte schlagartig meinen Entschluss geändert und wollte im Kloster bleiben und helfen. Augenblicklich hörte ich auf, mich im Kreis zu bewegen – ich brauchte nur dem Wegweiser in meinem Inneren zu folgen.

Je länger ich darüber nachdachte, umso mehr gefiel mir der Gedanke. Die schlechte Stimmung der letzten Tage löste sich in Luft auf. Schnell formte ich mit dem Mund ein lautloses »Hallo« und winkte Ariane zufrieden zurück. Es war die richtige Entscheidung und ich spürte eine Erleichterung in mir, die mich glücklich machte.

Wenig später traf ich Pater Pieler auf dem Weg zur Kapelle und informierte ihn aufgeregt über meinen Entschluss.

»Das ist eine gute Entscheidung«, sagte er erleichtert. »Ich hatte schon das Gefühl, Sie würden uns bald verlassen. Wissen Sie, es geht vielen Menschen am Anfang so, alles braucht seine Zeit, und Geduld fällt auch bei uns nicht vom Himmel. Sie werden sehen, ein wenig Regelmäßigkeit wird Ihnen gut tun und Schwester Agneta kann jede Unterstützung auf der Station gebrauchen.«

Noch am selben Abend führte mich Schwester Agneta durch die Station. Die meisten Kranken hatten leichte Verletzungen, Knochenbrüche oder Platzwunden, die schnell und unkompliziert zu behandeln waren. Meist waren es Obdachlose, die nach einem Sturz in betrunkenem Zustand hier eingeliefert worden waren. Niemand brauchte hier eine Versichertenkarte, und für unnötigen Verwaltungskram hatten die Schwestern keine Zeit. Hier gab es keine Zweiklassengesellschaft.

Für den Rest der Woche hatte mich Schwester Agneta zur Frühschicht eingeteilt. Um vier Uhr in der Früh begann mein erster Dienst. Ich trug eine einfache weiße Baumwollhose und ein weißes Poloshirt. Meine Haare hatte ich streng zu einem Zopf zusammengebunden und hochgesteckt. Eine andere Betschwester hatte mir eine gewissenhafte Einweisung in den Medikamentenschrank gegeben, in dem auch Verbandsmaterial lagerte. Bevor ich mit der eigentlichen Arbeit begann, öffnete ich die Fenster, um die stickige, nach Urin riechende Luft entweichen zu lassen. Danach hatte ich die Aufgabe, zwei im Rollstuhl sitzende Obdachlose nacheinander in den Garten zu schieben und ihnen ein schattiges Plätzchen zu suchen. Damit der Rollstuhl nicht wegrollen konnte, legte ich zur Sicherheit zwei Steine vor die Räder.

Schwester Agneta hatte die beiden bereits gewaschen und rasiert. Sie lebten schon über ein Jahr in diesem Kloster und ein fester Platz war ihnen hier sicher. Einer von ihnen war blind, sein Leben auf der Straße war hart und gefährlich. Den täglichen Kampf des Überlebens hatte er mit seinem Augenlicht bezahlt. Der andere hatte ein ähnliches Schicksal. Er konnte zwar sehen, aber seine Beweglichkeit war dermaßen eingeschränkt, dass der Rollstuhl zum ständigen Begleiter für ihn geworden war. Die Langzeitarbeitslosigkeit war die Ursache für sein Unglück gewesen. Ohne Arbeit hatte er irgendwann, als alle Reserven aufgebraucht waren, die Miete nicht mehr aufbringen können, und schließlich wurde ihm seine Wohnung gekündigt. Hinzu kamen Alkohol- und Drogenkonsum, Ehekrise, Einsamkeit und fehlende soziale Unterstützung. Verzweifelt hatte er sich aus dem vierten Stock des Wohnhauses gestürzt und überlebte schwer verletzt.

Als ich zurück auf die Station kam, begrüßte mich Ariane, die ihren Dienst heute später angetreten hatte als sonst. Sie freute sich über meinen Entschluss und darüber, dass wir nun auch tagsüber zusammen sein würden.

Ariane hatte eine Ausbildung als Krankenschwester und kannte sich hervorragend in der medizinischen Versorgung aus. Das war ihr damals zugute gekommen, als ihr Mann an Krebs erkrankt war; für beide ein Segen.

Ich lernte sehr schnell von Ariane. Zuerst wechselten wir gemeinsam blutdurchtränkte Verbände, leerten volle Urinflaschen und halfen den Schwestern, liegende Kranke zu waschen und zu rasieren. Die Arbeit machte mir Freude, und meine Zufriedenheit, etwas Nützliches zu tun, wurde von Stunde zu Stunde größer. Oft war es nur ein leichter Händedruck, ein kurzes Lächeln unter Schmerzen oder ein anderes Zeichen der Dankbarkeit, was mir das Herz wärmte.

Von nun an freute ich mich jeden Tag auf meinen Dienst. Meine Arbeit wurde langsam zur Routine. Ich hatte auf einmal eine ganz andere Seite an mir entdeckt, die mich ausfüllte und zufrieden machte. Diese Menschen gaben mir so viel, obwohl ich nicht ihre Sprache sprach, aber der Blick in ihre Gesichter erfüllte mich mit Glück.

Am nächsten Morgen herrschte in der Klosterküche reger Betrieb, und als es anfing zu donnern, wurde es noch voller. Viele Menschen freuten sich auf einen trockenen Platz im Kloster. Ich machte gerade Pause und saß mit einem warmen Kaffee am Ende des Tisches. Ein kleines Mädchen hockte mit blutigem Gesicht und zerbrochener Brille zusammengesunken vor einer Tasse heißer Schokolade. Ein Lehrer drängte sich mit einem Handtuch durch die besorgten Mitschüler, die um das Mädchen herumstanden. Als ich ihn fragte, wie es dazu gekommen sei, antwortete er mir, dass das Gewicht des Rucksacks den Sturz ausgelöst und zu einer gefährlichen Rutschpartie gemacht hatte. Die Wanderwege seien steil und abschüssig, ein einziger Fehltritt und schon sei es passiert.

Ich nahm das Mädchen bei der Hand und brachte es zu Schwester Agneta, die ihr das blutverschmierte Gesicht säuberte und ihm ein Pflaster auf die Schürfwunden klebte. Der Lehrer war mir gefolgt und nahm das Mädchen nach der Behandlung wieder in seine Obhut. Als der Regen gegen Mittag endlich nachgelassen hatte, leerte sich die Klosterküche allmählich und es kehrte wieder Normalität ein.

Ariane hatte gerade den Mann versorgt, der vor einigen Tagen eingeliefert worden war und in der Nacht für Unruhe im ganzen Kloster gesorgt hatte. Es handelte sich um den Mann, der seit seinem Unfall das Gedächtnis verloren hatte und keine Papiere bei seiner Einlieferung dabeihatte. Die Ärzte hatten ihn operiert und ihn in ein künstliches

Koma versetzt, damit er sich von den Strapazen erholen konnte. Sein Zustand wurde immer noch als sehr kritisch eingeschätzt.

Um seine Identität zu ermitteln, hatte die Krankenhausverwaltung das Konsulat eingeschaltet, aber leider ohne Erfolg. Nachdem er so weit wiederhergestellt war und das Krankenhaus nichts weiter für ihn tun konnte, hatte man ihn ins Kloster verlegen lassen. Er war ein Obdachloser geworden und gehörte nun zu den Menschen, die im Kloster eine Herberge bekamen.

Ariane hatte die Narben, die seine Verletzungen hinterlassen hatten, mit Vaseline behandelt, als ich hinzukam. Er lag auf dem Bauch, die Wunden auf seinem Rücken sahen aus, als wäre er ausgepeitscht worden. Vorsichtig drehte sie ihn um. Sein langes Haar verdeckte das schmerzverzerrte Gesicht. Liebevoll streichelte sie seine Wangen, als wollte sie sich für den ihm zugefügten Schmerz entschuldigen.

»Es muss furchtbar sein«, sagte sie, »wenn man nicht weiß, wer man ist. Als ob man gar nicht existierte.«

»Vielleicht ist es gar nicht so schlecht, seine Identität zu verlieren – mal alles hinter sich zulassen, das hat doch auch was, oder? Und wer weiß, vielleicht war er im richtigen Leben sogar ein Sträfling oder ein Hochstapler«, antwortete ich.

»Dr. Frank ist der Patient sehr ans Herz gewachsen«, erklärte Ariane. »Er muss Fürchterliches erlebt haben, jedenfalls sah er schlimm aus, als man ihn ins Krankenhaus einlieferte. Offenbar leidet er auch noch an Herzrhythmusstörungen, die schwerer sind, als die Ärzte am Anfang vermutet haben. Seine äußeren Wunden am Rücken werden wieder verheilen, bis auf die in seinem Gesicht. Hier wird später eine Hauttransplantation nötig werden. Das salzhaltige, schmutzige Meerwasser kann zu den extremen Abplatzungen der Gesichtshaut geführt haben. Deshalb vermuten wir, dass er über längere Zeit im Wasser gewesen sein muss. Außerdem kamen noch innere Verletzungen hinzu, und dass er jegliches Erinnerungsvermögen verloren hatte, machte die Erstversorgung nicht einfacher.«

»Woher weißt du so gut über ihn Bescheid?«, fragte ich Ariane neugierig.

Sie zuckte zusammen, die Schwester neben mir hatte gelacht, und ich sah, dass Ariane leicht rot geworden war. Sie hob den Kopf und grinste verlegen. »Er tat mir leid.«

Ariane war mit dreiundfünfzig immer noch eine hübsche, jung gebliebene, moderne Frau. Ich verglich sie insgeheim oft mit Iris Berben, die auch nie älter wurde, sondern mit jedem Jahr nur noch schöner.

Ariane fühlte sich zu einer Erklärung genötigt.

»Ich hatte gerade Nachtdienst, als sie ihn herbrachten. Später haben Dr. Frank und ich noch einen Kaffee zusammen getrunken und ein wenig über ihn gesprochen. Das war ganz schön knapp gewesen, ein Wunder, dass er noch am Leben ist. Er liegt da wie ein Baby, findest du nicht auch?« Ariane neigte ihren Kopf und schaute ihn liebevoll von der Seite an.

Letzterem konnte ich nicht zustimmen.

Bevor der Mann ohne Namen ins Kloster gebracht worden war, hatten die Behörden einige Fotos an alle Zeitungen und Polizeistationen gesendet. Auch Hotels in der Umgebung wurden informiert. Aber niemand vermisste einen Mann mit diesem Aussehen.

Sieben Wochen waren inzwischen vergangen, und immer noch war ich mit Freude dabei, bedürftigen Menschen zu helfen. Dr. Frank kam zweimal in der Woche vorbei, um persönlich nach einigen Patienten zu sehen. Natürlich auch nach dem Mann, der ihm so ans Herz gewachsen war. Der Mann ohne Namen hatte Fortschritte gemacht, sein Bewegungsapparat war nicht mehr so eingeschränkt wie noch vor einigen Wochen. Er konnte mittlerweile alleine essen und trinken. An manchen Tagen schob ihn Ariane mit dem Rollstuhl in den Garten. Dort saßen sie oft gemeinsam und redeten, und an besonders guten Tagen liefen sie sogar ein paar Schritte durch den Garten. Sein linkes Bein zog er ein wenig nach, mit dieser sichtbaren Behinderung musste er leben. Ariane war es egal, es war ihr auch nicht wichtig, was er vor seinem Gedächtnisverlust für ein Mensch gewesen war. Sie hatte zwar immer mal wieder versucht, die große Lücke in seinen Erinnerungen mit Leben zu füllen, aber seine Vergangenheit war komplett ausgeblendet geblieben und so lebten sie in der Zukunft, in der Ariane eine tragende Rolle eingenommen hatte. Jedes Mal, wenn ihr Dienst zu Ende ging, fragte er, wie lange es dauern würde, bis sie wiederkam, und es gab keinen Tag mehr, an dem sie es ihm nicht verriet.

Nach dem Tod ihres Mannes hatte sie nicht mehr daran geglaubt, noch einmal Gefühle für einen Mann aufbringen zu können. Aber irgendwann war auch bei ihr die Zeit der Trauer verblasst. Sie würde immer um ihren Mann trauern, ihn lieben und ihn vermissen. Aber seit der Mann ohne Namen eingeliefert worden war, hatte ihr Leben eine neue Richtung bekommen. Sie war nicht mehr abgeneigt, einem anderen Mann Aufmerksamkeit zu schenken, und das war gut so.

Zwei Monate später nahm sie den Gestrandeten, den sie in der Zwischenzeit Robinson nannte, mit in ihr Haus. Robinson brauchte keine Intensivpflege mehr, und Ariane erhoffte sich von einer dauerhaften und familiären Atmosphäre eine Besserung seiner Amnesie. Einmal hatte sie ihm einen Spiegel vors Gesicht gehalten und ihn gefragt, ob er sich selbst erkennen könne.

Aber Robinson hatte einen Mann gesehen, den er nicht kannte, nicht das graue Haar, nicht die starken Schultern, nicht die Augen, die ihm entgegenblickten. Es war ein seltsames Gefühl für ihn. Hätte Ariane nur einen kleinen Hinweis über seine Herkunft in Erfahrung bringen können, hätte sie weiter nach Familienangehörigen oder Freunden geforscht. Es wäre von einer enormen Bedeutung gewesen, Menschen zu finden, die ihm über sein bisheriges Leben erzählt hätten – wer er einmal war und was er gemacht hatte.

»Bist du sicher, Ariane, dass du mich bei dir aufnehmen möchtest? Ich mag es sehr, wenn du in meiner Nähe bist«, sagte er einmal mehr, »aber was ist, wenn meine Erinnerungen zurückkommen? Vielleicht magst du mich nicht mehr, wenn du erst mal meine Vergangenheit kennst.«

»Hey«, sagte Ariane, »was ist los? Bis es so weit ist, möchte ich, dass du mein Gast bist. Außerdem ist es schön, für jemanden da zu sein. Du könntest das Kochen übernehmen. Ich bin gelinde gesagt als Köchin eine Katastrophe. Aber Männer, die kochen können, finde ich toll.«

»Na, ich kann's ja mal probieren. Danke, Ariane, ich wüsste gar nicht, was ich ohne dich machen sollte. Im Augenblick weiß ich noch nicht, wie es mit mir weitergehen soll. Eins sollst du wissen, ich möchte dir nicht weh tun, und ich kann dir nicht versprechen, dass es auf Dauer mit uns so weitergehen wird.«

»Keine Sorge«, lachte Ariane, »ich kann auf mich aufpassen.«

Am Abend zuvor hatte es für Robinson eine kleine Feier im Kloster gegeben. Dr. Frank und eine Stationsschwester hatten ein paar Getränke besorgt und zum Abschluss kochten wir noch einmal den kräftigen Eintopf nach dem Rezept von Roberts Oma Walli.

Meine Zeit in Campo Grande war mit Robinsons Genesung zu Ende gegangen und meiner Rückreise nach Spanien stand nichts mehr im Wege.

Robert war für tot erklärt worden und ich hatte mich mit seinen letzten Stationen, an denen er lebend gesehen worden war, noch einmal auseinandergesetzt, um meinen inneren Frieden zu finden.

Alex hatte Rio de Janeiro schon vor Monaten verlassen und war nach Deutschland zurückgekehrt. Er ließ mir alle Zeit der Welt, Abschied zu nehmen. Seit der Zeit pendelte er zwischen Hannover und Sant Jordi, um gemeinsam mit Pedro pflichtbewusst das Café zu führen.

Ariane war sehr traurig, als der Tag meiner Abreise gekommen war. Aber Glück und Zuversicht waren bei ihr in greifbare Nähe gerückt, seit Robinson an ihrer Seite war. Über ein halbes Jahr hatten wir Freud und Leid miteinander geteilt. Jetzt begann für sie, und auch für mich, ein neues Leben, ohne die geliebten Partner, mit denen wir einst glücklich gewesen waren.

»Besuchst du uns irgendwann wieder?«, fragte Ariane. Ihre Stimme klang belegt.

»Worauf du dich verlassen kannst«, antwortete ich und meinte es auch so.

Robinson hatte sich zuvor sehr liebevoll von mir verabschiedet und meine Hand länger als nötig festgehalten. Dabei trafen sich kurz unsere Blicke, aber so intensiv, wie ich es nur von einem kannte. Meine Hände zitterten. Beim Hinausgehen hatte er sich noch einmal umgedreht, aber seine Worte waren im lauten Stimmengewirr verstummt.

Die letzte Nacht in meiner Zelle verbrachte ich eigenartig aufgewühlt. Ich musste ständig an Robinsons Blick denken, der sich regelrecht in mein Herz gebrannt hatte.

In meinen Kopf überschlugen sich die Gedanken wie in einer Achterbahn, ich dachte an die über sieben Milliarden Menschen auf der Welt, die alle irgendein Problem haben, dass keiner von uns weiß, wohin das Leben uns führen wird, und dass das Lebens selbst den Weg oft besser kennt als wir. Unruhig ging ich in meinem Zimmer auf und ab, schaute hin und wieder durch das kleine Fenster und sah eine von Menschen pulsierende Stadt vor mir, bevor ich die restlichen Sachen in den Koffer packte.

Nach über einem halben Jahr würde ich morgen wieder nach Hause fliegen und versuchen, ohne Robert zu leben. Ich fühlte mich wie manche Menschen im November, wenn der blaue Himmel nicht zu sehen ist, die Sonnenstrahlen durch dicke Wolkenschichten verdeckt werden und die Einsamkeit die Trostlosigkeit verstärkt. Zum ersten Mal spürte ich eine Enge in meinem Hals und mein Herz schlug schneller als sonst. Meine Zelle befand sich unter dem Dach des Gästehauses und verfügte nicht über abschließbare Türen.

Dr. Franck hatte mir am Abend zuvor ein Medikament

gegen Migräne verabreicht, als ich in der Nacht von einem Geräusch geweckt wurde. Ich fühlte mich benommen, dennoch war ich mir sicher, etwas gehört zu haben, das verdächtig wie das Splittern einer Glasscheibe geklungen hatte.

Da knistert doch was? Da ist doch was. Oder doch nicht? Im Normalfall wäre ich mit einem Sprung aus dem Bett gewesen, hätte die Tür verschlossen und wäre den befremdlichen Dingen selbst auf den Grund gegangen. Aber was war jetzt noch normal?

Plötzlich wurde ich unruhig. Wenn jetzt doch etwas passierte?

In Sekundenbruchteilen jagten die schlimmsten Schreckensszenarien an meinem inneren Auge vorbei. Ich sah maskierte Männer mit blitzenden Messern, die meine Jungs knebelten, an Stühle fesselten und sich dann mit meinen Habseligkeiten aus dem Staub machten. Und ich sah Robert schmerzverkrümmt auf dem Boden liegen, neben ihm eine Blutlache. Mir brach der pure Schweiß aus.

Auf Zehenspitzen tastete ich im Halbdunkeln nach dem Lichtschalter neben der Tür, drückte die Klinke herunter und öffnete sie. Mutig schlich ich aus dem Zimmer, obwohl ich nicht vorgehabt hatte, das Zimmer zu verlassen. Ich war selbst erstaunt über meine Tapferkeit. Wie von selbst trugen mich meine Beine auf den Flur zum Treppenabsatz. Dort blieb ich stehen und lauschte angestrengt ins Treppenhaus hinunter. Nichts war zu hören oder zu sehen, kein Mucks, kein Geräusch, nur ein leises Blubbern in den Wasserleitungen.

Wahrscheinlich hatte ich mich geirrt oder die Medikamente hatten alle Nebenwirkungen samt Halluzinationen bei mir ausgelöst.

Als ich mich auf dem Treppenabsatz umwandte, vernahm ich erneut ein Geräusch, das sich ganz und gar nicht nach den üblichen morgendlichen Verrichtungen im Kloster anhörte. Es schien aus dem Nebenzimmer gekommen zu sein und hörte sich an, als sei jemand auf Glassplitter getreten. In dem Moment wurde mir klar, dass ich im Begriff war, genau das zu tun, wovon die Polizei immer abriet: *Wenn Sie glauben, dass Einbrecher in Ihrem Haus sind, bringen Sie sich selbst in Sicherheit und versuchen Sie nicht auf eigene Faust zu handeln. Verlassen Sie das Haus oder schließen Sie sich ein und rufen die Polizei.*

Noch einmal lauschte ich. Da war jemand.

Dann war es wieder still, so still, dass ich meinen eigenen Atem hören konnte. Ohne ein Geräusch zu verursachen, schlich ich zurück in meine Zelle und schob den Stuhl mit der Lehne unter die Türklinke in der Hoffnung, dass der oder die Einbrecher sie nicht runterdrücken konnten.

Das Erkerfenster meiner Zelle und das vom Nebenzimmer führten in den Garten, ein Leichtes, hier schnell rein und wieder raus zu kommen. Zumal die Hauswand, an denen sich das Wurzelwerk der Efeuranken festklammerte, wie eine Leiter war.

Einen kurzen Moment hatte ich den gespenstischen Eindruck, allein in diesem Kloster zu sein. Hatte denn keiner außer mir diese ungewöhnlichen Geräusche gehört, schliefen sie alle so fest oder bildete ich mir alles nur ein?

Vorsichtig spähte ich aus dem Fenster, es war geschlossen, die Vorhänge nicht zugezogen. Für gewöhnlich konnte ich die kleine Kirche sehen, die sich am Ende der Straße befand. Aber nach dem Gewitter der Nacht lag ein leichter Nebel über dem Klosterhof und die Sicht reichte nicht weiter als bis zu dem alten Baumbestand unweit des Gartens.

Vergebens kramte ich in meiner Handtasche nach dem Handy, das sich wie immer nicht dort befand, wo es eigentlich hingehörte. Erneut vernahm ich ein leises Knirschen und dann ein Geräusch, das lauter war als zuvor, fast so laut, als sei direkt neben mir etwas umgefallen.

Erschrocken zuckte ich zusammen, spätestens jetzt wurde es Zeit, um Hilfe zu rufen, aber ich stand nur da und rührte mich nicht. Außerdem hatte ich keine Ahnung, um wie viele Personen es sich handelte.

Noch einmal schlich ich zum Fenster und zog die Gardine leicht vor, sodass mein Gesicht verdeckt war. Immer wieder blinzelte ich neugierig heraus und hoffte zu erkennen, was sich im Nebenzimmer abspielte. Plötzlich stockte mein Atem, eine dunkle Gestalt, dicht neben meinem Fenster, bewegte sich geschmeidig wie eine Katze auf dem Dach und ließ sich wenig später an dem Wurzelwerk des Efeus herunter. Kaum erkennbar lief der dunkle Schatten mit schnellen Bewegungen in den Nebelschwaden. Tatsächlich, da war wirklich jemand.

War das Lopez? Hatte er sich im Zimmer geirrt?

Mutig öffnete ich einen Spalt vom Erkerfenster und lauschte in den feuchtwarmen Morgen. Bis auf das Schwirren und Summen der Bienen in der Weißdornhecke war es still. In der Ferne hörte ich das Motorengeräusch eines Autos, das mit quietschenden Reifen davonfuhr.

Lopez, fuhr es mir durch den Kopf, war das Lopez? Hatte er mich bis hierher verfolgt, um sich zu vergewissern, ob Robert noch am Leben war? Wusste er nicht, dass er für tot erklärt worden war? Wollte mich Lopez gar umbringen?

Jetzt waren wieder viele Fragen offen und ich fragte mich, ob wirklich der Sturm schuld an Clemens' Tod gewesen war oder ob nicht doch jemand ein wenig nachgeholfen hatte. Clemens war ein hervorragender Segler, er kannte sich aus, und das war sicher nicht der erste Sturm, in den er geraten war. Jedenfalls konnte die Person nicht ausfindig gemacht werden, die sich kurz nach dem Aufbruch der beiden ein Boot gechartert hatte. Vielleicht aber hatte Lopez jemanden beauftragt, das würde das ominöse Telefongespräch in der Bank erklären. Vielleicht wollte sich die Person nur vergewissern, ob ich Robert gefunden hatte. Immerhin wäre Robert ein Zeuge und somit auch ich.

Der Körperbau des geflüchteten Eindringlings verriet, dass er jung und gelenkig sein musste; sein Gesicht war unkenntlich gewesen, er konnte eine Maske getragen haben. Mein Verstand sagte mir, dass die Person es nicht auf einen Raubzug durch das Kloster abgesehen hatte.

Und wenn es nur ein krimineller Obdachloser gewesen war, der hier zufällig eingedrungen war, den ich aufgeschreckt hatte und der eine Konfrontation mit den Hausbewohnern vermeiden wollte? Ich spürte meinen Herzschlag bis zum Hals und lauschte in die Stille, aber nichts rührte sich. Meine Anspannung stieg, aber es passierte nichts. Mit wenig Gepäck in der Hand verließ ich meine Zelle, in der ich über ein halbes Jahr verbracht hatte. An der Tür schaute ich mich noch einmal um.

Gegen neun Uhr waren alle in der Klosterküche versammelt, um mich zu verabschieden. Keiner hatte etwas von dem Lärm in der Nacht gehört oder etwas gesehen. Nach der unruhigen Nacht war ich froh, dass niemandem etwas passiert war. Alle waren es gewohnt, dass die Türen nicht verschlossen waren.

Bunte Blumen aus dem Garten und frisch gebackenes Brot zierten den schön gedeckten Frühstückstisch. Pater Pieler hielt zum Abschied eine beeindruckende Rede, die mir vermittelte, immer ein gern gesehener Gast zu sein.

Dr. Franck sprach noch einmal sein Mitgefühl aus. Ich hätte zwar Robert nicht gefunden, dafür aber viele neue Freunde. Er sah müde aus und war am Morgen mit dem Taxi gekommen. Ich hatte ihn durchs Fenster beobachtet. Seine dunklen Augenringe legten den Schluss nahe, dass er direkt von der Nachtschicht hierhergekommen sein musste. Sein Verständnis von seiner Tätigkeit endete nie dort, wo für gewöhnlich die Grenzen seines Berufsfeldes verliefen. Er ließ die Menschen nicht allein, nur weil er den Vorschriften Genüge getan hatte und alles Weitere nicht in seinen Zuständigkeitsbereich fiel.

Es fiel mir sehr schwer, von den Menschen Abschied zu nehmen, die mir in den letzten Monaten so sehr ans Herz gewachsen waren. Sie gaben mir dieses wunderbare Gefühl, nicht allein mit meinem Schmerz zu sein. Mit Alex, Pedro und den Kindern würde ich es schaffen, in eine neue Zukunft zu schauen, und darauf bauen können, dass sich irgendwann der Himmel wieder öffnete und die Sonnenstrahlen sichtbar werden ließ. Ich wollte so schnell wie möglich meine Rückreise antreten, ich verzehre mich regelrecht danach, heimzukommen.

Aufgereiht wie ein Chor standen sie alle da, weinten, winkten und lachten. Pater Pieler hatte mir ein Taxi gerufen, das mich sicher zum Flughafen bringen sollte.

Aber es war kein Taxi gekommen.

Kapitel 7

»Christin! Wo willst du hin? Geh nicht fort! Ich habe dich so sehr vermisst.«

Mit der Reisetasche in der einen und dem Rollkoffer in der anderen Hand drehte ich mich wie in Trance um. Als ich aufblickte, wurde ich heftig geblendet. Der Mann, der mich angesprochen hatte, stand direkt in der Sonne. Das Einzige, was ich erkennen konnte, war ein Kopf in einem Lichtkreis. Ich schattete mir die Augen mit der Hand ab, um besser sehen zu können.

»Wer sind Sie«, fragte ich erschrocken und musterte den Mann von oben bis unten.

Der Mann trat aus dem Sonnenlicht hervor, direkt auf mich zu. Beklommen zog er die Schultern hoch und verzog sein Gesicht zu einem Lächeln.

»Christin, ich bin's, Robert …«

Und da war er wieder, der Blick, der sich so sehr in mein Herz gebrannt hatte. Ein fremdes Gesicht, aber Augen, die mir nicht unbekannt waren.

Unsere Blicke hatten sich schon einmal getroffen, an dem Tag, an dem er meine Hand fester als nötig gehalten hatte, aber ich hatte nicht geglaubt, dass so etwas noch möglich war.

Schreiend vor Glück ließ ich meine Reisetasche fallen und rannte in Roberts offene Arme, weinend fiel ich ihm um den Hals.

Die Bewohner starrten auf die Szene, die sich vor ihren Augen abspielte.

»Ihr Mann ist überhaupt nicht tot«, sagte die Frau, die

seit dem Tod ihrer kleinen Tochter im Kloster lebte. Ihr selbst würde das Glück, das Liebste, das sie verloren hatte, wieder in die Arme schließen zu dürfen, nicht zuteil werden, denn sie hatte mitansehen müssen, wie die riesige Welle ihr Kind erfasste und es weit aufs Meer hinaustrug.

»Das ist Robert?«, fragte Ariane, und ihre Stimme klang gedrückt.

»Ja«, flüsterte ich.

»Aber wie um Himmels willen ist das möglich?

»Das gibt es doch nicht, Robert, du hast die ganze Zeit auf der Krankenstation gelegen und ich habe es nicht bemerkt! Das ist ein Wunder, niemand hatte mehr daran geglaubt, dass du lebst, und jetzt stehst du vor mir. Ich kann es nicht fassen.«

Robert wirkte verwirrt, sein Blick schweifte über das Kloster, dann über die Stadt, die im Hintergrund langsam aus dem morgendlichen Dunst erwachte.

»Aber wie bin ich hierhergekommen, was ist passiert, was machen wir hier? Und … warum willst du fortfahren?«

Starr und ungläubig vor Glück standen wir einfach nur da – schauten uns an, mit einer Sehnsucht, die längst vergraben gewesen schien.

Robert massierte sich die Schläfen. Ich sah, wie er versuchte, sich zusammenzureißen, sich zu konzentrieren, etwas zu sagen. Aber es kam nichts mehr. Nach einer Weile wich er unwillkürlich einen Schritt zurück. Diese Anstrengung kostete ihn sichtlich Kraft, es war ihm anzusehen, wie erschöpft er war. Sein Hemd klebte ihm feucht am Rücken, und daran, dass er mehrmals hart schluckte und seine Lippen mit der Zunge befeuchtete, sah ich, dass sein Mund ausgetrocknet war. Plötzlich drehte er sich jäh zur Seite, und ein Schwall Erbrochenes schoss aus seinem Mund. Ich beobachtete beklommen, wie er angestrengt versuchte, die Situation unter Kontrolle zu bringen.

»Robert«, sagte ich und sah, wie unangenehm ihm dieser Moment war. Auch das war ein Erkennungszeichen, dass es mein Robert war. Schon früher konnte er nicht ertragen, wenn ihm etwas aus dem Ruder gelaufen war. Also half ich nach. Ich schilderte die Kurzform seines Aufbruchs nach Brasilien, und ließ den Hinweis nicht aus, dass es Clemens' Idee gewesen war und warum es ausgerechnet Südamerika sein musste.

»Du bist mit Clemens nach Brasilien geflogen, um dort Land zu erwerben und Immobilien zu verkaufen. Du solltest ihn beraten und warst ganz erpicht darauf, ihn zu begleiten. Wir haben nur eine SMS von dir bekommen, dass ihr gut angekommen seid, danach ist jeglicher Kontakt abgebrochen.

In der Zwischenzeit ist Schreckliches passiert, ihr seid mit Clemens' Segelboot unterwegs gewesen und angeblich von einem Sturm überrascht worden. Clemens ist ...«

Robert stand vollkommen regungslos da.

»Was meinst du?«

»Kannst du dich erinnern, was auf dem Boot passiert ist? Jeder kleinste Hinweis wäre von Wichtigkeit.«

Robert schaute mich immer noch nachdenklich an und zuckte mit den Schultern.

»Nein, da ist nichts,«, sagte er betroffen und legte seine Hände an den Kopf.

Ich nahm seine Hand und hielt sie ganz fest, dabei betrachtete ich den Leberfleck, der durch viele kleine Narben fast unsichtbar geworden war.

Ich weinte vor Glück.

Mit dieser Wendung war für Ariane die kleine Romanze zu Ende, bevor sie richtig begonnen hatte. Peinlich berührt stand sie da und brachte kein einziges Wort heraus. Ihr Gesichtsausdruck verriet, dass sie am liebsten im Erdboden versunken wäre. Aber woher sollte sie es auch wissen? Selbst ich hatte es nicht gewusst.

Noch immer unterhielten sich alle Klosterbewohner aufgeregt und diskutierten über das Ereignis, mit dem niemand gerechnet hatte.

Und dann, vom einen auf den anderen Moment, geschah etwas Sonderbares.

Die Bewohner schrien und rannten auf einmal in panischer Angst wirr durcheinander. Das Zwitschern der Vögel verstummte schlagartig, als wie aus dem Nichts eine dunkel gekleidete Gestalt mit einer Pistole in der Hand erschien, die Waffe auf Robert richtete und ohne mit der Wimper zu zucken abdrückte.

Peng!

Stille.

Erstarrt sah ich zu Robert, der seine Augen verdreht hatte, sodass nur noch das Weiße in ihnen zu sehen war. Ein zweiter Schuss war gefallen und traf ihn in der Magengegend. Der erste hatte seinen Brustkorb gestreift. Sein Körper war zu schwer, ich konnte ihn nicht halten, nur noch kurz spürte ich seine Wärme an meiner Brust, dann glitt er wie in Zeitlupe durch meine Hände und fiel zu Boden.

Mein Herz klopfte so heftig gegen die Rippen, dass es schmerzte, aber ich wagte nicht mich umzudrehen. Stattdessen blieb ich mit gesenktem Kopf und zugekniffenen Augen stehen – wartete auf einen weiteren Schuss. Aber er kam nicht. Schließlich drehte ich mich doch um, meine Augen starrten auf den großen Unbekannten, der sich mit kaltem Blick abwandte und aus dem Staub machte.

Ich stürzte zu Robert und beugte mich über ihn, rüttelte an seiner Schulter, versuchte mit ihm zu reden, aber er antwortete nicht.

»Robert, sag doch was. Robert!« Blut sickerte aus dem Bauchraum und durchtränkte sein Hemd. Hastig zog ich meine Jacke aus und drückte sie fest auf die Einschussstelle.

Robert rührte sich nicht.

»Was soll ich nur machen?«, schrie ich in Arianes Richtung. Ariane schlug entsetzt die Hand vor den Mund, ihre Miene starr vor Schreck.

»Wer war das? Hast du den Kerl gesehen?«, fragte sie, kalkweiß im Gesicht.

»Ich habe keine Ahnung«, sagte ich.

»Wollte er wirklich Robert treffen? Der kann doch keiner Fliege etwas zuleide tun. Wir müssen die Polizei rufen«, befahl Ariane.

»Kannst du das übernehmen, Ariane? Ich weiche keinen Schritt von Robert.«

Dr. Frank kniete inzwischen vor Robert, der regungslos am Boden lag. Sein Auto hatte zu weit weg gestanden, um den Notarztkoffer zu holen, bevor der Krankenwagen zur Stelle war.

Dr. Frank legte zwei Finger an Roberts Halsschlagader und atmete scharf ein. Dann riss er ihm das Hemd auf und schaute nach der Schusswunde.

»Ariane, schnell, ich fühle keinen Puls mehr.«

»Was ist mit ihm«, schrie ich verzweifelt und rannte Ariane hinterher, die mit ihrem Telefon Richtung Kloster gelaufen war, um Handyempfang zu bekommen.

Minuten später stoppte der Krankenwagen mit kreischenden Rädern im Hinterhof des Klosters. Zwei Sanitäter sprangen heraus und hasteten in Richtung Dr. Frank. Ich folgte ihnen und sah, wie einer der Sanitäter eine durchsichtige Verpackung aufriss, ein Medikament in einer Spritze aufzog und es Robert in den Arm spritzte. Robert wurde reanimiert.

»Wir haben ihn wieder«, sagte Dr. Frank zu den Sanitätern. »Geben Sie gleich in der Klinik Bescheid«, befahl er, »wir brauchen einen freien OP, der Mann muss sofort operiert werden. Schusswunde!«

Worauf der Sanitäter gleich sein Handy zur Hand nahm und telefonierte.

Vorsichtig legten sie Robert auf die Trage und schoben ihn in den Transportraum. Bevor sie die Türen schlossen, schaffte ich es gerade noch auf den Notsitz im hinteren Teil des Krankenwagens.

»Robert«, sagte ich leise, »du darfst jetzt nicht gehen, hörst du, das darfst du nicht.«

Ich legte meine Wange an seine und flüsterte weiter in sein Ohr.

»Robert, bleib bei mir, hast du gehört? Robert ich bin es, Christin, deine Frau. Wir haben uns gerade erst wiedergefunden, bitte lass mich nicht noch einmal zurück.«

Meine Hand drückte seine und mein Körper war über seinen gebeugt. Ich schaukelte im Krankenwagen hin und her, der mit rasender Geschwindigkeit und heulender

Sirene durch die unebenen Straßen von Campo Grande fuhr. Plötzlich hörte ich jemanden weinen und merkte, dass ich es selbst war.

»Robert, bleibt bei mir! Hast du verstanden? Halte durch, wir sind gleich im Krankenhaus. Robert? Robert!«

Noch nie hatte ich so eine scheiß Angst gehabt. Sein regloser Blick versetzte mich immer wieder in Panik. Der Sanitäter überprüfte ständig seine Atmung und warf mir einen bedeutungsvollen Blick zu.

Plötzlich stand der Wagen, endlich waren wir in der Notaufnahme angekommen. Die hinteren Türen des Krankenwagens wurden geöffnet, Personal in grünen Kitteln und weißen Mänteln schob Robert von mir weg. Türen öffneten sich automatisch und verschluckten Robert und das Ärzteteam in einem dunklen Tunnel.

Als sich die Türen der Notaufnahme wieder geschlossen hatten, stand ich wie gelähmt mit weichen Knien und allein da und hielt mich am Türrahmen fest. Ich hatte Robert gefunden und gleich wieder verloren.

»Wird er es schaffen?«, rief ich den Sanitätern hinterher, aber meine Frage verhallte im Nichts.

Das Klinikum verfügte über einen umfassenden Notfall-Service. Ariane hatte mich beruhigt und gesagt, Robert sei dort in guten Händen: »Schließlich haben wir ihn schon einmal zusammengeflickt.«

Aufgeregt betrat ich den Eingangsbereich des Krankenhauses und suchte verwirrt die Notaufnahme. Portugiesisch sprach ich nicht, also versuchte ich mein Glück in Englisch. Zum ersten Mal verfluchte ich den Umstand, dass ich keine andere Sprache als Englisch beherrschte.

»*Please can you help me, I'm Mrs. Fritsch, my husband Robert was admitted to the hospital, where do I find him?*«

Eine genervte Schwester zeigte auf die Hinweistafeln. Ich verstand, dass ich den Schildern zur Kardiologie folgen musste. Dorthin hatten sie Robert gebracht.

Es war ein modernes Krankenhaus. Über Betontreppen, vorbei an riesigen Glasfronten und kleinen Sitzgruppen, lief ich den endlosen Flur entlang. Den Hinweisschildern zu folgen, war ein Leichtes, Symbole kannten Gott sei Dank keine verschiedenen Sprachen.

Die Suche dauerte eine Ewigkeit, so groß kam mir das Krankenhaus vor. Nach der Allgemeinmedizin, Kinderheilkunde und Traumatologie gelangte ich endlich in die Kardiologie. Auf dem Flur der Aufnahmestation gab es eine kleine Sitzgruppe. Verzweifelt setzte ich mich auf einen der Sessel und wartete auf eine Nachricht. Kurz darauf bemerkte ich, dass ich dringend zur Toilette musste. Immer in aufregenden Situationen ging es mir so.

Mein Spiegelbild auf der Toilette erschreckte mich. War ich das wirklich? Nichts war mehr zu sehen von der Bräune, die mir die brasilianische Sonne verliehen hatte. Der Spiegel zeigte ein fahles, erschöpftes Gesicht, eingefallen und von Tränen verschmiert. Die Tatsache, dass meine helle Jeans und das weiße T-Shirt völlig verschmutzt waren, tat ein Übriges. Schließlich ging ich zurück auf die Station der Kardiologie.

Die Zeit bekommt eine andere Dimension, wenn man stundenlang warten muss. Ich hatte immer noch nichts von dem begriffen, was sich in den letzten Stunden ereignet hatte.

Wie in Trance ging ich den Korridor auf und ab; das

Warten machte mich wahnsinnig. Ärzte und Krankenschwestern eilten vorbei, ohne mich zu beachten. Der Sanitäter, der Robert vom Kloster abgeholt hatte, war auf dem Weg zurück zu seinem Krankenwagen. Beim Vorbeigehen hatte er mir einen kurzen Blick zugeworfen und versucht, seine Betroffenheit zu verbergen.

Nachdem ich fast zwei Stunden gewartet hatte, zeigte mir ein Pfleger die Cafeteria, die für Patienten und Angehörige kostenlos Kaffee und Tee zur Verfügung stellte. Wie betäubt setzte ich mich auf einen der Plastikstühle und starrte die weiße Wand an. Wenn ich die Augen schloss, sah ich, wie Robert vor Schmerz sein Gesicht verzog, bevor er sein Bewusstsein verlor.

Immer wieder blätterte ich in den Zeitschriften, um mir die Wartezeit zu verkürzen. Ich wusste irgendwann nicht mehr, was ich tun sollte, immer den Blick auf die Operationssäle gerichtet.

In einem davon lag Robert.

Lebte er, oder war er schon tot und jemand hatte ihm in diesem Moment vielleicht schon ein Laken über den Kopf gezogen? Ab und zu registrierte ich, wie meine Hände zitterten, wusste aber nicht genau, ob es an Unterzuckerung lag oder Erschöpfung, aber irgendwie war mir der Gedanke zu viel, etwas zu essen.

Außerdem war ich ohne meine Handtasche aufgebrochen, ich besaß weder Geld noch ein Handy, noch konnte ich mich ausweisen. Nicht einmal die Kinder konnte ich anrufen.

Meine Unruhe stieg von Minute zu Minute. Ich hatte die Augen geschlossen und betete, wie schon zuvor an den Tagen in der Klosterkapelle. Meine Bittrufe waren schon einmal erhört worden, ich hatte Robert gefunden.

Das Geräusch der Schwingtüren hatte mich aufgeschreckt, ich sah Ariane mit ausgebreiteten Armen eilig auf mich zulaufen. Sie keuchte leise, während sich Pater Pieler scheinbar ohne jede Anstrengung hinter ihr her bewegte.

»Weißt du schon was?« Liebevoll legte sie ihre Arme um mich. »Christin, wenn ich gewusst hätte, dass es Robert ist ... ich hätte doch nicht ... ich kann es immer noch nicht fassen.«

»Niemand konnte das wissen, Ariane. Du am allerwenigsten. Mir tut es leid, dass du jetzt enttäuscht bist. Ich hatte mich für dich gefreut. Ehrlich!«

»Er wird es schaffen, du wirst sehen.«

»Ist das nicht ein Wunder?«, sagte Pater Pieler, »unsere Gebete sind erhört worden.« Mit gefalteten Händen setzte er sich auf einen der Stühle.

»Ariane, ich bin froh, dass du da bist, ich glaube, hier weiß niemand, dass ich zu Robert gehöre. Hier spricht niemand meine Sprache.«

»Hier, ich habe dir deine Handtasche mitgebracht, du möchtest sicher deine Kinder anrufen.«

»Danke, dass du daran gedacht hast.«

»Christin, die Polizei möchte mit dir sprechen. Fühlst du dich in der Lage dazu?« Ariane zeigte auf den Beamten, der nach ihr durch die Schwingtür gekommen war.

»Frau Fritsch, ich bin von der Bundespolizei, Lukas Fernandez ist mein Name, können wir uns kurz unterhalten? Ihr Mann ist nicht vernehmungsfähig, wie uns der Arzt mitgeteilt hat. Können Sie sich vorstellen, warum jemand es auf Ihren Mann abgesehen hat?«

»Nein«, sagte ich, »es ist mir ein Rätsel. Wir dachten doch alle, er sei tot. Und dann die Schüsse, das passt doch nicht.«

»Frau Fritsch, ich habe am Morgen mit den Kollegen in Rio de Janeiro gesprochen, wir vermuten, dass der Mordanschlag etwas mit dem Unglück auf See zu tun hat. Deshalb müssen wir davon ausgehen, dass der Anschlag vielleicht Ihnen gegolten haben könnte. Wenn es so wäre, warum? Haben Sie eine Ahnung?«

»Vielleicht ist es wichtig für Sie, ich habe gestern Nacht eine Gestalt gesehen, die sich an meinem Fenster vorbeigeschlichen hat. Leider konnte ich nicht viel erkennen. Außerdem hatte ich Angst, man weiß ja nie, wozu die fähig sind. Zuerst dachte ich, es wäre alles Einbildung. Aber dann habe ich die Gestalt gesehen und mich gefragt, ob es Zufall war, dass sie im Zimmer nebenan eingestiegen ist.«

Lukas Fernandez hatte sich inzwischen auf der Sitzgruppe niedergelassen und die Einzelheiten mitgeschrieben.

»Das wird ein schönes Stück Arbeit, die ganzen Klosterbewohner zu vernehmen«, sagte er, »aber es hilft nichts. Vielleicht bringt uns das Projektil weiter. Gab es noch andere Vorfälle, bei denen Ihnen etwas komisch vorgekommen ist? Wenn Ihnen noch irgendetwas einfällt, bitte zögern Sie nicht, mich anzurufen. Hier, meine Karte. Sobald Ihr Mann aus dem OP ist, wird ein Polizist sein Zimmer bewachen. Sie sollten auch vorsichtig sein, Frau Fritsch, solange wir nicht wissen, worum es hier eigentlich geht. Möchten Sie zur Sicherheit nicht in ein Hotel ziehen? Ich könnte Personenschutz für Sie beantragen, bis wir wissen, ob auch Sie in Gefahr sind«, fügte Fernandez hinzu. »Und dass Sie das Land nicht verlassen dürfen, brauche ich Ihnen ja nicht zu sagen, wenigstens nicht in den nächsten Tagen. Sobald wir Neues in Erfahrung gebracht haben, melden wir uns bei Ihnen. Alles Gute für Ihren Mann, und passen Sie auf sich auf.«

Wenig später öffnete sich die Tür vom Operationssaal. Ein Arzt in grüner Kleidung kam auf uns zu.

Meine Beine zitterten, meine Stimme versagte, und um mich herum wurde es dunkel.

Bevor ich zu Boden fiel, spürte ich eine stützende Hand unter meinem Arm. Dr. Frank hatte mich auf einen der Besucherstühle gesetzt und fühlte meinen Puls.

»Bleiben Sie sitzen, Christin, ich hole Ihnen etwas zur Beruhigung«, sagte er besorgt. »Das ist ja kein Wunder, bei dem, was Sie heute erlebt haben. Sie sind ja kreidebleich. Im Augenblick ist der Zustand Ihres Mannes stabil. Die Kugel im Bauchraum haben wir entfernt, der erste Schuss hatte nur die Schulter gestreift, aber er hat ziemlich viel Blut verloren. Was mir mehr Sorgen bereitet, sind seine Herzrhythmusstörungen. Ich habe mir seine Krankenakte noch einmal angesehen. Seine Herzrhythmusstörungen waren schon bei seiner ersten Einlieferung ein Problem. Mehr kann ich Ihnen im Moment nicht sagen, wir müssen abwarten.«

Nachdenklich schaute er mich an und konnte einen Seufzer nicht unterdrücken. Dann sagte er noch:

»Wissen Sie, es gibt zwar keine sicheren Prognosen bei Traumata dieser Art, aber ich vermute, als sein Erinnerungsvermögen zurückkam, hat er sich stark aufgeregt, das wird die Herzrhythmusstörungen wieder ausgelöst haben. Wie gesagt, es gibt keine Prognosen, Erinnerungen gehen verloren oder werden lückenhaft, manchmal kommen sie auch ganz zurück. Irgendetwas ist in dem Moment ausgelöst worden, als Sie abreisen wollten. Warten wir ab, sobald Ihr Mann sich erholt hat, lassen wir ihn aus dem Koma erwachen. Dann werden wir mehr wissen.«

»Kann ich ihn sehen?«

»Ja, aber bitte nur kurz, Schwester Anna begleitet Sie.«

Alle drei sahen mich an und plötzlich war ich unglaublich erleichtert, dass sie bei mir waren. Als Pater Pieler dann noch seinen Arm um mich legte und sagte: »Wir werden für Ihren Mann beten«, fing ich endlich an zu weinen. Der Druck hatte sich gelöst und ich ließ meinen Tränen freien Lauf.

Dr. Frank und Ariane waren in die Kantine gegangen. Sie hatten gemeinsam schon viele Fälle auf der neurologischen Station betreut. Ariane hatte vor einiger Zeit schon einmal in seinem Team als Krankenschwester gearbeitet und auch Robert hatte zu ihren Patienten gehört. Niemand wusste damals, woher er kam und wer er war. Er war *der Gestrandete*. Der Mann ohne Namen, ohne Gedächtnis und ohne Papiere. So nannten sie diesen Patienten, der jetzt endlich einen Namen hatte. Robert Fritsch, der Banker aus Deutschland.

Ein Fischer hatte ihn leblos am Strand gefunden. Er hatte furchtbar ausgesehen, außerdem wusste niemand, wie lange er dort schon gelegen hatte. Der Fischer alarmierte den Rettungsdienst, wenig später wurde Robert mit dem Hubschrauber ins Krankenhaus gebracht.

»Ich erinnere mich noch sehr gut an seinen Anblick«, sagte Dr. Frank und erzählte die Geschichte von dem

Mann, der ohne Namen eingeliefert worden war. »Ein zerrissenes T-Shirt und eine Badehose, das war alles, was er am Leib trug. Sein ganzes Leben hing an diesen zwei Kleidungsstücken. Er war völlig ausgetrocknet, sein Körper blutverschmiert und in seinem Bein steckte ein Stück Holz, es sah schlimm aus. Wir haben ihn operiert und seine Wunden versorgt. Danach ist er nicht mehr aus der Narkose aufgewacht. Vier Monate hatte es gedauert, bis er wieder zu sich kam. Ariane hatte ihre ganze Fürsorge in seine Genesung gesteckt und, wie man gesehen hat, mit Erfolg.«

Ariane hatte immer gedacht, dass sie längst mit dem Thema abgeschlossen hatte, doch dann verliebte sich in den Gestrandeten ohne Namen. Jeden Tag hatte sie am seinem Bett gesessen und gehofft, dass er aufwachen würde und sie irgendwann seine Lebensgeschichte erfahren würde.

»Wo bin ich hier? Und wer sind Sie?«, hatte Robert gefragt, als er langsam zu sich gekommen war. Ängstlich hatte er sich umgesehen.

»Sie sind in der Klinik Santa Maria und ich bin Schwester Ariane.«

»Warum bin ich hier? Ich kann mich überhaupt nicht erinnern, wie bin ich hierhergekommen? Was ist denn mit mir passiert?«

Robert war in Panik ausgebrochen. Der Monitor, der Roberts Werte überwachte, gab ein Signal ab.

»Bleiben Sie ruhig, Sie dürfen sich nicht aufregen. Ein Fischer hat Sie am Strand gefunden und gedacht, Sie wären tot. Jedenfalls hat es so ausgesehen. Können Sie sich erinnern? Waren Sie vielleicht auf einem Schiff?«

»Ich weiß es nicht ...«

»Wissen Sie, manchmal ist es ein Schutz, sich nicht zu erinnern, und manchmal braucht es nur einen ganz kleinen Schubs und die Erinnerungen sind wieder da. Sie müssen sich beruhigen, wir werden herausfinden, wer Sie sind, und bis dahin bleiben Sie erst einmal hier. Außerdem müssen Sie wieder gesund werden. Bei Dr. Frank sind Sie in guten Händen, der hat Sie übrigens wieder zusammengeflickt. Sie sahen schlimm aus, als Sie zu uns kamen. Ihre Wunden sind noch nicht ganz verheilt, sie müssen täglich gesäubert und neu verbunden werden, eine Entzündung können Sie sich nicht leisten.«

»Was fehlt mir denn?«

»Sie leiden an schweren Herzrhythmusstörungen, die müssen wir in den Griff bekommen. Die Wunden am Rücken verheilen gut, Ihr Bein mussten wir operieren, Sie hatten eine große Fleischwunde, die sich entzündet hatte, es war allerhöchste Zeit. Mit einer Blutvergiftung ist nicht zu spaßen. Aber machen Sie sich keine Sorgen, Sie sind ganz schön zäh. Können Sie sich denn an *gar* nichts erinnern? Wissen Sie, wie Sie heißen?«

»Nein, nichts, ich weiß ja noch nicht einmal, ob ich mir das hier leisten kann.«

»Bis das geklärt ist, sind Sie unser Patient. Dr. Frank hat noch nie jemanden weggeschickt. Außerdem wäre es unverantwortlich, Sie in ihrem Zustand auf die Straße zu schicken. Sie wissen doch gar nicht, wohin.«

Mit Arianes Hilfe hatte er versucht, seiner eigenen Identität auf die Spur zu kommen. Aber seine Vergangenheit blieb weiterhin verschüttet.

Nach einigen Wochen war er so weit stabil. Die Behörden hatten auch nichts in Erfahrung bringen können, vermisst wurden viele Menschen in Campo Grande, aber keiner, der so aussah wie er. Also brachte man ihn ins Kloster.

»Und den Rest der Geschichte kennen Sie ja«, sagte Dr. Frank.

Ich schaute verbissen, als eine Schwester kam und mir Schutzkleidung und Mundschutz gab, danach brachte sie mich auf die Intensivstation zu Robert.

»Robert? Kannst du mich hören?«, flüsterte ich, als ich wenig später an seinem Bett stand. Ich nahm seine Hand und drückte sie leicht an mein Herz. Die andere war mit Messapparaten verbunden. Ich hatte Bedenken, Robert zu berühren, weil er an so viele Schläuche, Tropfe und Monitore angeschlossen war.

Einen Moment glaubte ich selbst ohnmächtig zu werden, als ich die Sauerstoffmaske über Mund und Nase sah und sein Gesicht, das so weiß wie Schnee war. Ein Monitor zeichnete seine Werte auf, mal blinkten sie grün, dann wieder orange.

Alles war so unwirklich, ich konnte immer noch nicht glauben, was sich in den letzten Stunden hier abgespielt hatte. Noch vor ein paar Stunden wollte ich nach Hause fliegen, und jetzt stand ich vor Roberts Krankenbett und betete, dass er durchkäme. Es war kein Traum, sondern Wirklichkeit. Er lag da, regungslos, friedlich und still. In einer Millionenstadt hatte ich ihn tatsächlich wiedergefunden. Meinen Robert!

In meinem Kopf wiederholten sich immer und immer wieder die gleichen Worte: *Lieber Gott, lass ihn wieder gesund werden, lass ihn wieder gesund werden.*

Schnell wurde mir bewusst. Wenn es diesen Mann nicht schon gäbe, müsste man ihn erfinden. Außerdem war mir in den letzten Monaten klar geworden, dass man manchmal alles im Leben auf den Prüfstein stellen muss, um das Bewährte neu zu entdecken, und dass eine Katastrophe nicht unbedingt das Ende sein muss.

Bevor ich das Krankenzimmer verließ, legte ich noch einmal meine Wange an seine und spürte seine warme Haut, die nach Desinfektionsmittel roch.

»Ich bin's, Robert«, sagte ich, »Christin, deine Frau, mach dir keine Sorgen, alles wird gut, alles wird gut.«

Eine Krankenschwester kam herein und bewegte sich leise um sein Bett, las Roberts Werte ab und überprüfte seinen Puls. Zufrieden nickte sie mir zu, bevor sie ging und die Tür ins Schloss fallen ließ.

Pater Pieler hatte in der Besucherecke auf mich gewartet. Er sagte nichts, als er mich sah. Ich nickte kurz, und er strich mir sanft über den Rücken. Als ich unwillkürlich aufschluchzte, legte er mir mitfühlend seine Hand auf den Arm.

»Ich bringe Sie zurück ins Kloster, ich glaube, wir haben alle eine Pause verdient«, sagte er. »Ihr Mann ist hier in guten Händen, und morgen ist ein neuer Tag.«

Kurz hatte ich den Zustand meiner Hose registriert und freute mich auf eine Dusche und saubere Sachen. Wenig später fuhren wir mit Pater Pielers altem Golf, der noch älter zu sein schien als die Sitzkissen im Seminarraum, durch die holprigen, verstaubten Straßen der Stadt. Mit jedem Schlagloch spürte ich den schlechten Zustand der Federung in meinem Rücken.

Es war bereits dunkel, als wir das Kloster nach der

abenteuerlichen Autofahrt erreicht hatten. In der Küche herrschte noch immer reger Betrieb. Ariane und Schwester Agneta hatten ein ausgiebiges Abendmahl vorbereitet. Überall brannten Kerzen, es roch nach frisch gebackenem Brot, selbst gezogenen Tomaten und Basilikum. Bei dem Duft von Arianes Rinderpastete lief mir das Wasser schon am Eingang im Mund zusammen. Sie hatten sich alle so viel Mühe gegeben und Robert war das Ereignis des Tages, das wie ein Lauffeuer durch das Kloster gegangen war.

»Wir sollten in die Kapelle gehen und für Robert beten«, erinnerte Pater Pieler.

Das taten alle, auch die Neuankömmlinge, die nicht mitbekommen hatten, was sich an diesem Tag ereignet hatte.

»Danke«, sagte ich, »ihr seid wunderbar.«

»Übrigens«, fügte Ariane hinzu, und schenkte jedem ein kleines Glas Wein ein. »Wenn das kein Grund zum Feiern ist …« Sie hatte den Wein mit Wasser verdünnt, damit er für alle ausreiche.

»Die Polizei kommt morgen noch einmal vorbei«, sagte sie. »Sie haben alle Bewohner verhört und ihre Personalien aufgenommen. Keiner hat den Typ richtig gesehen, alles ist so schnell gegangen. Mit dir wollen sie auch noch sprechen. Hast du in der Zwischenzeit eine Idee, wer Robert so etwas antun könnte?«

Ich sah Ariane verwundert an.

»Nein, nicht wirklich.«

»Dr. Frank hält deinen Robert für einen Kämpfer, er hat gesagt, wer das überlebt hat, der ist hart im Nehmen. Und wer zweimal so viel Glück hatte, der hat nicht nur einen guten Schutzengel, sondern auch einen Vertrag mit dem lieben Gott. Wenn er jetzt noch seine Herzrhythmusstörungen in den Griff bekommt, hat er gute Chancen, wieder gesund zu werden.«

Ich drückte dankbar ihre Hand.

Ariane erwiderte den Druck mit einem liebevollen Lächeln, dann sagte sie:

»Dr. Frank hat mich heute gefragt, ob ich nicht wieder in seinem Team arbeiten möchte. Er hat mir eine Stelle als Stationsschwester angeboten. Hab ich dir das schon erzählt?«

»Nein«, sagte ich, fragte aber nicht weiter, meine Gedanken waren plötzlich ganz woanders.

»Hey, Christin, weinst du? Was ist mit dir? Du zitterst ja.«

»Ich dachte … ich dachte an den Einbrecher, der letzten Nacht ins Nebenzimmer eingestiegen ist. Und mir ist etwas aufgefallen. Als wir auf dem Markt eingekauft haben, habe ich den Mann gesehen, der auch als Gast im Hotel gewesen war. Der hat mich so sonderbar angesehen. Richtig unheimlich. Was, wenn er doch hinter Robert her war? Vielleicht hat er ihn schon viel früher erkannt, oder war er hinter mir her? Sollte ich am Ende getroffen werden. War das Lopez?«

»Hast du das alles der Polizei erzählt?«

»Robert steht unter Polizeischutz und ich werde ab morgen bei ihm im Krankenhaus übernachten, außerdem lasse ich mich nicht so schnell einschüchtern.«

»Gut.«

»Du verstehst dich gut mit diesem Dr. Frank«, lenkte ich vom Thema ab.

»Ja, er ist großartig und als Arzt eine Koryphäe auf seinem Gebiet. Er ist wie sein Vater. Der Senior kam damals aus Deutschland mit einem Team von *Ärzte ohne Grenzen* hierher und ist geblieben. Erst letztes Jahr ist er in Pension gegangen, er genießt jetzt sein Rentnerdasein und liegt mit seiner schönen Frau am Strand. Unweit der Copacabana haben sie ein Ferienhaus.«

Plötzlich grinste sie ein wenig verlegen.

»Wir hatten mal eine kurze Affäre, aber das war lange vor meiner Heirat. Dr. Frank ist wirklich ein guter Arzt, aber als Mann sehr sensibel. Er lässt seine Patienten nicht im Regen stehen und sie vertrauen ihm. Ich hatte mich schon damals gefragt, ob er nicht zu emotional ist für diesen Beruf. Ob er das, was er sieht und erlebt, nicht viel zu nah an sich herankommen lässt. Aber du gehst kaputt daran, wenn du keinen Abstand bekommst. Distanz war für ihn schon immer ein Fremdwort. Paulo hat auch auf seiner Station gelegen, er war sein behandelnder Arzt, er wusste, wie es um ihn stand.«

»Und, könntest du dir noch einmal eine Beziehung vorstellen?«

»Ich bin noch nicht bereit für eine neue Beziehung. Es gibt die Zeit der Trauer und es gibt die Zeit danach, jetzt ist es Zeit, mein Leben wieder neu auszurichten, und ich möchte nichts mehr überstürzen.«

»Ja, lass dir Zeit, Ariane, es kommt der Tag, da kannst auch du dich wieder verlieben. Selbst wenn du dir das jetzt noch nicht vorstellen kannst.«

Ich sah sie an und dachte an all das, was sie mir in den letzten Wochen gegeben hatte, ohne es überhaupt zu wissen. Selbstvertrauen, Verständnis und eine Freundschaft, die mir sehr wichtig geworden war.

»Was ist mit dir? Hast du Alex schon erreicht, oder …«
Die Frage kam so unvorbereitet, dass ich zusammenzuckte. Verlegen suchte ich nach Worten, bevor ich antworten konnte.

Ariane riss die Augen auf.

»Du hast es ihm noch nicht gesagt?«

»Nein, ich hatte noch keine Gelegenheit, ich muss ihn dringend informieren, ich weiß.«

»Ich bin gespannt, wie … wie er reagiert. Nun ja. Alex hat sich doch bestimmt Hoffnungen gemacht. Nach dem, was du von ihm erzählt hast, wird das nicht einfach für ihn. Welcher Mann begleitet eine Frau bis nach Brasilien und bringt solche Opfer? Alex hat Gefühle für dich, das ist doch ganz offensichtlich?«

»Ich kenne Alex gut, er ist ein wunderbarer Freund und wird sich für mich freuen.«

»Es gibt Dinge, meine Liebe, die sind nie ganz vorbei«, entgegnete sie. Mit einem süffisanten Lächeln auf den Lippen verließ sie die Küche.

Kapitel 8

Die nächsten zwei Wochen verbrachte ich jeden Tag bei Robert im Krankenhaus. Vor seinem Zimmer hatte die Polizei einen Wachmann postiert, der alle vier Stunden abgelöst wurde. Ich fühlte mich sicher.

Roberts Werte verbesserten sich von Tag zu Tag, und als Privatpatient bekam er die bestmögliche Behandlung.

Einmal war ich zurück zum Kloster gefahren, Ariane hatte mir eine genaue Wegbeschreibung zum Krankenhaus gegeben. Es gab weder ein Navigationsgerät noch eine Straßenkarte im Auto, und als ich im dichten Straßenverkehr unterwegs war, hatte ich alles schon wieder vergessen. Hinzu kam meine Angst, dass mich dieses marode Gefährt von Pater Pieler im Stich lassen würde. Ich betete inständig, dass es durchhielt. Der Golf war nicht nur uralt, verbeult und verrostet, er hatte auch noch nie eine Werkstatt gesehen. Beim Bremsen musste ich jedes Mal das Pedal bis zum Bodenblech durchtreten und hoffte, dass er rechtzeitig zum Stehen kam.

Einige Male fuhr ich im Kreis, Straßenschilder hatte ich nicht beachtet oder Ausfahrten verpasst. Mit der Zeit hatte ich rechts und links durcheinandergebracht, schaffte es aber wie durch ein Wunder, die Klinik zu erreichen. Erleichtert stellte ich den Wagen auf einen freien Platz und stieg aus. Abschließen war zwecklos, das Schloss war derart verrostet, dass ich mich nicht einmal traute, den Schlüssel dort hineinzustecken.

Wie lange würde dieses Auto noch durchhalten?, fragte ich mich, und wenig später gefiel mir der Gedanke, dem

Kloster eine großzügige Spende zukommen zu lassen. Hier war das Geld sinnvoll investiert und Robert würde das sicher genauso sehen. Clemens Lutz und Alberto Alvarez hatten schließlich dafür gesorgt, dass es uns gut ging, und letztlich hatten wir den Mönchen viel zu verdanken.

Während die Krankenschwester nach Robert sah, seine Werte notierte, die Urinflasche wechselte und eine neue Infusion anlegte, saß ich geduldig auf dem Stuhl und beobachtete ihr Tun. Als ich sie ansah, verzog sie leicht das Gesicht; ich wollte nachhaken, traute mich dann aber doch nicht. Außerdem verstand ich nur Bruchstücke von ihrem Portugiesisch.

Robert schlief tief und fest. Sein Herz schlug in einem gleichmäßigen Rhythmus und sein Gesicht nahm langsam wieder Farbe an. Nachdem die Schwester gegangen war, legte ich mich behutsam neben ihn und nahm seine Hand, um eine Verbindung zwischen uns herzustellen. Ich hatte gelesen, dass Komapatienten in ihrem Unterbewusstsein viel mitbekommen, und war voller Hoffnung, Robert in dieser Form zu erreichen.

Ich erzählte ihm von Alex, der Idee mit dem Buch-Café, von Pedro, der sich um alles kümmerte, während ich hier war, und von den Menschen, die für mich da waren, als das schreckliche Unglück geschehen war.

Tag für Tag saß ich an Roberts Bett und wartete voller Anspannung, aber auch mit dem ungkute Gefühl, ihn wieder zu verlieren, auf den Tag, an dem Dr. Frank ihn aufwachen lassen würde. Fortlaufend stellte ich mir die Frage, was passieren würde, wenn noch Komplikationen aufträten oder er seine Erinnerungen wieder verlieren würde.

Würde er jemals wieder ein ganz normaler Mensch sein können, ein ganz normales Leben führen? Würden wir gemeinsam wieder auf der Veranda sitzen können, Rotwein trinken und Pläne für die Zukunft schmieden, oder war es nur der Wunsch, dass alles wieder so wird wie vor diesem schrecklichen Unglück? Waren es falsche Hoffnungen, die ich mir machte?

Zwei weitere Wochen waren vergangen, als Dr. Frank begann, die Medikation zu reduzieren. Roberts Werte hatten sich zunehmend verbessert. Die Zeit des Aufwachens war näher gerückt.

Ein Ärzteteam bewegte sich im Aufwachraum um Roberts Bett. Routiniert hantierte das Team an den Monitoren und Geräten, die sein Aufwachen begleiteten. In regelmäßigen Abständen überprüften sie seine Werte und beurteilten die Wirksamkeit der klinischen Maßnahmen.

»Wie ein morgendliches Erwachen aus dem Tiefschlaf«, so hatte mir Dr. Frank das Aufwachen aus dem künstlichen Koma beschrieben. Ich wich keine Sekunde von Roberts Seite.

Wird er es schaffen? Wird alles gut gehen?, fragte ich ungeduldig und trat von einem Fuß auf den anderen. Immer noch hatte er die Augen geschlossen.

Dr. Frank nickte zuversichtlich.

»Bleiben Sie ganz ruhig«, sagte er, »gehen Sie einen Kaffee trinken, Frau Fritsch, oder ruhen Sie sich ein wenig aus, wir rufen Sie sofort, sobald sich hier etwas ändert. Das kann aber noch dauern«, versicherte er.

Ein anderer Arzt hob Roberts Augenlider und leuchtete mit einer winzigen Taschenlampe in seine Augen, um die Sinneswahrnehmungen zu prüfen. Ich war viel zu aufgeregt, um Kaffee zu trinken. Die Anspannung stieg, die Angst, Robert würde mich vielleicht nicht mehr erkennen oder sogar einen Infarkt erleiden, war kaum zu ertragen.

Auf Anraten von Dr. Frank war ich dann doch auf den Flur gegangen und den Korridor auf und ab gelaufen, dann zur Toilette. Ich hoffte, dass ich nicht ganz so schrecklich aussah, wie ich mich fühlte. Doch der Spiegel kannte kein Erbarmen. Meine Haare klebten im Nacken, mein Gesicht war gerötet, und der Schweiß lief mir mittlerweile den Rücken hinunter. Meine Hände waren klatschnass. Ich fühlte mich müde und hilflos, aber was hatte ich auch erwartet? Dass Robert fröhlich aus seinem Tiefschlaf erwacht, aufsteht und mir in die Arme läuft? Ich musste dankbar sein und meine Erwartungen der Realität anpassen.

Es war noch heißer als am Vortag, die Luft mit Feuchtigkeit gesättigt. Ein Gewitter wäre nicht schlecht gewesen, aber der Himmel versprach beim Hinaussehen etwas anderes. Es war fast unverschämt blau.

Glücklicherweise war ich allein auf der Toilette. Ich hielt meine Wasserflasche unter die Armatur und füllte sie mit Leitungswasser, nahm einen kräftigen Schluck, wusch Gesicht und Hände und schaute noch einmal in den Spiegel über dem großen Waschbecken. Meine dunklen Augenränder waren nicht zu übersehen und mein Teint wirkte fahl. So wollte ich Robert nicht unter die Augen treten. Ich zog den farblosen Lippenstift aus der Hosentasche, fuhr zweimal über meine trockenen Lippen und legte ein wenig Sonnencreme auf – die kleine Aufmerksamkeit aus dem Fünf-Sterne-Hotel, die ich seit meiner Ankunft immer bei mir trug und die jetzt zum Einsatz kam. Mit den

Fingern kämmte ich mir kurz durch die verschwitzten Haare und band sie erneut mit dem Gummi zusammen.

Auf dem Weg zurück zur Station sah ich Ariane wie eine Marathonläuferin die Treppe hinaufhetzen. Sie lächelte erleichtert, als sie mich sah.

»Und, ist Robert schon wach?« Sie starrte mich erwartungsvoll an und fächelte sich mit beiden Händen heftig Luft zu.

»Nein, noch nicht. Dr. Frank meint, es kann noch ein bisschen dauern.«

Ariane nickte und sah mich mitfühlend an.

»Ich habe Angst, Ariane, Angst, ihn noch einmal zu verlieren. Ich schaffe das nicht noch ein zweites Mal.«

»Ich weiß, Christin, ich weiß genau, was du gerade durchmachst. Aber Robert ist hier in den besten Händen, sie tun alles, was in ihrer Macht steht.«

Sie nahm meine Hand und hielt sie ganz fest.

»Es wird schon alles gut gehen«, füsterte sie.

Als wir wenig später auf dem Flur der Intensivstation standen, öffnete sich die Tür von Roberts Zimmer und Dr. Frank trat heraus.

»Frau Fritsch – es ist so weit, Ihr Mann kommt langsam zu sich.«

Auf Zehenspitzen betrat ich das Zimmer. Mein Herz pochte heftig und meine Hände zitterten. Ein älterer Mann in einem weißen Arztkittel stand an Roberts Bett. Er war Anfang bis Mitte sechzig und hatte dunkles, an den Schläfen ergrautes Haar. Unter dem offenen Kittel trug er eine schwarze Stoffhose, dazu Hemd und Krawatte. Neben ihm stand eine Schwester, sie hielt ihm aufgeschlagen eine dünne Mappe hin, eine andere wischte dem Arzt mit einem Tuch die Schweißperlen von der Stirn.

Der Mann in Weiß blätterte zögernd die Seiten um und wieder zurück. Dabei kam an seinem Handgelenk eine goldene Armbanduhr mit großem Ziffernblatt zum Vorschein – sie sah teuer aus. Seine Anweisungen sprach er leise und auf Portugiesisch. Ich verstand kein Wort von dem, was er sagte. Auf einmal hob er seinen Kopf und sah in meine Richtung.

»Frau Fritsch, nehme ich an! Ich bin Dr. Frank senior. Mein Sohn bat mich, beim Erwachen Ihres Mannes dabei zu sein. Schließlich haben wir so einen Fall nicht alle Tage.«

Ich nickte und warf einen kurzen, dankbaren Blick auf seinen Sohn, der neben mir stand und nickte. Mit so viel Fürsorge hatte ich nicht gerechnet.

Roberts Atmung wurde schneller, seine Augen öffneten und schlossen sich mehrmals hintereinander, unruhige Bewegungen begleiteten die Aufwachphase.

Alle Blicke des Ärzteteams waren auf ihn gerichtet, als sich Roberts Augen stabilisierten und er begann, in die Gesichter derer zu blicken, die im Kreis um ihn herumstanden.

Bei Dr. Frank senior blieb sein Blick hängen. Robert murmelte irgendetwas, ich stand neben ihm, verstand ihn aber nicht und beugte mich zu ihm hinunter. Eine Sekunde lang hoffte ich, er wäre nicht nur aufgewacht, sondern hätte wie durch ein Wunder sogar zu einem Moment der Klarheit gefunden, aber dann erkannte ich, dass es nicht so war. Keine Veränderung.

Robert war verwirrt, wie jemand, der einem Fieberkrampf ausgesetzt war; er hatte keine Ahnung, wer er war und wo er sich befand. So sehr er sich auch anstrengte, wir konnten nicht verstehen, was er sagte. Wortfetzen, sinnlos aneinandergereihte Buchstaben.

»Robert«, sprach ich mit tränenerstickter Stimme. »Robert, hörst du mich, ich bin es, Christin. Du musst wach werden.«

»Herr Fritsch, wenn Sie mich verstehen können, geben Sie mir ein Zeichen, drücken Sie leicht meine Hand«, sagte Dr. Frank. »Sie sind bei mir im Krankenhaus.«

Roberts Blicke wanderten fahrig vom einen zum anderen. Die Umgebung schien ihm völlig fremd. Nichts glich offenbar dem, was er aus seinem bisherigen Leben als vertraut empfunden hatte.

Aber dann, ein unruhiger Blick – plötzlich hielt er inne – seine Augen starrten auf mich.

»Robert, Liebster, erkennst du mich?«

Leere Augen!

»Robert, ich bin es, Christin.«

Ein Zucken war in seinen Augen zu erkennen, wieder versuchte er zu sprechen.

Behutsam nahm ich Roberts Kopf zwischen meine Hände und küsste ihn vorsichtig auf den Mund. Kurz versenkten wir unsere Blicke, er lächelte ganz sanft, und in diesem Moment wusste ich, dass er mich erkannt hatte. Ganz leise sprach er meinen Namen.

»Christin?«

Er kam weiter zu sich, seine Augen waren weit geöffnet und seine Stimme wurde verständlich. Schnell beugte ich mich zu ihm herunter, damit mir kein Wort entging.

»Christin, jetzt weiß ich wieder, was auf dem Schiff passiert ist.«

Gebeugt blieb ich an seinen Lippen hängen und lauschte aufmerksam seinen Worten.

»Lopez?«, rief ich durch das Zimmer. Angst durchdrang meinen Körper. Er war also tatsächlich hier.

Meine Stimme war so laut, dass alle mich anstarrten. Dr. Frank legte seinen Zeigefinger auf die Lippen, dabei musterte er mich prüfend.

Sekunden später fiel Roberts Gesicht zur Seite, und seine Augen waren wieder fest geschlossen, seine Atmung schnell und flach.

»Ihr Mann muss sich ausruhen«, sagte Dr. Frank, »das ist mehr, als wir erwartet haben. Wir versuchen es später noch einmal.«

»Was ist mit ihm?«, fragte ich angstvoll, »er kommt doch durch? Oder?«

»Es ist noch viel zu früh, Frau Fritsch, bitte haben Sie Geduld.«

Während einige Ärzte Roberts Zimmer verließen, blieb Dr. Frank im Zimmer, als fühlte er sich für ihn persönlich verantwortlich. Mit klaren Worten erklärte er, dass es eine Zeit dauern würde, bis Robert wieder ganz zu sich käme.

»Ich bin gleich wieder da«, sagte er, als ihn sein Piepser zu einem anderen Notfall rief.

Wieder legte ich mich vorsichtig an Roberts Seite und lauschte dem Rhythmus seiner Atmung. So lag ich eine Weile schweigend da, während draußen auf dem Flur die Schritte der Schwestern und Ärzte zu hören waren.

Immer wieder gingen mir Roberts Halbsätze durch den Kopf. Liefen hier vielleicht die Fäden zusammen? Was wollte Lopez auf der Segeljacht, worüber hatten sie gestritten? War er also für Clemens' Tod verantwortlich?

Der Wachmann hatte für einen Moment den Flur Richtung Toilette verlassen, also bat ich die eine Schwester, bei Robert Wache zu halten. Ich brauchte eine kurze Pause, ich musste dringend Lukas Fernandez anrufen und berichten, was Robert gesagt hat.

Ariane hatte frische Sachen im Schwesternzimmer abgegeben und Dr. Frank hatte mir angeboten, zu duschen und dafür das Ärztezimmer zu benutzen.

»Dafür sind wir ja da«, hatte die nette Schwester freundlich gesagt, »lassen Sie sich Zeit, Sie nutzen Ihrem Mann nichts, wenn Sie uns auch noch zusammenbrechen.«

Ariane wartete seit Stunden auf dem Flur, ich musste sie dringend sehen und berichten.

Ich war schon an der Tür, als ich erneut Roberts Stimme hörte:

»Christin? Ich habe dich gehört.«

Meine Hand drückte gerade die Klinke herunter, erschrocken drehte ich mich zu ihm um.

»Ich habe dich gehört ... wie du gesagt hast, wie sehr du ... mich vermisst hast ... wie du gelitten hast. Es tut mir alles so leid, Christin.«

»Robert, du bist wach, du kannst dich erinnern, weißt du, wie glücklich du mich machst?«

Ich wagte mich, einen Schritt näher zu treten. Und dann noch einen. Schließlich war ich so nah, dass ich seinen Atem spüren konnte.

»Psst, du darfst nicht so viel reden«, flüsterte ich. Überglücklich küsste ich ihn auf den Mund. Dabei stellte ich fest, dass ich weinte. Robert wischte mir die Tränen vom Gesicht.

»Wir fangen noch einmal ganz von vorne an«, sagte

ich, legte meinen Kopf an seine Schulter und schloss die Augen voller Glück. Als ich sie wieder öffnete, sah er mich an.

»Christin, Lopez ist schuld am Tod von Clemens, es hat einen Kampf gegeben. Dabei hat sich ein Schuss gelöst und Clemens ist über Bord gegangen. Ich hatte schon lange den Eindruck, dass Clemens irgendein Problem hatte. Und auf der Segeljacht wollte ich ihn ansprechen, dort konnte er mir nicht ausweichen. Leider kam es aber nicht dazu, alles ist so schnell gegangen. Außerdem fühlte ich mich nicht gut und hatte mit Übelkeit zu kämpfen. Du weißt, wie schnell ich seekrank werde. Als wir in Rio angekommen waren, hat er laufend mit Lopez telefoniert. Und die Gespräche verliefen nicht immer freundlich.«

»Es ist gut, Robert, reg dich nicht auf, das soll die Polizei klären. Hat Lopez dich gesehen?«

»Ich weiß es nicht …«, sein Kopf fiel zur Seite, die letzten Worte blieben unausgesprochen.

»Robert, was ist mit dir, kannst du mich hören?«

Stille.

Schnell drückte ich mehrmals den Knopf vom Notruf, der neben Roberts Bett hin. Nichts passierte, die Stille war kaum zu ertragen, unruhig lief ich im Zimmer hin und her, dann auf den Flur, und rief die Schwester, die gerade aus dem Nebenzimmer kam. Die Schwester versicherte mir, dass alles in Ordnung sei.

»Keine Sorge, Frau Fritsch, wir lassen Ihren Mann nicht aus den Augen.«

Konnte ich mich auf die Schwester verlassen? Was würde passieren, wenn Lopez auch hier auftauchen würde? Wusste er auch über Roberts Aufenthalt Bescheid? Konnte er sich ungesehen Zugang zu Roberts Zimmer verschaffen? Vielleicht sollte ich mit dem Wachmann ein ernstes Wort reden.

Der öffentliche Park mit seinem imposanten alten Baumbestand lag nur unweit vom Krankenhaus entfernt. Kleine Wegerneuerungen wurden gerade vorgenommen und durch Beleuchtung und Sitzgelegenheiten aufgewertet. Gräser und Wiesenflächen wechselten sich mit kleinen Platzsituationen und Spielgeräten für die Kinder von Besuchern und Patienten ab. Weiße Holzbänke luden zum Verweilen ein.

Eine kleine angelegte Rosenfläche mit ihren schönen Farben und Düften regte die Sinne an. Ich saß auf einer der Bänke und aß den Rest vom Mittagsmenü, den Ariane aus der Kantine besorgt hatte, dazu trank ich einen starken Kaffee mit Milch und Zucker. Zuvor hatte ich den Kindern und auch Alex die erfreuliche Botschaft übermittelt. Fassungslos und überglücklich versprachen sie, mit dem nächsten Flieger zu kommen.

Alle waren dankbar über den Verlauf, das endlose Warten und Hoffen hatte ein gutes Ende genommen. Nur Alex hatte noch nicht geantwortet.

Ich atmete tief ein und aus und genoss für einen kurzen Augenblick die kühle Luft, die den Abend einigermaßen erträglich machte. Meine Kleidung roch immer noch nach Desinfektionsmittel.

Erschöpft schloss ich die Augen und versuchte mir vorzustellen, wie unser Neuanfang aussehen würde. Wir würden endlich unsere Hochzeitsreise nachholen, im Kloster die Auszeit genießen, von der Robert immer geträumt hatte. Wir würden am Zuckerhut wandern gehen, Meer und Segelboote meiden, aber die Aussicht über die Buchten und den Atlantik genießen. Jetzt war der richtige Zeitpunkt gekommen, diese Wünsche in die Tat umzusetzen. Schließlich waren wir in Brasilien. Nichts würde mehr auf die lange Bank geschoben. Robert würde Hund Max als Freund und nicht mehr als Feind ansehen, er würde jeden Morgen mit ihm Gassi gehen, bevor er in aller Ruhe die Börsennachrichten in der Zeitung las. Er würde kochen lernen, auch wenn dieses Metier nicht zu seinen Talenten gehörte. Er würde im Café einspringen, wenn mal wieder Not an Aushilfen bestand.

Was sich so gut anfühlte, konnte doch nicht verkehrt sein, oder?

Kapitel 9

Ich war einen Moment eingeschlafen, die Aufregungen der letzten Stunden hatten ihre Spuren hinterlassen. Als ich erwachte, sah ich eine Gestalt, die sich durch die Eingangstür des Krankenhauses schlich und gleich wieder verschwand. Erschrocken rieb ich mir die Augen und wusste nicht, ob ich mich immer noch im Traum befand.

Zielsicher war die Gestalt die Treppe zur Intensivstation heraufgegangen, auf der Robert lag. Es war ein Mann, der sich ungebeten Zugang zum Krankenzimmer verschafft hatte. Unter seiner weiten Jacke kramte er ein kleines Fläschchen hervor. Dessen Inhalt goss er hastig in die Flasche der Medikamente, an die der Tropf angeschlossen war. Nicht einmal eine Minute hatte die Gestalt gebraucht, bevor sie das Zimmer schon wieder verlassen hatte und durch den Wareneingang zurück auf die Straße gelaufen war.

Plötzlich stand Ariane vor mir. Erschrocken und immer noch völlig benommen, schaute ich auf.

»Was ist?«, fragte ich und war nicht sicher, ob ich die Antwort hören wollte.

Ihre Augen waren rot umrandet, ihr Gesichtsausdruck verriet nichts Gutes. Sie verzog das Gesicht, als hätte sie meine Frage nicht verstanden. Blitzartig drehte ich mich um und sah, dass Dr. Frank direkt hinter ihr stand.

»Was ist los, ist was passiert?«

Dann starrten mich zwei Gesichter an.

»Wir haben keine guten Nachrichten«, sagte Ariane.

Ich schlug entsetzt die Hand vor dem Mund und hoffte, dass es nicht das war, was ich befürchtete.

»Nein, nein, Ariane sag, dass das nicht wahr ist, Ariane bitte, nein, nicht das. Es war doch alles gut, warum?«

Dr. Frank trat vor die Bank, an der ich mich festhielt.

»Frau Fritsch, Ihr Mann hat einen Herzinfarkt bekommen, hinzu kommt, dass plötzlich auftretende Gehirnblutungen uns große Sorgen bereiten. Es sieht gar nicht gut aus. Die Schwester wechselte gerade die Infusion, als Ihr Mann plötzlich unruhig wurde. Damit hatte niemand gerechnet … Es tut mir so leid, Frau Fritsch. Wir hatten uns alle einen anderen Ausgang gewünscht. Und ich wäre ein schlechter Arzt, wenn ich Ihnen falsche Hoffnungen machen würde.«

Stille. Weinend schüttelte ich den Kopf, meine Stimme blieb stumm, ich konnte nicht einmal schreien. Nur für einen Moment hatte ich gefunden, wonach ich so lange gesucht hatte, und es gleich wieder verloren. Nur diesen einen, kurzen Augenblick durfte ich noch einmal mit Robert glücklich sein.

Robert war erneut ins Koma gefallen und sein Zustand verschlechterte sich von Tag zu Tag. Drei Wochen hatte ich Tag und Nacht an seinem Bett gesessen, ihm vorgelesen, Geschichten von früher erzählt und den Melodien unserer gemeinsamen vergangenen Zeit gelauscht. Ich hatte bunte Blumen auf seinen Nachttisch gestellt, obwohl ich wusste, dass er sie weder sehen oder riechen konnte. Seine kühle Hand hatte ich in meine gelegt und sie gewärmt.

Roberts Blutwerte verschlechterten sich drastisch. Dr. Frank hatte mir noch einmal versichert, dass seine Hirnblutungen besonders schwer waren. »Ehrlich gesagt: Irreparabel.«

»Was fühlt er? Was geht in seinem Inneren vor?«, wollte ich wissen.

»Niemand kann das genau wissen, im Moment würde ich sagen, es gibt ihn nicht mehr, jedenfalls nicht so, wie Sie ihn kannten. Es sind nur noch schwache elektrische Entladungen.«

Die letzten Tage, die Robert noch verblieben, wohnte ich ganz im Krankenhaus. Mein kleines Zimmer lag direkt neben dem der Stationsschwester. In dem engen Raum stapelten sich unzählige Bücher von bekannten Neurologen, und alle sagen das Gleiche: Es gebe keine Hoffnung mehr. Aber sagte man nicht auch, die Hoffnung stirbt zuletzt?

Eine weitere Woche später saß die Familie um Roberts Bett versammelt. Paul, Thomas und Peter waren nach Brasilien gekommen, um ihren Vater noch einmal zu sehen. Es gab keine Hoffnung mehr, dass Robert noch einmal aufwachen würde. Dr. Frank und sein Team schalteten alle Geräte für die lebenserhaltenden Maßnahmen ab. Als die Maschinen einen letzten anhaltenden Ton von sich gaben, überkam mich die Angst, der Boden würde sich unter mir auftun. Robert lag ganz friedlich da, zufrieden und aufgeräumt. Ich strich ein letztes Mal über sein Gesicht, berührte ein letztes Mal seine Lippen. Es war ein Abschied für immer. Ein Teil von Robert hatte sich davongemacht, der schönste Teil, aber ich wusste, er würde noch einmal einen letzten Spaziergang machen und in dem Haus vorbeischauen, in dem er viele Jahre glücklich gewesen war.

Und plötzlich dachte ich an die Eingangstür, die dringend geölt werden musste. Robert wusste, dass nicht mehr er das tun musste. Und irgendetwas war gut daran.

Es herrschte eine unheimliche Stille, als ich am darauffolgenden Tag im Kloster ankam. Der Empfang der Mitbewohner war so herzlich, ihre Blicke so mitfühlend, dass ich sofort in Tränen ausbrach.

Pater Pieler hatte mich und Ariane abgeholt, nachdem ich eine Nacht im Krankenhaus verbracht hatte.

Dr. Frank hatte sich liebevoll um mich gekümmert, mir starke Beruhigungsmittel verabreicht und mein Zimmer die ganze Nacht nicht verlassen. Zusammen mit Ariane hatten sie gemeinsam an meinem Bett gesessen, sich persönlich für mich verantwortlich gefühlt, bevor ich mich am nächsten Morgen auf eigenen Wunsch aus dem Krankenhaus entlassen hatte.

Nicht wirklich wusste ich, wie mein Leben weitergehen würde. Manchmal glaubte ich, alles wäre nur ein langer Urlaub von meinen Verpflichtungen, einfach von meinem ganzen Leben. Mein einfaches, überschaubares Leben war auf einmal mit dem Bösen in Berührung gekommen, und ich musste herausfinden, wie ich mit diesem Albtraum umgehen würde.

Noch einmal verabschiedete ich mich von Ariane und den Menschen, die mir so ans Herz gewachsen waren, und wieder klangen ihre Stimmen traurig und belegt.

Ich konnte mich nicht erinnern, mich jemals von einem Ort so weit gewünscht zu haben wie von diesem.

Und noch einmal hatte Pater Pieler ein Taxi gerufen, das mich sicher zum Flughafen bringen sollte.

Aber ich fuhr nicht allein.

Meine Tränen wichen einem Lächeln, als ich ihn sah. Draußen vor den Klostermauern stand Alex. Ein kurzes, bedrückendes Schweigen. Ich hörte ihn beinahe tausend Dinge denken, aber er sagte nichts.

Alex stolperte erneut in mein Leben und hatte viel Gefühl im Gepäck. Er liebte mich noch immer, und es passte ganz gut zu dem Gefühl, das auch ich empfand. Er trat einen Schritt auf mich zu..

»Glaubst du, dass es diesmal klappt?«, fragte ich ihn.

»Nein! Aber jede Minute, die wir es probieren, ist es wert.«

»Letzter Aufruf für IB 6024 nach Madrid, Mr. Mario Lopez, Sie werden umgehend gebeten, zum Flugsteig G. 8 zu kommen. Mr. Mario Lopez, bitte … Ihr letzter Aufruf …«

Ein Jahr später

Alex war erst gegen Mitternacht nach Hause gekommen, und er war viel zu aufgedreht, um gleich schlafen zu können. Er hatte eine anstrengende Woche im Verlag hinter sich. Völlig aufgekratzt hatte er sich noch auf ein Glas Wein an den Küchentisch gesetzt. Neben seiner persönlichen Post hatte er mein Manuskript entdeckt. Er wusste, dass ich nichts dagegen hatte, wenn er es las. Neugierig hatte er Seite für Seite durchgeblättert, bevor er angefangen hatte zu lesen. Gegen fünf Uhr in der Früh war er fast durch. Was er las, war weit davon entfernt, was er je als Lektor im Verlag vorgelegt bekommen hatte. Und auch wie meine Geschichte begann, fand er großartig.

Eines Morgens hatte ich aus dem Fenster geschaut und gewusst, jetzt kann ich beginnen, meine Erlebnisse aufzuschreiben. Ich schrieb und schrieb meine Geschichte, mit der ich vor langer Zeit einmal begonnen hatte. Meine Finger flogen nur so über die Tastatur und ich wusste auch, dass ich erst wieder in die Wirklichkeit zurückkehren würde, wenn ich das letzte Kapitel beendet hatte. Wie im Trance schrieb ich unaufhaltsam, und bereits nach einer Woche waren fünfzig Manuskriptseiten geschrieben. Oft war sogar die ein oder andere Träne auf die Tastatur gefallen, weil mich meine eigene Geschichte so sehr rührte und ich ergriffen war von dem Schicksal meiner Heldin, die ich selbst gewesen war. Schnell bemerkte ich, dass es noch einmal etwas ganz anderes ist, selbst Erlebtes aufzuschreiben als Erfundenes. Es berührt noch mehr und geht bis unter die Haut.

Alex war nicht ins Bett gegangen, sondern wartete bereits mit einem liebevoll gedeckten Frühstückstisch auf mich.

»Deine Geschichte ist gut, richtig gut!«, lobte er mich.

»Findest du? Nicht zu ernst?«

»Nein, deine Geschichte soll doch unterhalten, und Unterhaltungsliteratur muss menschlich sein. Und das ist sie.«

Meine Lebensgeschichte, in der ich meinen Schmerz ausdrücken und meine Gedanken sortieren konnte, schrieb ich zu Ende. Ich schrieb über das Leben und den Tod und das, was geschehen war, und über alle anderen, denen ich begegnet war.

Manchmal war ich morgens aufgewacht, und der Schmerz war immer noch da. Die Fragen kamen in der Nacht, und auch wenn ich immer geglaubt hatte, auf alles eine Antwort zu haben, blieben die Antworten auf das Leben selbst aus. In Bruchteilen einer Sekunde schien alles noch einmal gegenwärtig zu sein, das Glück, die Hoffnung und die unzähligen Augenblicke, die ich mit Robert gelebt hatte. Mit der Zeit verstand ich endlich, dass das Leben das Wort *Ende* noch nicht einmal kennt. Und ich verstand, dass es ohne Ende nie einen neuen Anfang geben kann. Und wer weiß, vielleicht war meine zweite Begegnung mit Alex ein solcher Anfang gewesen.

Ein paar Sekunden lag ich einfach nur da, aber dann wusste ich, dass ich schon wieder spät dran war, und stand auf. Da gab es noch etwas, das auf mich wartete: mein Buch-Café.

Zwei Jahre später wurde mein eigenes Buch im Buchverlag Thiel veröffentlicht. Ich brachte viele Leser in kürzester Zeit zum Lachen, aber auch zum Weinen.

Mein Nachbar Pedro fand eine neue Liebe, den dunkelhaarigen Dauergast, der ein halbes Jahr jeden Morgen seinen Cappuccino in meinem Café getrunken und sich dann endlich ein Herz gefasst hatte, Pedro anzusprechen. Alex pendelt zwischen Hannover und Sant Jordi, er arbeitet gern bei mir am Küchentresen, weil er von dort aus die traumhafte Aussicht genießen kann. Er ist glücklich, vor allem, wenn er im Café aushelfen darf; die Frauenwelt liegt ihm dort zu Füßen, und das genießt er in vollen Zügen. Ohne sich brüsten zu wollen, findet er *Die kleine Auszeit* das gemütlichste Lokal in ganz Sant Jordi.

Peter, der Jüngste, verliebte sich in den Semesterferien in Elsa und Elsa in ihn, was für mich in jeder Hinsicht eine Überraschung war. Hier treffen sich Temperament und Leidenschaft, die Leidenschaft zu verreisen haben sie beide. Woher sie das nur haben?

Mario Lopez wurde wegen Mordes, Kreditbetrugs und Börsenmanipulation angeklagt und für einige Jahre hinter Gitter gebracht. Bei Korruption kennen die Brasilianer auch keinen Spaß. Alberto Alvarez konnte nichts nachgewiesen werden; ob er der Auftraggeber gewesen war, Clemens Lutz zu ermorden, blieb ungeklärt.

Einmal im Jahr reisen Alex und ich nach Brasilien und besuchen Ariane, die Mönche und Dr. Frank. Viele neue Bewohner sind in der Zwischenzeit im Kloster untergebracht. Aber einer ist immer noch da: Pater Pieler. Er fährt stolz mit seinem neuen VW durch Campo Grande und schließt mich jeden Tag in sein Gebet ein.

Danksagung

»Gut Ding will Weile haben«, sagt nicht nur der Volksmund, sondern auch Andrea Stangl, meine Lektorin, der ich an dieser Stelle meinen allerherzlichsten Dank sagen möchte für ihre unermüdliche Geduld beim Lektorieren und für eine tolle Zusammenarbeit insgesamt. Ich bitte um Nachsicht, Frau Stangl, dass ich Sie bei der einen oder anderen Sache zur Verzweiflung gebracht habe, ich werde mich bessern, aber gemeinsam waren wir gut, oder?

An meine großartige Familie: Danke für euer Verständnis, ich bitte um Vergebung, dass es die berühmten Fürstenschnitten in diesem Jahr zu Weihnachten nicht gab.

An den geduldigsten Mann, den man sich wünschen kann, der sich nach einem harten Arbeitstag sein Essen auch noch selbst kochte, weil ich den ganzen Tag schreiben musste. Aber mal ehrlich – du kannst das Filet einfach besser braten.

An meine Freundin Maria Tröster, die beste Probeleserin, die ich mir wünschen kann: Vielen Dank für deine Ehrlichkeit, deine Kritik und dein Lob. Danke für deine Unterstützung und vor allem für: »Mach ja weiter, ich will unbedingt eine neue Geschichte lesen!«

In diesem Buch ist alles frei erfunden, auch wenn der Inhalt ganz oft der Realität entsprechen könnte.

JETTE ENGELS